O código do alquimista

Dave Duncan

O código do alquimista

Amor, ódio e vingança rondam Veneza

Tradução
Marcos Santarrita

Título original: *The Alchemist's code*
Copyright © 2007 by Dave Duncan

Todos os direitos reservados. Nenhuma parte desta obra pode ser reproduzida ou transmitida por qualquer forma ou meio eletrônico ou mecânico, inclusive fotocópia, gravação ou sistema de armazenagem e recuperação de informação, sem a permissão escrita do editor.

Direção editorial
Soraia Luana Reis

Editora
Luciana Paixão

Editor assistente
Thiago Mlaker

Assistente editorial
Elisa Martins

Preparação de texto
Denise Katchuian Dognini

Revisão
Rebecca Villas-Bôas Cavalcanti

Capa, criação e produção gráfica
Thiago Sousa

Assistentes de criação
Marcos Gubiotti
Juliana Ida

Imagem de capa: Pete Turner/Getty Images

CIP-Brasil. Catalogação-na-fonte
Sindicato Nacional dos Editores de Livros, RJ

D932c   Duncan, Dave, 1933-
         O código do alquimista / Dave Duncan; tradução Marcos Santarrita. - São
         Paulo: Prumo, 2010.

         Tradução de: The alchemist's code
         ISBN 978-85-7927-100-7

         1. Alquimistas - Ficção. 3. Ficção americana. I. Santarrita, Marcos, 1941-. II.
         Título.

                                                                 CDD: 813
10-3127.   CDU: 821.111(73)-3

Direitos de edição para o Brasil: Editora Prumo Ltda.
Rua Júlio Diniz, 56 – 5º andar – São Paulo/SP – CEP: 04547-090
Tel.: (11) 3729-0244 – Fax: (11) 3045-4100
E-mail: contato@editoraprumo.com.br
Site: www.editoraprumo.com.br

PARA JESSICA,
MINHA NETA PREFERIDA

Nota Netuno, porém,
Domando um cavalo-marinho, tido como raridade,
Que Claus de Innsbruck fundiu em bronze para mim.
— Robert Browning, *My Last Duchess*

Prólogo

Detesto prólogos. Quando vou ao teatro, quero ação, diálogo, dança, canto. Ressinto-me de algum ator prolixo que se apresenta para me fazer uma preleção sobre a peça ou como a atuação será maravilhosa. Na vida real, os prólogos são mais interessantes, embora raras vezes reconhecíveis. Este foi assim — na época não percebi que me encontrava num deles, mas é importante para a história e prometo mantê-lo breve.

— Que os santos nos preservem! Alfeo Zeno!

Assim começou.

A hora: início de uma noite de setembro, calor sufocante. O lugar: uma *calle* estreita, abarrotada de pessoas que saíam de uma porta e derramavam-se em ambas as direções. E eu, esmagado de costas contra uma parede. Durante todo aquele infindável e abrasador verão vinha economizando minhas gorjetas para levar Violetta ao teatro quando ela retornasse do continente, e a tarde fora um grande sucesso. Alimentava todas as esperanças de que a noite ainda prometeria muito mais.

DAVE DUNCAN

Enquanto tentávamos sair do pátio, porém, saudou-a um homem alto que reconheci como o *sier* Baiamonte Spadafora, um dos clientes dela, e assim, por tática, me esquivei. Não poderia amar uma cortesã se não controlasse o ciúme, mas Baiamonte se chocaria ao vê-la acompanhada por um mero aprendiz, que era como eu me vestia. Na República, as roupas das pessoas as definem com muita precisão.

Funciona dos dois lados, claro. À espera de minha amante me alcançar na *calle*, diverti-me ao ver a multidão passar espremida, identificando amanuenses, artesãos, donos de lojas, nobres de mantos negros, médicos e advogados, até dois senadores de vermelho. Moram lado a lado e partilham os mesmos gostos; alguns nobres são mais ricos do que Midas sonharia, outros são pobres.

Claro que não me esqueci das mulheres, e classifiquei-as mentalmente em senhoras da nobreza, respeitáveis donas de casa e cortesãs. Outras cidades envergonham-se de prostitutas e tentam escondê-las; Veneza vangloria-se das cortesãs e exibe-as até nas classes mais altas da sociedade. Não vivem confinadas em áreas específicas, nem delas se exige que usem algum vergonhoso distintivo; a maioria se veste melhor que as mulheres de senadores.

Um homem ladrou ao passar por mim, depois disse meu nome:

— Que os santos nos protejam! Alfeo Zeno!

Reconheci-a antes de virar-me, a voz masculina mais memorável que eu já ouvira, profunda e ressonante como um órgão. Consegui até lembrar do verão em que ela surgira, baixo profundo, despida do agudo pueril em questão de semanas. Eu ficara roxo de inveja.

O CÓDIGO DO ALQUIMISTA

— Danese Dolfin, como espero pela salvação!

— Faz quanto tempo?

— Anos!

Danese e eu havíamos passado a infância juntos na paróquia de San Barnabà, mas nunca fôramos íntimos. Pouco mais velho que eu, ele desaparecia por cerca de um ano sempre que elegiam seu pai para um departamento menor no continente, ajudando na direção de algum fragmento do império veneziano. O velho não pode ter sido muito destacado no trabalho e era óbvio que não tinha nenhum protetor influente para apoiá-lo, pois sofria longas lacunas entre os cargos, quando ele e a prole tornavam a afundar em meio aos *barnabotti*, a nobreza pobre. Danese, ainda assim, vivia em condições muito melhores que a de nós, órfãos de pai.

Prensados juntos, narizes quase se tocando — ou melhor, meu nariz, o queixo dele —, examinamo-nos mutuamente.

— Você está se saindo muito bem — observei.

Ele sempre fora alto e bonito, olhos azuis, cabelos quase louros e tez clara. Quando um nobre se aproxima dos vinte e cinco anos de idade, deixa a barba crescer e passa a usar túnicas até o chão, a não ser que seja soldado ou siga alguma profissão incomum, mas o *sier* Danese com toda a clareza ainda não chegara lá. Não, era um pavão emproado com colete de seda brilhante e calça até a altura dos joelhos, tudo bordado e acolchoado. O rufo da gola bem engomado, a boina inflada maior que qualquer abóbora. Também usava uma espada, e via-se claramente que não fazia parte dos *barnabotti* agora.

— Moderadamente bem — ele disse com presunção. — E como o mundo tem tratado você?

DAVE DUNCAN

— Não me queixo.

A expressão de Danese insinuava que eu devia. A indumentária custara-lhe mais do que eu ganhava em vários anos. Como conseguira? Um nobre pode ingressar numa profissão ou dedicar-se ao comércio, mas, se afunda no trabalho manual, riscam-lhe o nome do Livro de Ouro. Não sei o que fazia; sem dúvida não era carpintaria nem dragagem de canal, mas existem alguns meios honestos de um homem disparar tão rápido da pobreza à riqueza. O mais óbvio consistia no casamento, pois os filhos de um nobre também o são, mesmo que a mulher não seja. Se Danese encontrara um rico mercador da classe cidadã com uma filha e desejoso de netos nobres, aquela repentina prosperidade surgira do dote da moça.

Ele também tinha quatro irmãs. Talvez uma tivesse se casado com alguém rico, o rebocara no séquito nupcial.

— E a família? — perguntei. — Pais, irmãs? Já se casaram?

— Minha mãe ainda vive. As irmãs todas casadas *na classe inferior*, uma pena. Não, não sou casado. — Deu um sorriso afetado, sabendo exatamente o que eu imaginava. — E você?

— Não. — Não ia falar de carreiras se ele não desejava. Olhei ao redor para assegurar-me de que Violetta não me via.

— Precisamos nos encontrar um dia desses. Onde mora agora?

— Na área do distrito de Cannaregio — veio a vaga resposta, o que apenas me sugeriu que Danese não desejava o encontro. Os palácios erguem-se ao longo de prédios residenciais de Cannaregio, assim como nas outras cinco divisões da cidade. — E você?

Ri.

O CÓDIGO DO ALQUIMISTA

— Não em San Barnabà, certamente.

— Deus, não! — Danese sorriu como se houvesse tomado uma decisão. — Sabe o que é o melhor de uma vida boa, Alfeo? Não são lençóis de seda nem roupas elegantes. Tampouco os refinados vinhos, festas e lareiras crepitantes no inverno. Nem fugir para o continente no verão. Não, é a comida! Lembra-se do que era viver de polenta e melancia? Minhas preces mais sinceras consistem em dar graças à mesa.

De repente, lembrei por que nunca havíamos sido íntimos — ele era um pústula insuportável. Agora nem tenazes em brasa me obrigariam a dizer que morava num *palazzo*, dormia em lençóis de seda e comia a mais excelente culinária de toda a Veneza.

— Você me deixa com água na boca. Continuo à espera de provar *gelado*.

A culinária de Mama Angeli é insuperável, mas o *gelado* exige barcos carregados de neve das montanhas Dolomitas, uma extravagância que o Mestre não toleraria.

— Você não viveu, Alfeo.

— Ah, aí está você! — Violetta surgiu ao meu lado numa chama de brocado prateado, cabelos castanho-avermelhados, uma cobertura de diamantes e perfume de rosas. Com os seios totalmente visíveis através de um corpete rendado, a mais valorizada cortesã de Veneza tinha um corpo de enlouquecer qualquer homem. Franzi os lábios, então ela me beijou. É, bem ali, em público.

— Foi esplêndido tornar a falar com você, Danese — declarei.

DAVE DUNCAN

O rosto dele virou um livro aberto. A primeira página dizia: *Bom Deus, ele é um cafetão!* A segunda: *Então, por que ela não o veste melhor?* Não havia outras páginas.

Violetta é uma pessoa experiente e interpretou a situação imediatamente. Chamou-me com um adejo dos cílios, suspirou para que ele ouvisse:

— Venha comigo, amor — e puxou-me para perto quando nos encaminhamos sem pressa para a multidão. — Amigo seu?

— Um dos horrores de infância.

Ela deu um sorriso de quem sabe das coisas. — Ou seja, ninguém. — Com isso, ela queria dizer que eu era mais interessante que homens endinheirados; bondoso de sua parte.

— Ali se vê um casal interessante, porém.

Olhei. O homem usava o manto até o chão e uma boina redonda, copa chata, da nobreza, com a faixa de tecido chamada cachenê drapejada sobre o ombro esquerdo, mas nesse caso tudo cor de violeta, para mostrar que ele pertencia ao *Collegio*, o comitê executivo do Senado. Não conheço todos os cerca de mil e duzentos nobres de Veneza, os eleitos para reunir-se em assembleia no Grande Conselho, mas tento manter-me a par do círculo interno, os sessenta ou setenta que de fato governam a República. Aquele era novo para mim.

A mulher vestia um longo de brocado em seda azul-celeste com gola de corte quadrado e mangas mais ou menos bufantes. Embora o vestido exibisse caro bordado com pérolas pequenas e irregulares, o cemitério de ostras no pescoço daria para comprar um pequeno galeão. Na mão, um leque de penas brancas de águia-pescadora.

O CÓDIGO DO ALQUIMISTA

Depois que eles passaram e se foram, balancei a cabeça.

Violetta é toda uma constelação de diferentes mulheres quando exigem as circunstâncias, e então incorporava a *persona* política, a que chamo de Aspásia. Nesta personificação, conhecia todos que importavam, ou seja, qualquer homem com dinheiro ou poder.

— *Sier* Girolamo Sanudo. Recém-eleito para a Marinha. Uma surpresa.

São cinco ministros da Marinha no *Collegio*. Encara-se o posto como treinamento para jovens em ascensão, mas Girolamo parecera demasiado jovem para um posto de alto escalão; na certa tinha menos de quarenta anos.

— Filho do *sier* Zuanbattista Sanudo? — perguntei. — Embaixador de algum lugar.

Os olhos de Aspásia cintilaram.

— Parabéns! Só que o papai voltou para casa agora, e na semana passada elegeram-no conselheiro ducal.

Agosto e setembro são o pico da estação política em Veneza, quando o Grande Conselho elege os senadores, o Conselho dos Dez e outros magistrados superiores. Por isso, toda a nobreza retornara das propriedades de campo no continente. Em outubro tornariam a regressar para a caça de aves.

— E a senhora? — perguntou Aspásia.

— Respeitável, não uma cortesã. Uns trinta anos, loura natural, olhos azuis, de um redondo confortável, pérolas verdadeiras, vestida com riqueza, mas discrição, bons dentes, começa a adquirir rugas de expressão em torno da boca. Não a notei de modo algum. Esposa dele?

— Mãe, *madonna* Eva Morosini.

— Sério? Sei que dizem que os nobres venezianos nascem velhos, mas o *sier* Girolamo deve ter levado isso aos extremos. Madrasta, suponho?

Aspásia riu.

— Das grandes... ele é mais velho que ela. Era irmã de Nicolò Morosini... chegou com um dote polpudo e muita influência política.

— Covinhas também, então. Que há de tão especial nos Sanudo além da extrema diferença de idade? E do óbvio fato de pai e filho juntos exercerem tanto peso político?

Ela sorriu com a inocência de um tigre bem alimentado.

— Zuanbattista distinguiu-se em Constantinopla; ganhou importantes concessões do Sultão. Galgou muito rápido o campanário político.

Como conselheiro ducal, já se aproximava do topo. O doge é o chefe de Estado, mas nós venezianos sempre vivemos com medo da tirania, por isso o mantemos algemados com seis conselheiros, um de cada distrito da cidade. Não pode abrir a correspondência ou encontrar-se com um estrangeiro exceto na presença deles; nada pode fazer sem a aprovação de quatro deles. Isso significava que Zuanbattista Sanudo podia impedir qualquer ação governamental de que não gostasse com o apoio de apenas dois outros; nos oito meses seguintes, seria um dos mais poderosos homens na República.

— Então, quando chamarem nosso atual doge para um reino mais alto, a glamorosa *madonna* Eva Morosini se tornará a *dogaressa*?

Violetta-Aspásia riu entredentes.

O CÓDIGO DO ALQUIMISTA

— Ela sonha com isso toda noite.

— Iria sem dúvida animar o enfadonho e velho palácio.

— E como você sabe com o quê ela sonha?

— Até a risada de minha querida é linda.

— Um amigo me contou.

Vi que algo sutil me escapara, mas não insisti no assunto, pois tinha ideias mais urgentes. Havíamos chegado à escada de acesso à margem, onde minha gôndola nos esperava — não de fato minha, claro, mas um barco de aluguel remado pelo meu amigo Vettor Angeli, filho mais velho de Giorgio. Ele concordara em transportar-me, a mim e ao meu amor, de ida e volta do teatro naquela tarde, para permitir-me encenar a fantasia de ser um nobre rico. Em troca, eu esboçara o horóscopo de uma moça com quem o rapaz pensava casar-se. Revelou que ela seria submissa, obediente e fiel — não todas as qualidades que eu buscaria, mas a notícia agradou-lhe, assim ficamos ambos satisfeitos.

Violetta e eu voltamos ao apartamento dela e o resto do dia é irrelevante para a história.

Agora vocês veem por que não notei o prólogo. Imaginem-no como o início dos ensaios de uma peça, ou um bando de amigos que planeja um baile de máscara para o Carnaval, ou até alguém da *scuola grande* que organiza uma encenação para alguma celebração cívica. Todos começam com confusão, quando as pessoas circulam sem saber o que fazer, até que uma delas entrega os enredos e designa os papéis. *Você ali — você pode interpretar o traidor; você será o inquisidor. E, para o assassino...*

Era domingo.

1

Toda semana o Mestre se entregava a experiências alquimistas de sublimação do enxofre, espalhava um odor fétido por toda a Casa Barbolano e esquecia a correspondência. Quando essa insensatez me alcançava, eu tinha de passar toda a manhã de sábado no ateliê, escrevendo cartas ditadas, ele num lado da grande escrivaninha dupla, eu no outro. O progresso era lento, porque exigia o tempo todo que eu lhe corrigisse o latim — o velho tinha uma detestável tendência a confundir ablativos com dativos e, teimoso demais, não queria admiti-lo. Algumas das cartas tinham de ser decifradas, o que arruinaria meus planos para a tarde.

Por volta do meio-dia, ele já interrogara Walter Raleigh e Francis Bacon na Inglaterra respectivamente sobre geografia e filosofia, aconselhara Michael Maestlin em Tübingen sobre o sistema de Copérnico, e Christoph Claus no *Collegio Romano* sobre astrologia. Agora se encontrava no processo de tranquilizar Galileo Galilei de que o quarto habitual dele estaria disponível da próxima vez que viesse de Pádua. Eu ansiava pelo almoço; meu amo raras vezes se lembra de comer. Por misericórdia, fomos interrompidos por uma batida de aldrava.

O CÓDIGO DO ALQUIMISTA

O velho mostrou uma expressão facial tão horrível que até exibiu os dentes arruinados, o que é raro.

— Esqueceu de me avisar de um encontro marcado com alguém?

— Não, mestre, seu próximo compromisso é na segunda--feira às...

— Diga-lhes que estou ocupado.

— Quem sabe talvez seja o doge — sugeri com impertinência, e encaminhei-me para a porta.

Não era, mas errei por pouco.

Saí para o *salone* que se estende por todo o comprimento do prédio, mobiliado com grandes espelhos, enormes pinturas, gigantescas estátuas, largos candelabros de Murano e miríades de outros tesouros, todos pertencentes ao *sier* Alvise Barbolano. O proprietário deixa o Mestre e seu pessoal morarem no último andar do palácio em troca de horóscopo, consulta médica e clarividência financeira esporádicos. Os visitantes muitas vezes ficam pasmos à primeira visão dessa opulência. Assim que abri a porta, vi que aqueles não se impressionariam com tanta facilidade.

O homem era alto e esquelético, idoso, mas muito bem conservado, o rosto semelhante às montanhas Dolomitas que montam guarda ao longo de nossa linha de horizonte norte — dura pedra branca acima de uma espraiada floresta de barba grisalha. Usava a boina, mantos longos e cachenê da nobreza, mas neste caso feitos do rico brocado escarlate de um conselheiro ducal. Surpreendia receber a visita de tal pessoa, e sua chegada inesperada era notável.

DAVE DUNCAN

A mulher ao lado dele certamente parecia mais neta que filha. Tinha o rosto rechonchudo e o vestido longo de seda escuro bem recheado. Admiráveis os cabelos louros, mas na verdade não raros em Veneza. Eu sabia quem era o casal, como vocês também, se houvessem prestado atenção antes. Não me surpreendeu ter lembrado do rosto dele de minha infância, pois o sujeito deve ter desfilado em inúmeras procissões em dias santos, e os espectadores competem para identificar os magistrados importantes; o extraordinário foi saber o nome da esposa à primeira vista.

Má sorte, diz o Mestre, *é infortúnio; pode-se tratar a boa como uma recompensa por alguma coisa.*

Curvei-me bastante e beijei a manga do visitante.

— Sua Excelência é na verdade muito bem-vinda. *Madonna* Eva Morosini honra esta casa. O Mestre os espera, e, se fizerem...

Ela arquejou.

— *Espera-nos?* Quem disse a ele que vínhamos?

Zuanbattista ergueu uma revolta sobrancelha. O motivo pelo qual se diz que os nobres venezianos nascem velhos é que nunca perdem a dignidade. Falam em tom grave, após a devida consideração. Um conselheiro ducal, sobretudo, encontra-se no centro do labirinto de comitês entrelaçados que dirige a República, é membro da *Signoria*, do *Collegio*, do Senado e do Conselho dos Dez. Uma semana em cada seis preside o Grande Conselho. Ninguém, por pouco crédulo que seja, jamais teria permissão de chegar a lugar algum perto de qualquer um desses.

Abro as mãos em perplexidade.

O CÓDIGO DO ALQUIMISTA

— Mestre Nostradamus é o mais excelente clarividente na Europa, *madonna*. Previu a honra de sua visita esta manhã. Se tiverem a bondade de...

— Acabamos de decidir! Não dissemos a ninguém!

Madonna Morosini era fina demais para cutucar as costelas do marido com o cotovelo, mas seu tom de voz lhe disse o que lhe contara. Ele permaneceu inescrutável, abstendo-se de julgamento.

E ela? *Um homem raras vezes vê mais do que procura*, diz meu amo, e eu já soubera muito mais dela do que gostaria ao encarar o companheiro. Decidi achá-la meio desalinhada, embora fosse difícil reconhecer algum atributo que indicasse isso. Tinha as pálpebras meio róseas de chorar, ou seria o pó do rosto desigual, como aplicado às pressas? Não penteara os cabelos com tanto cuidado quanto devia. Nem usava joias, e em geral uma grande senhora exibe algumas.

O Mestre é velho é frágil, mas tem a audição afiada como um bisturi. Eu deixara a porta entreaberta. Segui na frente até lá e escancarei-a.

A não ser que recém-chegados saibam o que esperar, devem ficar decepcionados com a primeira visão do célebre e pedante profeta, sábio, médico e filósofo. Curvado e encarquilhado, a toga e o chapéu pretos de médico o fazem parecer ainda menor do que de fato é. Muitíssimo capenga por excesso de reumatismo nas pernas, devia andar com duas bengalas, mas prefere um único cajado comprido, incrustado com símbolos cabalísticos de prata. Os cabelos pendem em mal-amanhados rabos de rato, mas ele tinge o cavanhaque ralo de castanho, por algum motivo que jamais consegui descobrir.

Os visitantes sempre se impressionam, de qualquer forma, com o ateliê — a escrivaninha dupla, o divã de exame, as grandes esferas armilares, globos terrestres e celestiais. Sanudo era demasiado majestoso para encarar a bancada alquímica ou a parede de livros, mas com certeza os notou ao passar e soube que o aposento pertencia ao próprio doutor, não era apenas um local emprestado.

Meu amo deixara a escrivaninha e postara-se de pé junto à poltrona preferida de veludo vermelho, ao lado da lareira de mármore esculpido — não que a lareira estivesse em uso num escaldante meio-dia de setembro, mas é onde ele se sentava para entrevistar os visitantes.

— Chegaram um pouco mais cedo do que eu esperava, Excelência... *madonna* Eva... mas são, por certo, muitíssimo bem-vindos. E minha casa honrada...

A bajulação tornou-se um murmúrio quando ele se curvou. Teria mancado ao avançar para beijar a manga de Zuanbattista, mas Sanudo o deteve com um gesto cortês.

— Sente-se, doutor.

Caminhei até as poltronas verdes, e a nobreza flutuou atrás com a graça de galeões cruzando a lagoa. Há sempre duas poltronas defronte à vermelha, e, se os Sanudo imaginaram que tinham sido dispostas especialmente para eles, isso se deveu a um engano, não a uma informação incorreta minha. Assim que os três principais se acomodaram, retornei à escrivaninha perto das janelas para observar os semblantes e fazer anotações, se necessário. O Mestre dava as costas para a luz, não por acaso.

Madonna Eva tentava parecer mais calma que o marido,

O CÓDIGO DO ALQUIMISTA

mas comprimia os lábios e lutava com as agitadas mãos para destruir um lenço de renda amassado.

Zuanbattista disse:

— Se previu nossa vinda, *lustríssimo*, sem dúvida já sabe a natureza de nosso problema.

O tom não continha qualquer ironia, presente, porém, nos olhos. Detesto céticos. Adoro ver o doutor lidar com eles.

— Só de uma forma geral, *clarissimo*. Problema de família, claro. Muito repentino... e logo esta manhã? Quando descobriu a ausência dela?

Madonna Eva perdeu a cor sob a pintura e até *messer* Zuanbattista dignou-se a parecer surpreso, mas se trata de coisa bastante simples, se a analisarmos. *Problema de família* porque Sanudo trouxera a esposa ou, o mais provável, ela insistira em que a trouxesse para consultar o famoso clarividente. *Repentino* pelas pálpebras inchadas da mulher. *Logo esta manhã* porque ele sabia que os dois não haviam contado a ninguém que vinham, e também para ganhar outro minúsculo assentimento com a cabeça sem se comprometer com nada. E a *ausência dela* porque, àquela altura, o velho podia ter quase toda a certeza de que o problema era uma filha desaparecida. Eva Sanudo mal e mal tinha idade para ter filhas casadoiras. Mesmo se não fosse uma filha, metade das coisas que se pode perder leva um pronome feminino em *vêneto*.

— O senhor nos impressiona, doutor — admitiu Sanudo.

— Agora é sua vez. — O Mestre sorriu, esticou a boca para os lados e compôs as faces. — Os detalhes, por favor.

— É confidencial.

DAVE DUNCAN

Sanudo olhou-me desconfiado.

— Certamente. *Sier* Alfeo tem minha completa confiança em todas as questões. Ele quase nunca usa meu título diante de um cliente ou paciente. Quando o faz, tem um instinto infalível. Muitos nobres se eriçam quando sabem que um dos seus degrada a classe por ganhar um sustento honesto, mas o *sier* Zuanbattista olhou-me com interesse.

— Família?

— Zeno, *clarissimo* — respondi.

— Descendente do doge Renier Zeno?

— Neto em décima segunda geração. Meu pai era Marco Zeno.

— O Marco Zeno que lutou tão bem em Lepanto?

— Ele mesmo — confirmei, orgulhoso. — Morreu na peste de 1575.

— Ah, como aconteceu com tantos! Vi seu pai no conselho de Don Giovanni na véspera da batalha, mas havia muitos oficiais lá e não tive chance de falar com ele, bela atitude... — o homem insinuava que teria falado com meu pai sem na verdade mentir a respeito. Balançando a cabeça para mostrar aprovação de minha existência e presença, Sanudo tornou a olhar o doutor. — Minha filha foi levada à noite.

Foi levada? As palavras me entristeceram. Já teria apostado algumas das partes mais queridas de meu corpo que o termo correto seria *fugiu*. Veneza, com centenas de ilhas artificiais, é um amontoamento compacto de minúsculas comunidades, um lugar quase impossível de encenar o sequestro de alguém. Muitas pessoas, sobretudo mulhe-

O CÓDIGO DO ALQUIMISTA

res, jamais deixam a paróquia de nascimento e sabem as idas e vindas de cada habitante. Comece a comprar mais mantimentos que o habitual, que se notará e debaterá o fato; o exército de informantes do Conselho dos Dez ouvirá por acaso. Ninguém guarda segredos em Veneza! Mas os Sanudo não se dispunham a admitir que a filha fugira com o namorado.

Peguei a pena quando a senhora começou a falar. Declamava, como se houvesse decorado um discurso para o Senado.

— Minha criada descobriu o desaparecimento dela pela manhã. Ela ajuda Grazia e também a mim, e não recebeu resposta quando bateu na porta, trancada por dentro. Foi direto me dizer, por certo. Olhamos pela janela para o lado de fora e vimos uma escada bem ali, na grama embaixo do quarto!

Eu ouvira histórias semelhantes antes, e a forma como as contavam importava mais que as palavras. *Madonna* Eva não se mostrava apavorada ou atormentada, e sim chocada, mas sobretudo *furiosa*.

Curioso.

— Acordamos Giro — ela continuou — e o mandamos olhar. Ele subiu e entrou pela janela de Grazia. Ninguém dormira na cama.

Era só, parecia pensar a senhora, mas então meu amo começou a fazer perguntas. Não encontraram nem receberam nenhum pedido de resgate. Nada fora roubado e aparentemente não faltavam roupas, ou talvez apenas umas poucas peças. As joias se foram, mas "apenas as quinquilharias que minha filha guardava no quarto; as pérolas continuavam no lugar seguro de sempre".

DAVE DUNCAN

Mesmo nesse ensandecido desespero, a família pensara em verificar tais detalhes.

E quem era Giro?

— Meu filho Girolamo — explicou Zuanbattista —, ministro da Marinha.

— Quem mais mora na casa?

A pausa de Sanudo não foi longa o suficiente para ser chamada de ofensa, mas para dar a entender, de modo sutil, que não viera à Casa Barbolano para ser interrogado por um médico charlatão nascido no estrangeiro.

— A tia dela, *Madonna* Fortunata Morosini, e três empregados... nosso gondoleiro Fabricio, meu criado pessoal Pignate, e a criada das senhoras, Noelia, mencionada antes.

Uma unidade familiar pequena para um homem da alta posição de Sanudo, até em Veneza, de terra escassa e disputada e com uma nobreza com longa tradição de fazer economia. Mesmo hoje, não é incomum ver senadores comprarem os próprios legumes na quitanda. É possível que os Sanudo tivessem outros empregados que viessem trabalhar durante o dia, ou as senhoras talvez também limpassem a prataria, o gondoleiro simplesmente adorasse jardinagem e o camareiro gostasse de vestir a libré de lacaio. Tia Fortunata podia até adorar cozinhar.

— E estão todos em casa? Não falta ninguém?

— Ninguém — respondeu Sanudo, em tom firme. — Não consigo ver a necessidade de todas essas perguntas, *lustrissimo*. Viemos consultá-lo porque tem fama de vidente. Pode nos dizer onde anda nossa filha?

— Não, Excelência. — O doutor contraiu o rosto num sorriso de lábios fechados. — Posso ou não ser capaz de

O CÓDIGO DO ALQUIMISTA

saber onde ela está em algum ponto no futuro muito próximo. Preciso fazer perguntas se quiser ter alguma ideia do que procuro. Agora, uma coisa estranha para perguntar a um homem em sua ilustre posição, mas o senhor informou aos *sbirri?*

— Não queremos nenhum escândalo — respondeu a senhora com igual firmeza, expressa num olhar de assustar a Medusa.

Uma reação razoável para alguém que sonhava toda noite em se tornar dogaresa.

A expressão do marido era enigmática.

— Tenho pouca fé na força policial local. E não queremos pôr nossa filha em perigo.

Que um conselheiro ducal hesitasse em envolver os ineficazes *sbirri* eu podia entender, pois são menos úteis do que rodas numa gaivota, mas e o Conselho dos Dez? O rapto da filha de um conselheiro ducal era uma óbvia ameaça à segurança da República, um crime que o Conselho podia e devia investigar. Sanudo deve ter cometido um sério erro por não comunicar logo o problema. Verdade, todos os dez só se reuniriam mais tarde no dia, mas os três chefes ficam sempre de plantão no Palácio dos Doges. Poderiam ordenar que *Missier Grande* pusesse em andamento a engrenagem — estabelecer vigilância nas barcaças de travessia, e assim por diante. Por que não?

— Isso é bom — disse o Mestre, e balançou a cabeça para sacudir as pregas moles da pele do pescoço. — Uma investigação tornaria muito mais difícil a minha vidência.

— Por quê? Como?

DAVE DUNCAN

— Por favor, confie em mim nisso, *clarissimo*. A clarividência é muito complicada de se descrever. Sua filha tem alguma ligação romântica?

— Por certo que não! — interferiu a mãe, indignada. — Ela nunca sai de casa, exceto para receber a comunhão, na Páscoa e no Natal. Mesmo em Celeseo, não passeia nos terrenos sem a companhia de *madonna* Morosini ou a minha. Eu não via a expressão do Mestre, mas o tom expressou certa surpresa.

— Não foi educada em convento?

— Os deveres de meu marido para com a República o envolveram em muitas viagens nos últimos anos. Preferi morar em nossa casa em Celeseo, perto de Pádua, e manter Grazia comigo como companhia. O campo é mais saudável para uma menina em crescimento. Ela é extremamente bem versada nos clássicos e artes. Fortunata a instruiu.

— Então quando retornaram do continente?

— Isso importa? — quis saber *sier* Zuanbattista.

— Talvez não — admitiu meu senhor —, mas importaria muito se a jovem houvesse fugido com um amor que tenha conhecido no continente. Permite-me esta pergunta, *madonna?*

— No fim de julho.

— Não há planos de casamento?

— Nós...

— Nada decidido — apressou-se a dizer Sanudo. — Tivemos algumas discussões.

— Decerto — disse o Mestre com um riso seco —, precisa-se de dois para uma fuga dessas, e, se suspeitassem que ela contava com um cúmplice, o senhor o teria investigado

O CÓDIGO DO ALQUIMISTA

antes de vir me ver. — Esperou uma confissão, mas nenhuma veio. — Então quer que eu encontre e recupere sua filha desaparecida.

— O senhor consegue? — perguntaram os dois juntos.

O Mestre gesticulou com uma das mãos, ambas extremamente pequenas. Pude adivinhar a expressão de serena confiança dele.

— Tive êxito em casos semelhantes antes. E homens partiram para o exílio por causa disso. Eu me convencera de que ele jogava com os visitantes por simples bisbilhotice, pois me prometera que jamais se intrometeria de novo em fugas com pessoas amadas. Àquela altura, certo de que Grazia fugira e de que os pais sabiam quem segurara a escada, Nostradamus também sabia que em alguns minutos iria cansar-se do jogo e exigir honorários de trezentos ducados; eu conduziria os visitantes à saída, e ficaria por isso mesmo.

— Apenas nos diga onde ela está e a buscaremos — disse o pai.

O velho suspirou.

— Se possível, eu faria exatamente isso, mas a previsão não é tão exata, paradoxal é mais o caso. Eu faria o melhor e meus honorários dependeriam dos resultados.

— Não queremos bisbilhotice nem escândalo — repetiu *madonna* Eva.

— De fato, esse objetivo é secundário à segurança de sua filha. Quer dizer, o objetivo supremo não é trazê-la sã e salva ao seio da família?

— Sem dúvida.

A dama não parecia convencida nem convincente.

DAVE DUNCAN

— A data de nascimento, por favor, com a hora e minuto exatos, se souberem.

Sabiam. Eu anotei. Grazia tinha quinze anos; estava, portanto, no orgulho da desejável virgindade, o mais núbil que se pode desejar.

— Têm um retrato pintado recente ou em miniatura?

Os Sanudo entreolharam-se. Ele disse:

— Temos um grupo de família pintado há três anos. É grande demais para transportar com facilidade, e ela não passava de uma criança então.

O Mestre encolheu os ombros.

— Descrevam-na, por favor.

A mulher disse:

— Grazia é vivaz, ágil. Canta, dança, é dona de uma inteligência admirável. Tem uma tez deslumbrante e olhos simplesmente maravilhosos. Parece mais jovem do que é, por ser muito delicada.

O pai sorriu pesaroso, como que divertido pelo equívoco da esposa.

— Pequena e esquelética... muito bonita, mas com o nariz demasiado grande para a beleza clássica. Tem, sim, olhos maravilhosos, concordo, e um sorriso cativante, mas Ticiano não a teria pintado.

A mulher fez um biquinho de amuo, mas não protestou contra essa louvação insultuosa.

O doutor suspirou.

— Obrigado. Uma resposta franca e útil. Que honorários oferece?

O rosto angular e empedernido de Sua Excelência pareceu petrificar-se ainda mais.

O CÓDIGO DO ALQUIMISTA

— Qual é seu preço habitual?

— Quer que eu atribua um preço à sua filha?

— Honorários para fazer o quê? — O tom do *sier* Zuanbattista adquirira considerável frieza. — Contar-nos histórias de que a levaram em segredo, com fórmulas mágicas, para o harém do sultão?

— Se eu apresentar provas, Excelência, até isso seria uma melhoria em sua atual incerteza. Não espero pagamento nenhum por minha palavra sem provas.

— Para ajudar-nos a recuperá-la, segura e ilesa — disse *madonna* Eva —, mil ducados!

Praguejei baixinho. A senhora sentira a relutância de meu amo. O velho pão-duro jamais resistiria a uma propina dessas. Mil ducados constituem uma fortuna; quase cinquenta vezes o salário legal anual de um artesão casado.

Numa notável quebra da tradição, Sanudo ergueu as duas sobrancelhas.

— Acho que devíamos definir melhor e com muito cuidado os termos desse contrato.

A mulher lançou-lhe um olhar furioso.

— Acha que os daria de má vontade para ter minha filha de volta? Se não vai pagar, *messer*, venderei as joias de minha mãe.

— É aceitável — respondeu o Mestre. — Eu teria cobrado mais, porém a senhora fez bem em me consultar tão depressa. — Ele jamais ganhara uma fração disso num caso de pessoa desaparecida desde que eu o conhecera. — Devolvida segura e em boa saúde, mil ducados.

29

DAVE DUNCAN

Havia, porém, uma importante diferença de significado em relação ao termo "ilesa", mas o *sier* Zuanbattista assentiu com a cabeça.

— Na falta disso, pela prova do paradeiro dela, cem ducados.

— Muito justo. *Clarissimo, madonna*, quanto antes eu começar, mais cedo poderei dizer-lhes alguma coisa.

O velho agarrou o braço da poltrona e ergui-me para pegar o cajado.

— Cedo como? — perguntou a mulher ao levantar-se.

— Uma hora, talvez duas. Enviarei *sier* Alfeo com notícias assim que eu tiver algumas.

2

A enfermidade do Mestre dispensa-o de excessivas formalidades. Em geral, eu acompanho os visitantes até a saída e ganho uma gorjeta de um ou dois *soldi* pelo trabalho. Conto com esse dinheiro. Ao término do período de aprendizagem de sete anos, Nostradamus vai me pagar o salário acumulado de dezessete ducados, mas até então provê apenas comida, abrigo e uma minúscula mesada para roupas.

Nesse caso, ele revelou minha hierarquia, portanto tive de me comportar como um nobre, fiz uma profunda mesura a Sanudo no topo da escada, à espera de outras reverências mais uma vez, quando ele chegasse ao primeiro andar, depois ir até a sacada para curvar-me na despedida quando partissem na gôndola. E nada de gorjeta.

E apenas um gondoleiro? Os mais ricos empregam dois barqueiros, um na proa e outro na popa. Por certo é difícil encontrar bons empregados, e, se fazia pouco tempo que os Sanudo haviam aberto a casa em Veneza, talvez continuassem a incrementar a vida doméstica.

Voltei ao ateliê, onde Nostradamus tornara a desaparecer

DAVE DUNCAN

na poltrona. Pensava, puxando a barba, mas não tão absorto em pensamentos que não pudesse perceber o meu retorno.

— Como ficou sabendo o nome da mulher?

Expliquei. Ele fechou a cara quando falei do irmão de Eva, o editor Nicolò.

— A menina... Você brinca com meninas dessa idade. Que acha?

Cruzei os braços, sem ousar sentar-me a não ser que ele me mandasse.

— Mestre, sou velho demais para interessar meninas daquela idade, e já o sou pelo menos há um mês, mas apostarei seus mil ducados por um *soldo* que ela desceu aquela escada por livre e espontânea vontade, e eles sabem.

O velho fechou a carranca, bem ciente de que eu tinha razão.

— Por que diz isso?

— Porque esperaram até meio-dia para vir consultá-lo. Porque não trouxeram o inteligente irmão Giro. Porque Zuanbattista não correu direto ao Conselho dos Dez. Não quer que os outros anciãos riam dele, mas sem dúvida isso significa que acredita que a filha não se encontra em qualquer perigo físico de verdade. Notou que ele aceitou a definição de "ilesa"? Não exigiu que o senhor restaurasse por magia a virgindade dela.

— Não seja lascivo!

Filippo Nostradamus é um pudico.

— Mas foi o que ele quis dizer. Tinham um esplêndido casamento em vista para a filha e Grazia prefere alguém com a metade da idade do noivo. — Isso parecia certo como a Sagrada Escritura. — O problema é urgente em termos

O CÓDIGO DO ALQUIMISTA

financeiros. O rico *fiancé* vai anulá-lo se souber que ela chafurdou na cama de outro homem.

— Você passa tempo demais no teatro vendo peças banais.

— Banais porque se baseiam na vida, e a vida continua a cantar as mesmas músicas.

Poucos mestres permitem essas respostas insolentes dos aprendizes. O meu gosta disso porque lhe dá um pretexto para rosnar e vociferar comigo, embora jamais o admita.

— E, nesse seu drama romântico, de que lado fica a mãe? O que ele tinha visto e eu não?

— Ela não quer escândalo, não é? E deseja a filha de volta?

— Assim diz. — O doutor deu um sorriso maldoso. — O próprio marido deve ter duas vezes a idade dela, mesmo agora, e era três vezes mais velho quando se casaram. Suponha que ela não queira ver a filha sofrer a mesma coisa pelo que a fizeram passar. Quem você disse que segurava a escada?

Admiti com toda a humildade que não vira essa possibilidade.

— E ela ajudou a filha a escapar, convencendo o marido a procurá-lo, em vez de iniciar uma perseguição correta?

A sugestão o fez fechar a cara.

— Então ela talvez se surpreenda.

— Ouvi o senhor dizer que jamais pegaria outro caso de fuga romântica.

A cara fechada tornou-se um rosnado.

— Nicolò Morosini era amigo meu.

Não. A minúscula Veneza é a maior cidade editora de livros da Europa, e dois homens em especial a fizeram assim — Aldo Mantius e Nicolò Morosini; o velho. Ambos há muito morreram, mas a família do segundo manteve os ne-

DAVE DUNCAN

gócios e um Nicolò mais jovem parecia propenso a superar o bisavô. Em meu primeiro dia de aprendizagem, um homem com o nariz semelhante a um esporão chegara de visita ao Mestre para mostrar-lhe alguns livros. Desnecessário dizer, não esqueci um momento daquele dia, e lembro bem de que os dois discutiram o valor de alguns manuscritos, e fiquei boquiaberto num canto, supostamente a triturar sal em pedra num almofariz, mas sobretudo a ouvi-los reduzir com tanta informalidade preços incríveis um para o outro, debruçados sobre resmas de papel em desintegração.

Haviam-se comportado muito mais como rivais que como amigos, assim meu amo reorganizava as lembranças para servirem às necessidades atuais. Os mil ducados talvez tenham tido pouca importância, pois não os mencionou. Em vez disso, falou:

— Qual é sua hipótese sobre a ausência de Girolamo?

— Que continua à caça do amante desconhecido. Sabem quem é e perderam a metade da manhã na tentativa de encontrá-lo. Espero que Giro esteja em Cannaregio, de olho nas gôndolas que partem para Mestre. Tia Fortunata sem dúvida percorre o Molo de um lado a outro, sem perder de vista as barcaças de transporte para Chioggia.

O *Maestro* assentiu com a cabeça.

— Pensamento nada ruim, Alfeo. — Vindo dele, este era um ardente elogio. — Dê-me uma hora. Não mais, porém! Sei que, tão logo vire as costas, você vai mergulhar na depravação com aquela sua meretriz.

— Em uma hora completa talvez consiga mergulhar várias vezes — retruquei, e o amuei com minha contínua lascívia.

O CÓDIGO DO ALQUIMISTA

O que ele na verdade fazia era dar-me permissão e ordens para descobrir o que mais Violetta sabia sobre a família Sanudo. Negaria isso, decerto, embora saiba que ela jamais me trairia a confiança.

— Ela saiu, talvez ainda não tenha voltado — expliquei, melancólico.

As negociações de domingo no teatro haviam rendido fruto em forma de um novo protetor, um rico plebeu chamado Agostino Burandello, que se apressara a levá-la a Pádua, na quarta-feira, para exibi-la numa festa de casamento. Eu vinha tentando não pensar em como a mulher deveria estar sofrendo.

Nostradamus levantou-se e capengou até a mesa de tampo de ardósia que guarda o grande globo de cristal de rocha. Vi-o instalar-se no tamborete, acender o abajur, fechar as persianas, e deixei-o olhando fixo o cristal. Tranquei a porta do ateliê ao sair. Aromas de dar água na boca enchiam o *salone*, mas mil ducados trazem consigo muito peso. Rumei para o quarto.

Mama Angeli rolou cozinha afora para me interpelar. É boa demais para ser verdade e trabalha árduo para permanecer assim. Também maior que a vida, sempre parece prestes dar à luz gêmeos ou trigêmeos, o que faz a frequentes intervalos, além de ser magnífica cozinheira, uma raridade na República. O Mestre tolera o custo de alimentação da família enorme porque desse modo mantém Giorgio, nosso gondoleiro, e mais um exército inteiro de paus para toda obra ocasionais. Seis ou sete jovens Angeli vazavam da cozinha atrás da mãe, curiosos para saber quem era o sujeito elegante e o que o patrão tramava desta vez.

35

Dave Duncan

— Você ainda não almoçou! — ela disse, num tom em geral reservado à declaração de sentenças de morte.

Meu estômago respondeu no mesmo tom.

— Eu sei — acrescentei. — Estou jejuando para o bem de minha alma.

— *Você?* Você poderia morrer de fome cem vezes com tantos pecados.

— Preciso abrir espaço para mais alguns. O assunto é urgente, Mama.

Não me afastei, pois pressenti que ela queria falar de algum problema.

A mulher fez um biquinho.

— Vettor esteve aqui. Vai se casar com aquela moça!

— Giacomina? Esplêndida escolha! É de Virgem, o que significa pureza e trabalho.

Mama acrescentou mais vincos ao biquinho.

— Tem um dote de apenas vinte e sete ducados!

— Mas os filhos que dará a ele!

Isso foi melhor, mas mesmo assim os olhos dela brilhavam de desconfiança.

— Filhos?

— Muitos, muitos filhos. Mas ele precisa se casar logo, enquanto Vênus se encontra na casa de Leão. Vou calcular o melhor dia possível do casamento, assim ela terá filhos homens. Se esperarem até a lua chegar à conjunção com as Plêiades, será filha, filha, filha...

— Jura?

— As estrelas nunca mentem. Agora, por favor, preciso ir. Cuide para que não incomodem o mestre.

O CÓDIGO DO ALQUIMISTA

Escapei, sabendo que, pelo extasiado sorriso de Mama, a notícia de muitos filhos alcançaria a nascente no *campo* a qualquer momento, e toda a paróquia por volta do anoitecer — toda Veneza, muito provável, pois o clã Angeli forma uma substancial parte da população.

O motivo de o amo não me ordenar que tentasse o cristal com ele é que o globo nunca me mostra nada senão o próximo encontro com Violetta. Trata-se de um problema de juventude, segundo ele, mas a juventude tem suas compensações. Além disso, o tarô funciona bem para mim, embora lhe falte o detalhe da clarividência. A idade avançada do meu baralho lhe dá uma extrema sensibilidade. As cartas gastas, cheias de dobras nos cantos, exibem ainda a tinta dos desenhos quase apagada em alguns lugares. Retirei-o de debaixo do travesseiro e estendi a sequência no toucador, uma rápida cruz de cinco cartas.

A carta virada com a face para cima no centro define o tema pesquisado, ou a pergunta, e desta vez confirmou amplamente minhas suspeitas, pois mostrava Amor, número 6 dos arcanos maiores, um casal de mãos dadas e Eros com as flechas apontadas. Tratei das outras quatro de face para baixo e desvirei-as em sequência. A de baixo, que representa o problema, era o rei das moedas. À da esquerda, o direito, ajudante ou caminho do pesquisado, era o Papa, Trunfo V. O objetivo ou solução, no alto, o Mundo, número XXI. E, por fim, o perigo a evitar, o valete de espadas. Com a possível e temerosa exceção deste, a leitura revelou-se mais óbvia do que qualquer outra que eu já tivesse feito. A presença de três dos maiores arcanos

DAVE DUNCAN

tornava-a poderosa, mas não me dizia onde se encontrava Grazia Sanudo no momento.

Após guardar o baralho, fui espreitar o Número 96, a casa vizinha menor. Os vitrais de minhas janelas são de vidro colorido ou prismático, assim ninguém pode ver de dentro, mas as espio por algumas claras falhas, e me proporcionam grande prazer. O Número 96 é uma casa dissoluta, e nas tardes de sábado as moradoras se reúnem no terraço da cobertura, a *altana*, para oxigenar os cabelos, todas vestidas, entendam, até chapéus sem copas, apenas abas largas para proteger o rosto e estender os cabelos em leque. Uma visão admirável, e naquele dia ali se encontravam quinze ninfas de belas formas. Para minha alegria, quatorze perdiam em brilho para a radiante beleza de Violetta.

A *calle* que divide os prédios é muito estreita, assim minha forma preferida de visitá-la é a retirada de duas barras soltas da janela, passo espremido e apenas pulo. Isso me poupa a descida de quarenta e oito degraus e a subida de dezesseis até o apartamento dela. Ainda não morri, embora por uma apavorante fração de segundo, duas vezes, os resultados pudessem ter sido trágicos. Não tentaria isso diante de testemunhas.

Abri o batente.

— Donzelas! — gritei. — Estou acessível à que der o lance mais alto. — Se registrasse as respostas delas, o Vaticano acrescentaria este livro ao *Index Librorum Prohibitorum*. — A irreverência de vocês não oculta a luxúria pela minha incrível virilidade — declarei. — Basta perguntar a Violetta!

— Perguntamos — responderam em coro, como se viessem ensaiando.

O CÓDIGO DO ALQUIMISTA

Abandonei a luta desigual, retirei-me do campo e percorri o caminho convencional até o portão junto à margem, onde uma barcaça se encontrava amarrada, semicarregada ou semidescarregada, mas deserta durante a pausa para descanso de todos ao meio-dia, exceto por um jovem vigia dos Marciana. Nenhuma *fondamenta* para pedestres margeia a Via San Remo no nosso lado, apenas uma saliência estreita, ao longo da qual um ágil rapaz consegue abrir caminho de lado até a escada no fim da *calle*. Outra borda alteada além dessa levou-me ao portão voltado para o canal da 96, onde me recebeu Milana, criada de Violetta. Embora minúscula e com as costas deformadas, a moça vive sempre cheia de alegria dedicada à ama.

— Nossa, você deve ter se deslocado rápido — comentei.

— A ideia de vê-lo me inspirou, *messer*. Depressa, ela o espera.

Essa observação motivou-me, assim galguei numa corrida os dezesseis andares. Violetta Vitale é a mais estimada cortesã de Veneza, e os homens esbanjam fortunas por uma única noite com ela. Tem um apartamento opulento, o quarto acima de tudo. Com a cama sobre colunas douradas, paredes adornadas com espelhos de cristal e esplêndida arte, não envergonharia o palácio de um rei, e ela recebe ali a realeza. Violetta trabalha à noite, e eu de dia, mas quando em casa muitas vezes damos um jeito de nos encontrar por volta do meio-dia. Às vezes, apenas conversamos. Não com muita frequência, admito, e nesse dia ela correu para me saudar descalça, os cabelos ainda flutuando soltos. Despira o roupão que usa para impedir a luz do sol de escurecer-lhe a pele cremosa, e as roupas íntimas de seda não escondiam

DAVE DUNCAN

segredos. Ofuscava até as três deusas nuas que nos encaravam acima do magnífico *Julgamento de Paris*, de Ticiano.

— Vim falar de um assunto de trabalho — protestei. — Não posso ficar.

— Faz três dias! É insano o meu desespero por você, Alfeo Zeno, e, se não sente o mesmo por mim, precisa dar alguma explicação.

Tinha razão, decerto, e as ações falam mais alto que palavras. Nosso abraço foi fervente, quase frenético, e ninguém excita um homem mais rápido que Violetta, quando se encontra no modo Helena de Troia. Quando a *chemise* deslizou e juntou-se ao meu chapéu e colete no chão, vi-me pronto a arrebatá-la nos braços e levá-la até a cama. Então ela recuou para encarar-me.

Ao fitar-lhe os furiosos olhos verdes, percebi desanimado que agora abraçava a perigosa Medeia, capaz de tudo. Tentei mais uma vez puxá-la para perto e ela resistiu.

— Trabalho? Três dias sem mim e vem aqui a *trabalho?*

— Era provocação! — protestei. — Brincadeira.

— Brincadeira? Provocação? Vou lhe ensinar a provocar.

Segurou-me o rosto com garras.

No movimento de reflexo para evitar danos, soltei-a, e ela correu ágil para a porta. Segui-a sem tentar me fazer de respeitável, porque a única pessoa próxima seria Milana, que deve ter visto muitos homens com menos roupas que eu.

A sala de jantar de Violetta é pequena e íntima, claro, dimensionada para dois, e lá ela já se sentava à minúscula mesa a servir vinho. Dois fumegantes pratos de ravióli nos

O CÓDIGO DO ALQUIMISTA

aguardavam, assim ficou óbvio que a anfitriã preparara a ocasião com Milana, boa cozinheira, embora não da classe de Mama Angeli. Rendi-me ao inevitável, acabei por despir a camisa para ajudar mesmo na adversa situação e sentei-me ao seu lado.

Medeia se divertia com a minha simulação de calma, pois sabia muitíssimo bem como me deixara aceso. Pegou um saboroso pastelzinho cozido e curvou-se ainda mais perto para pô-lo em minha boca. Aceitei-o, lambi-lhe as pontas dos dedos e retribuí-lhe a ação. A maioria dos venezianos ricos passara a comer com talheres de prata e não com as mãos, costume que causa enorme diversão aos visitantes estrangeiros. Mas não a minha cortesã, que pode transformar tudo, mesmo o ato de alimentar, em carícias preliminares.

Comemos em silêncio por alguns minutos. Mas, quando Violetta me ofereceu vinho e recusei, viu que eu falara sério. Pensava no naipe de espadas, decerto, quando podia pensar em qualquer outra coisa além daqueles incríveis seios tão próximos. Esgrima e bebida não combinam.

— Que tipo de trabalho?

— Zuanbattista Sanudo.

Tente dizer isso com a boca cheia de ravióli de camarão. Ela me introduziu outra gostosura na boca.

— Fácil. Os Sanudo são um dos clãs mais antigos, dizem descender dos doges do século IX. Zuanbattista serviu em todos os grandes conselhos, o *Collegio*, o Senado, os Quarenta, os Dez. Combateu em Lepanto. Passou três anos como embaixador de Constantinopla e antes chefiou uma missão especial a Paris, um triunfo após outro. Faz parte do mais secreto dos círculos secretos. A primeira esposa era uma Marcello e a segunda, Morosini, ou seja, se uniu por casamento a duas das maiores famílias de Veneza. Creio que se saiu bem do segundo. Ela era irmã...

—*Madonna* Eva?

— Correto. Ela ou Zuanbattista herdaram a editora. É provável que planejem casar a filha em outro dos grandes clãs.

— Sanudo é um possível doge, então?

— Quando tiver idade suficiente. Mesmo agora, com a ficha diplomática e fortes ligações no Grande Conselho, é quase certo que seja eleito procurador de San Marco assim que houver uma vaga.

Ela me alimentou de novo.

— Riquíssimo? — murmurei.

Violetta encolheu os ombros.

— Senhor de imensas propriedades no continente.

Nossas coxas e ombros se tocavam. Eu ia enlouquecer.

— E como sabe que a esposa sonha em ser dogaresa?

Medeia deu um riso duro e metálico, mas terminou como algo muito mais suave. As feições diamantinas suavizaram-se em pérola e os olhos cor de esmeralda brilharam na meia escuridão de uma noite enluarada. Helena retornara.

— Um jovem nobre engraçado que conheci no continente. Deu um lance pelas minhas afeições. Louco por Eva... uma jovem e linda esposa abandonada por um marido ancião em tédio pastoral, e ele *tããão* bonito.

— Ela também não foi receptiva?

Adivinhei que o lance do jovem por Violetta não fora alto o suficiente, ou ela não falaria dele.

O CÓDIGO DO ALQUIMISTA

— Nem mesmo viu o exterior da porta do quarto de Eva, pelo que me disse. Ela afirmou que não ousava arriscar o futuro político do marido com um escândalo. Como se alguém desse a mínima importância!

— Eu dou — disse, e levantei-me da mesa. — E agora preciso ir mesmo.

Medeia surgiu tremeluzente por um momento.

— Não se atreva!

Dei de ombros e voltei-me para a porta. Senti o piso do terraço estremecer quando ela se moveu. Dois braços macios me envolveram. Mãos me apalparam. Gemi e recostei-me.

E assim por diante. Preencham os detalhes vocês mesmos. Não, foi muito melhor. Violetta é a mais excelente cortesã da Europa.

Mais tarde, ao flutuarmos juntos naquilo a que os grandes poetas se referem como euforia pós-coito, ela perguntou sonolenta de que mais eu precisava saber. Violetta, como Helena, é a mulher mais sensual do mundo, mas aquela não era a sua voz. Examinei-a, nariz com nariz, e confirmei que os olhos haviam mudado de escuro para azul, da noite para o dia. Mais uma vez se tornara Aspásia, disposta a partilhar mexericos políticos.

— E Giro, o filho?

Ela, como hão de lembrar, me indicara aquele cavalheiro no teatro sem nenhum motivo aparente, portanto eu esperava que se fechasse naquele ponto, pois minha amada jamais fala de protetores. Violetta não o fizera.

— Advogado. — Desprendeu-se da voz um tom de estranho desinteresse. — Frequentou a universidade de Pádua,

DAVE DUNCAN

serviu no *Quarantia*, eleito para algum posto menor no continente. — Fez uma pausa, refletiu. — Nunca pareceu se interessar muito por política e pararam de elegê-lo, até o mês passado, quando de repente o fizeram ministro. Circularam rumores de que ele quis recusar.

— Não poderia!

— Sem o Grande Conselho o punir com uma enorme multa, não. Eu soube que queriam mesmo era honrar o pai dele. Talvez pareça estranho que Veneza prestasse tributo a um homem elegendo o filho para um cargo que ele não queria, mas isso de fato acontece. O Grande Conselho às vezes é ainda mais perverso, por exemplo, quando se enfurece com o doge e continua a nomear parentes dele para cargos apenas pela satisfação de derrubá-los com votos.

— O próprio Giro é uma pessoa insignificante — disse Aspásia, rejeitando-o. — Vou perguntar por aí. Diga-me o que precisa saber.

O justo é justo, embora eu soubesse que a reação com certeza seria tempestuosa.

— A filha de Zuanbattista talvez tenha sido raptada.

Violetta sentou-se bruscamente e balançou a cama como um pequeno terremoto.

— Ou talvez tenha fugido?

Garras fulgiram.

— Isso certamente é possível.

Medeia voltara, e vi-me em iminente perigo de perder os globos oculares.

— Deixe-a em paz, Alfeo Zeno, senão nunca mais falarei com você de novo!

O CÓDIGO DO ALQUIMISTA

— Mesmo que tenha sido aprisionada por algum predador?

— E você decidirá qual das duas coisas, sem dúvida? Nem mesmo levará a opinião dela em conta! Acha que não passa de uma menina doidivanas idiota, impelida pela luxúria, e cuja vida tem de ser organizada por homens?

Eu não tinha resposta para isso, porque um aprendiz deve obedecer ao mestre, e *madonna* Eva comprara o meu por mil ducados.

3

A hora do almoço terminara, e uma dezena de homens e meninos da família Marciana retornava à margem diante da Casa Barbolano, ocupados em descarregar a barcaça, mas não a ponto de não me notar saindo do número 96. Segui pela borda e voei escada acima, perseguido por muita inveja lasciva. Um homem não pode sorrir para uma moça em San Remo sem a paróquia inteira discutir o que ele trama — em geral com íntimos detalhes.

Armado com um copo d'água da cozinha, voltei ao ateliê. O Mestre tornara a sentar-se na poltrona preferida, mas curvado e encolhido, em óbvia dor. A clarividência é uma provação para ele, além de deixá-lo esgotado e incapacitado, às vezes durante dias. Tomou um golinho da água, devolveu-a, depois se curvou de novo e segurou a cabeça latejante nas mãos.

— Que foi que eu vi? — murmurou.

Aproximei-me para inspecionar os resultados, os rabiscos em giz na mesa de ardósia. A escrita é atroz mesmo quando as condições são favoráveis; quando faz previsões, pode-se

O CÓDIGO DO ALQUIMISTA

tornar totalmente ilegível, até para mim, e ele nunca se lembra do que escreveu.

— Impressionante — comentei.

Quase legível, e as palavras faziam tanto sentido que temi ter perdido alguma coisa. Em geral, clareza significa profecia de curto alcance, como parecia ser aquela:

Onde o peixe fica numa orla de vinho e bandeiras não tremulam,
Por que um cisne negro usa gola branca?
Em meio a centenas de bocas de bronze, a grande se cala.
O aço retinirá mais alto e lágrimas devem fluir.

Ele grunhiu.

— Amanhã.

— Foi como a li, mestre.

A notícia iria repercutir de forma amarga na Casa Sanudo. Dar à menina uma noite longe de casa e "ilesa" com o cúmplice significaria menos do que a mãe esperava. De minha parte, aborrecia-me a menção de aço retinindo. Pelo menos a estrofe de quatro versos falava em fluir de lágrimas, não de sangue, mas o desembainhar de espadas logo intensifica a incerteza, e por isso obscurece a previsão.

O doutor também o sabia, decerto, pois me ensinara.

— Não precisa fazer isso, Alfeo — resmungou. — A não ser que queira.

— Ótimo! Parece perigoso demais. Não vou.

Ele ergueu os olhos, desanimado, já vendo os mil ducados evaporarem como cristais de enxofre.

DAVE DUNCAN

Ri para tirá-lo daquela aflição.

— Se o senhor achasse que havia uma chance num milhão de que eu ia dizer isso, não teria feito a oferta, certo? Por certo que irei. Sou o naipe de espadas que se interpõe entre os amantes e o mundo.

— Como?

— Tarô.

Ele tornou a grunhir e esforçou-se para levantar-se. Entreguei-lhe o cajado. Parecia bastante firme, então o deixei martelar o caminho até a porta, enquanto me dirigia à escrivaninha.

—Precisamos de um contrato — disse o velho ao sair. — E da autoridade do pai.

— Itálico, romano, ou gótico?

Nostradamus bateu a porta sem responder, assim aparei a pena para escrever em itálico.

Giorgio e eu trotamos escada abaixo até o nível do mar e saímos para a gôndola.

— Para lá — disse, e instalei-me à vontade na *felze*. — Casa Sanudo.

— Qual?

Giorgio Angeli é um homenzinho magro, mas resistente, com a força de um cavalo. Ajeitou o chapéu emplumado de gondoleiro e encaixou o remo na toleteira.

— Zuanbattista.

— Não a conheço.

Voltei-me para examiná-lo, surpreso.

— Achei que você conhecesse todos os prédios na cidade.

O CÓDIGO DO ALQUIMISTA

Ele deu de ombros, satisfeito, mas sentido.

— Veneza tem mais Sanudo que gaivotas. Posso perguntar. Uma remada nos despachou pelo rio San Remo. Embora um tranquilo e pequeno canal da periferia, numa tarde de sábado tem bastante tráfego, e a beleza atemporal de Veneza, onde cada prédio é diferente, brilhando à luz refletida dançante, etérea, nunca a mesma de um momento para o seguinte. Vozes gritam saudações ou irreverências, outras cantam. Pessoas que passam em barcos gritam para outras em janelas ou pontes, mas nunca se ouve o tropel de cascos nem a barulheira de carroças que prejudicam outras cidades.

Giorgio encostou perto de uma gôndola que vinha em nossa direção e gritou:

— Giro?

O gondoleiro olhou em volta e disse:

— Ei! Giorgio!

Não se tratava do mesmo Giro, óbvio — os nobres eleitos para o *Collegio* não remam gôndolas nas tardes de sábado, nem em hora nenhuma. Aquele Girolamo tampouco conhecia a Casa Zuanbattista, então gritou para outro barco que vinha em sentido contrário. Fechei às pressas as cortinas da *felze*, mas não podia disfarçar meu gondoleiro e logo circularia por toda a paróquia, senão pela cidade, que Alfeo, o braço direito do Mestre Nostradamus, procurava Zuanbattista Sanudo.

O terceiro homem nos informou que o palácio era a antiga Casa Alvise Donato, na paróquia Santa Maria Madalena, em Cannaregio. Há ainda mais Donato que Sanudo no Livro de Ouro, mas Giorgio conhecia a casa e gritou agra-

DAVE DUNCAN

decimentos. Se o *sier* Zuanbattista acabara de comprar uma grande mansão, devia ter-se saído bem em Constantinopla.

— Precisarei de você amanhã de manhã — eu disse. — Cedo. Bruno também.

— Boa causa?

Giorgio parou de olhar o canal à frente para me lançar um olhar avaliador, perspicaz. Vira os labirintos aos quais meu trabalho para o doutor podia levar-me.

— Uma causa muito boa — respondi com firmeza.

Mas seria mesmo? Eu ia tornar no mínimo uma pessoa muito infeliz. O homem podia ser sedutor e predador, mas era provável que fosse apenas um jovem amante enlouquecido como eu. Devolveria Grazia às indesejáveis atenções do rei das moedas, fosse quem fosse, ou a condenaria ao aprisionamento permanente num convento, mas o bonito namorado enfrentaria consequências ainda mais terríveis.

Lugar nenhum fica longe de qualquer parte em Veneza. Reconheci o brasão de âncora e cisne dos Sanudo na gôndola amarrada numa escada pública de desembarque, e Giorgio apontou a casa, umas três portas adiante. As galerias de arcos em pedra branca de Ístria que demarcavam o pavimento térreo e o *piano nobile* eram no estilo bizantino, portanto tinham no mínimo trezentos anos de existência. Também parecia muito menor do que eu esperava, espremida entre dois prédios maiores, uma estranha contradição do julgamento de Violetta, de que Sanudo talvez possuísse riqueza suficiente para servir como doge. Alguns cargos governamentais de baixo escalão pagam um estipêndio, mas

O CÓDIGO DO ALQUIMISTA

os de alto, não. Alguns acarretam um pesado fardo financeiro, o que os reserva para os ricos. Talvez Zuanbattista apenas observasse a antiga tradição republicana de frugalidade. Bati com uma grande aldrava de metal em forma de âncora. A porta abriu-se quase de imediato, como se alguém me esperasse, e quem apareceu não foi um mero criado, mas o próprio ministro Girolamo, o homem que Violetta me apontara no teatro. Os nobres livravam-se dos trajes formais em casa, e ele se vestia como qualquer outro rico, de calça até a altura dos joelhos, meião, gibão e capa curta, com um elegante rufo branco, embora a indumentária fosse menos colorida que a maioria e de material mais humilde que a seda que eu teria esperado. Parecia estranho para um homem daquela idade e posição.

Mão no coração, curvei-me, mas ele falou antes de mim.

— *Sier* Alfeo?

— *Sier* Girolamo, Mestre Nostradamus envia-me com boa notícia, *messer*.

O atributo de boa depende do ponto de vista. Eu preferiria ter proferido má.

— Então é duplamente bem-vindo à nossa casa. Entre e conforte meus pais. Minha mãe anseia por uma palavra. — Ouvi uma insinuação de que os homens Sanudo mimavam a tola mulher. — Sabe onde está Grazia?

Curvou-se para eu entrar e quase me impeliu pelo corredor até a escada.

Não se viam fardos de mercadoria e pequenos barris amontoados na Casa Sanudo como se veem na Barbolano, mas estantes cobriam toda a extensão das paredes e caixo-

51

tes entulhavam o piso, alguns dos quais abertos, revelando que continham livros. O ar enojava com o odor de madeira, verniz e couro. Uma grande biblioteca, muitas vezes maior que a do meu amo, mas, claro, Zuanbattista herdara a propriedade do cunhado editor.

— Meu mestre anteviu-a — eu disse, relutante por ter de contar a história duas vezes.

De fato, a quadra dera-me uma clara ideia de aonde fora Grazia e, sem dúvida, o mestre também vira isso, mas a profecia mandava esperá-la na Riva del Vin, portanto essa era nossa melhor chance de encontrá-la.

Giro murmurou alguma coisa no sentido de ainda não estarem adequadamente instalados quando chegamos ao meio do corredor e viramos para subir a escada. Os degraus, lavados por séculos de pés, exibiam ligeira inclinação. Típico de Veneza, construída na lama da lagoa; tudo perde a firmeza após um século ou mais.

— É impressionante — ele disse, e na certa se referia à clarividência.

Decerto treinavam os advogados para não serem demasiado humanos e crédulos. Que poderia haver de mais bizarro que a clarividência? Se todos a tivéssemos, eles ficariam desempregados. Se de fato impressionava o próprio Giro, era porque ele parecia surpreendentemente indefinível para um *nobile homo*. As meias cobriam-lhe as panturrilhas delgadas; ombros estreitos, o rosto, voz e postura da mesma forma sem arrojo. Violetta descrevera-o como uma pessoa sem importância.

Viramos no nível do mezanino e um segundo lance nos levou ao *piano nobile*. Mais caixotes ali, vários grandes e cha-

O CÓDIGO DO ALQUIMISTA

tos demais para conter outra coisa senão pinturas. Entre eles, erguiam-se pedestais e bustos, e duas estátuas sem suporte, colocadas de modo desajeitado. Os Sanudo continuavam em processo de mudança para a casa na nova cidade. Em meio a esse entulho temporário se encontrava nosso anfitrião, sorrindo por entre a floresta de barba. Também descartara as túnicas formais e cumprimentou-me como igual, uma surpreendente concessão à minha humilde posição. Nada de reserva aristocrática — com toda probabilidade, o *sier* Zuanbattista era ainda mais cético sobre a clarividência que o filho, mas via em mim um convidado, e tinha inclinação política na vida. Quando ficasse pronto para disputar o cargo de doge, eu talvez fosse um membro votante do Grande Conselho.

— Minha esposa foi deitar-se — explicou —, muito aflita, como seria de esperar.

Aflita o bastante para jogar fora mil ducados; aflita demais para ele mantê-la bem longe e não poder aumentar a oferta.

Uma casa espremida entre os vizinhos não poderia ter janelas nas laterais. Ele levou-me aos fundos para um elegante *salotto*, onde vários bronzes refinados pareciam em alegre conforto e várias pinturas chamaram-me aos gritos para entrar e admirá-las. Também tive vontade de apreciar, embasbacado, os afrescos do teto e o desenho do piso do terraço, e até o mobiliário, que raras vezes noto. As janelas que iam de uma parede à outra numa pequena sacada haviam sido abertas e proporcionavam um bem-vindo ar naquele dia abafado e uma bela vista do jardim com um espaço surpreendente e bem cuidado. Eu já sabia que

Dave Duncan

a Casa Sanudo tinha um jardim, sem dúvida, mas a visão aumentou-me a apreciação da mansão. Antigo e pequeno, porém requintado como um relicário.

— *Sier* Alfeo Zeno — proclamou o anfitrião em voz alta, ao apresentar-me a uma trouxa de roupas sujas numa grande poltrona — assistente do Mestre Nostradamus. *Madonna* Fortunata Morosini.

A trouxa de roupas balançou a cabeça sem despregar os olhos do crucifixo que agarrava nas mãos no colo. Idosa, usava a roupa toda preta, normal em viúvas, mas tinha o rosto de tez escura, rachado e corroído por um milhão de rugas amargas, como se a vida houvesse sido uma série infindável de decepções, semelhante à mãe do diabo. Se eu fosse uma mocinha de quinze verões com aquela bruxa Fortunata como acompanhante, a teria jogado pela janela em vez de a mim mesmo.

— Queira se sentar, *sier* Alfeo — disse Zuanbattista. — Agora, qual é a notícia?

Giro permaneceu de pé. A velha apenas encarava o crucifixo. Eu seria o destaque da próxima confissão dela.

— O Mestre anteviu sua filha, Excelência. Confia em que possamos interceptá-la.

— Continue! Onde?

— O termo "quando" é mais específico — respondi. — O Mestre me anteviu interpelando-a em certo lugar público amanhã cedo.

Os dois homens trocaram olhares incrédulos.

— Mas onde está ela agora? — quis saber Giro.

— Isso não lhe foi revelado.

O CÓDIGO DO ALQUIMISTA

— Volte e mande-o tentar mais uma vez!

— Ele não poderia, não hoje. Está exausto. Acreditem em mim, Excelências, tentei muitas vezes ter visões no cristal como meu mestre faz. Raras vezes consigo, e quando isso ocorre minha cabeça explode de dor.

Essa admissão os fez retraírem-se. A Igreja poderia queimar-me na fogueira por isso. A velha Fortunata persignou-se, um inesperado movimento, prova de que continuava conosco neste vale de lágrimas.

— Mas é ilógico! — queixou-se Giro. — Por que ele consegue prever amanhã e não hoje?

Nostradamus pode arriscar ignorar perguntas de um aristocrata, mas eu não tenho reputação internacional para proteger-me.

— O que ele me explicou, Excelência, é que são muitos os futuros possíveis. O Senhor dá livre-arbítrio a todos os seus filhos. Existe um futuro no qual a pessoa decide ir cedo à missa no domingo, e outro em que vai mais tarde, não é? Talvez haja ainda outros, mas apenas um deles chegará ao passado. A situação ideal seria a de quem levou sua irmã ter firmes planos de permanecer num único lugar por algum tempo, ou em algum lugar, durante determinado tempo... um encontro, digamos. Entende? Então, um futuro é muito mais provável que outros, assim meu mestre pode prevê-lo e aconselhar a providência adequada. Se alguma coisa interfere e transtorna os planos deles, a imagem fica indistinta e desaparece, como um reflexo de canal quando passa uma gôndola. Faz sentido?

— Não. Onde está ela agora? Tem de estar em algum lugar.

DAVE DUNCAN

— Sem dúvida, mas o Mestre precisa descobrir. Ela e os, hum, captores talvez se encontrem em um barco na lagoa a flutuar sem rumo. Ou talvez a tenham amarrado num sótão escuro... — Os ouvintes apressaram-se a persignar-se. — Meu amo talvez a veja no transe e ainda assim não consiga dizer onde ela está. Mas também é possível que tenham feito uma combinação de encontrar alguém amanhã em determinada hora e em certo lugar. Continua ilógico?

— Não — admitiu Giro. — Faz sentido.

Ele queria dizer que aquela era uma desculpa plausível, mas não que acreditava nela.

Notei que ninguém me pediu para definir quem eram *eles*. Talvez o irmão pensasse em *sequestradores*. O mais provável era que todos concordássemos com *amantes*.

— Darei a boa notícia à minha esposa — disse Zuanbattista ao sair.

— Claro que vou com você amanhã — anunciou Giro.

— Seria desaconselhável — opus-me. — E se, por exemplo, os malfeitores o reconhecessem antes que Grazia chegasse?

Sopraram ventos frios de suspeita, enquanto o advogado pensava na objeção. Eu gostaria que se sentasse e não se agigantasse acima de mim. Insisti.

— Eu trouxe esta carta de acordo. Se eu não entregar sua irmã em segurança dentro de três dias, ou pelo menos fornecer prova do paradeiro dela, seus pais nada devem ao Mestre. — Apenas por precaução, caso ele achasse que nos havíamos envolvido na trama desde o início, acrescentei: — Sua irmã explicará o que aconteceu e quem a raptou.

O CÓDIGO DO ALQUIMISTA

Tive um pesadelo momentâneo com uma resgatada vingativa e relutante a declamar: *E, depois que Zeno fez o pior, Mestre Nostradamus me carregou escada abaixo no ombro...* Por ora, no entanto, os Sanudo tinham de confiar em nós ou nos demitir. Giro sabia disso e nada restara a perder, pois se tratava de termos mais que justos, ainda que o preço não fosse. Passei-lhe duas cópias do contrato, enfeitadas com o lacre de meu amo e uma assinatura mais linda e imponente do que qualquer uma que o próprio teria condições de fazer.

— E poderá identificar o homem com ela?

Homem, não *homens,* notei. Alguém que Giro já conhecia, senti forte suspeita. Teria Grazia feito algo totalmente pavoroso, como fugir com um oleiro ou jardineiro? A reputação da família ficaria arruinada para sempre.

— Não espero fazê-lo — respondi. Achava ele que eu mantinha relações amigáveis com membros da corporação de sequestradores? — Dirigirei todos os esforços ao resgate de sua irmã. Também trouxe esta carta para seu pai assinar, dando-me autoridade para trazê-la aqui, porque não desejo ser preso no lugar dos verdadeiros sequestradores.

O pai retornou logo à sala, uma presença muitíssimo mais dinâmica que a apagada do filho.

— Minha esposa se sente muito aliviada e envia agradecimentos. Seu mestre perguntou por uma imagem.

Indicou a parede atrás de mim.

Levantei-me e inspecionei o retrato de família, que nada me disse de útil. Zuanbattista, Eva e até Giro assemelhavam-se muito aos atuais. A moça era apenas uma criança de olhos grandes, impossível imaginá-la como uma tentação que ins-

DAVE DUNCAN

pirasse um amante à insanidade. Era uma obra insípida, e um artista mais talentoso teria ocultado melhor o excesso de nariz da menina.

Eu preferiria ter passado meia hora examinando a *Virgem Maria com o Menino Jesus* ao lado, que julguei talvez de Jacopo Palma Vecchio. O modelo fora sem dúvida Violante, filha de Palma, mas quando afastei os olhos do quadro na parede anexa vi tanto um rosto quanto um estilo que conhecia.

— Andrea Michelli! — exclamei. — Comumente conhecido como Vicentino?

— Correto, de fato, *sier* Alfeo — Zuanbattista pareceu impressionado, como deveria.

Eu podia fazer ainda melhor.

— Nunca vi um retrato de casamento da autoria dele, *messer*, mas será que o noivo é Nicolò Morosini?

— Conheceu Nicolò?

Desta vez a surpresa significava que eu era jovem demais.

O tempo recuou, e mais uma vez eu olhava Nicolò, bem como era naquela primeira manhã de minha aprendizagem, nariz épico e tudo mais — daí viera a maldição de Grazia. Ao lado, uma noiva suculenta, de gloriosa beleza.

— Vi-o uma vez, *clarissimo*. Seis anos atrás, apenas semanas antes da triste morte dele.

— *O livro foi amaldiçoado!*

Esse inesperado cacarejo de tia Fortunata me fez saltar... ainda não morrera? Nicolò faleceu de um dedo infeccionado, e a superstição popular na época atribuiu-o a um corte de papel que sofrera quando manuseava um livro proibido, um dos títulos do *Index*.

— Assim dizem, *madonna* — respondi.

O CÓDIGO DO ALQUIMISTA

Surpreendi o *sier* Zuanbattista a examinar-me. Supondo que se perguntava se eu acreditava em tal disparate, mostrei-me evasivo. Antes que um dos dois pudesse fazer algum comentário, o prático advogado da família nos trouxe de volta à realidade.

— Acho que pode assinar com segurança esses documentos, pai. Admiro a caligrafia. Quem é o escrivão do Mestre?

Curvei-me.

Giro retribuiu a mesura. Quando o pai se encaminhou a uma escrivaninha, acrescentou:

— Mais alguma coisa?

— O jardim. Gostaria de ver como os raptores tiveram acesso à casa.

Também queria revistar o quarto de Grazia à procura de sinais de fechaduras forçadas ou cartas de amor debaixo do colchão, mas sabia que jamais me permitiriam entrar lá. Nos terrenos talvez eu conseguisse.

— Por quê? — rebateu Giro, irritado, no primeiro sinal de emoção humana. — Que tem isso que ver com Nostradamus e a bola de cristal dele?

— Nada — respondi da forma mais delicada possível —, mas talvez limite o dano em minha pele amanhã. Espero conseguir encontrar pegadas para me dizer contra quantos homens talvez me veja. Precisarei arregimentar companheiros? E a escada — continuei, antes que ele pudesse interromper-me. — Suponho que trouxeram a escada. Em geral, são necessários dois homens para carregar uma escada comprida o suficiente para chegar a um quarto veneziano. A não ser que sua irmã dormisse no térreo.

Ele fechou a expressão diante de meu gracejo, pois apenas os empregados e os muito pobres dormem na umidade do nível do mar.

— Já examinei. A grama fica seca após o calor. Não há pegadas.

— Mostrarei o jardim ao *sier* Alfeo — ofereceu-se Zuanbattista quando trouxe as cartas de volta, espanando a areia da assinatura. — Vá tranquilizar sua mãe.

Giro e eu fizemos nossas mesuras de despedida. Expressei desejos afáveis de boa sorte futura a Fortunata, que não mostrou a mínima reação, e o dono da casa acompanhou-me para fora. Conduziu-me na descida até o *androne*, pois era evidente que faltava à Casa Sanudo uma escada externa, característica da maioria dos pátios venezianos. De fato, havia um poço no centro, pois os pátios costumam ficar sobre cisternas, revestidas de argila e cheias de areia para filtrar a água de chuva, embora nos dias de hoje todos, exceto os pobres, bebam água trazida do rio Brenta. O pátio dos Sanudo era um jardim, pequeno, mas bem planejado. Um século atrás, talvez fosse cultivado com legumes e abrigasse galinhas, mas agora o dedicavam a flores e árvores frutíferas. As casas anexas voltavam-se para cada lateral do pátio, o lado extremo fechado por um muro com portão, e podiam-se ouvir vozes dos que passavam pela *calle* além.

Haviam encostado a escada na parede da casa. Parecia novinha em folha e curta o bastante para só um homem carregá-la, embora os *Signori di Notte* com certeza fossem parar e interrogar qualquer um que andasse com uma escada pela cidade à noite. Também curta o bastante para caber numa gôndola de tamanho-padrão.

— Os degraus de acesso à margem ficam três casas adiante naquela direção, *messer* — comentei. — Pode-se acessá-las a partir do portão?

O CÓDIGO DO ALQUIMISTA

Ele assentiu com a cabeça.

— E a janela de sua filha?

O conselheiro ducal apontou uma janela no nível do mezanino, sob as sacadas gêmeas. Era provável que a escada chegasse até lá, mas uma grade de ferro protegia o batente. *Madonna* Eva testemunhara que o filho subira por ela, e o marido não apenas sabia disso, mas eu também sabia. Decerto a escada não servia para conseguir entrar na própria casa.

Levei-a até o outro lado e confirmei o bom ajuste para o muro do jardim. Viam-se marcas no canteiro de flores, demonstrando que alguém entrara por ali, levando a escada consigo. Apenas um homem, pelo que percebi, com pés maiores que os meus. O intruso carregara a escada até a casa para subir e bater na janela. Grazia descera, para deixá-lo entrar ou juntar-se a ele no pátio, e os dois saíram pela porta da frente ou pelo portão. De manhã, Giro decerto não entrara pela janela, portanto ou a irmã não trancara a porta do quarto ou a mãe tinha uma duplicata da chave. Retornei com o fardo e deixei-o onde o encontrara. Depois inspecionei a porta.

— Se fecharam bem os ferrolhos para a noite, *clarissimo* — concluí, enquanto tirava o pó das mãos —, os vilões tiveram ajuda de dentro da família ou sua filha talvez tenha sido enganada para deixá-los entrar.

— As mocinhas sem conhecimento do mundo talvez sejam muito ingênuas — admitiu Sanudo.

E algumas mães nobres não estão acima de contar mentiras e inventar uma história.

DAVE DUNCAN

Zuanbattista parecia examinar as árvores frutíferas. Esperei, e adivinhei que talvez chegasse algo importante.

— É estranho voltar ao lar após três anos no exterior e descobrir que uma filha antes conhecida se tornou uma jovem que não conhecemos mais.

— Sem dúvida deve ser mesmo, *clarissimo*.

— Existem poucos nomes mais antigos e honrados em Veneza que Zeno.

— Tenho consciência de meu dever.

Ele continuava a contar lagartas.

— Detestaria pensar no filho de Marco Zeno, que demonstrou tanto heroísmo em Lepanto, afundado a ponto de vender panaceias aos crédulos ou espoliar mães desesperadas.

— Seria impensável — respondi, irritado.

Agora ele de fato dirigiu o olhar a mim, os olhos de um homem de poder dominante.

— Acredita mesmo que pode encontrar minha filha amanhã, Alfeo Zeno?

— Pelos meus ancestrais, acredito, *messer*!

— Então que Nosso Senhor e Sua Santa Mãe estejam com você. Se não conseguir nada além disso, só lhe peço que diga a Grazia que a amamos e desejamos sua felicidade.

Pensaria assim *madonna* Fortunata? Ou *madonna* Eva? Mas o *sier* Zuanbattista subiu de repente em minha avaliação. Talvez tenha desejado escolher o genro, mas não parecia ser um daqueles nobres cavadores de dinheiro que condenam filhas ao aprisionamento perpétuo em conventos apenas para preservar a fortuna da família para os irmãos.

— Direi, mesmo que isso exija meu último suspiro, *messer* — prometi.

4

Não sou o maior espadachim do mundo. Classifico-me em terceiro ou quarto entre os doze na aula de esgrima do capitão Colleoni, segunda-feira à noite, para jovens cavalheiros. Os outros, na maioria, são meros diletantes, porém, e existe um mundo de diferença entre a esgrima recreativa e o combate de vida ou morte. A grande vantagem que tenho sobre os que se dedicam à busca de prazer é que já estive em lutas de espada e sobrevivi. Sangrei, de vez em quando, mas agora sei que não entrarei em pânico, e conservar a cabeça equivale a nove décimos de uma verdadeira batalha. Esse conhecimento proporcionou-me um conforto surpreendentemente pequeno quando, parado em um sombrio vão de porta num amanhecer nebuloso, viscoso, o maior clarividente do mundo advertira-me de que eu ia precisar de meu florete. Estremeci.

Era domingo, por isso o grande sino *marangona* na *Piazza* San Marco não tocara para anunciar o início do dia de trabalho, mas já os cerca de setenta campanários das paróquias convidavam à primeira missa. Nesse dia, roupas lavadas não batiam das sacadas e terraços nos telhados. Havíamos feito todo o possível para realizar a profecia e agora cabia ao Destino concluir o trabalho. Eu esperava que o fizesse logo, pois os devotos partiam para a igreja. Logo se veriam multidões nas quais poderia desaparecer nossa presa, e demasiadas testemunhas.

Eu usava meu florete e adaga.

Meu braço direito ao lado era Bruno, nosso carregador. Chamá-lo de grande seria dizer que o mar é molhado, mas se trata do homem mais delicado do mundo, e recusa-se a portar até mesmo um porrete. Também é surdo-mudo, por isso eu lhe explicara na linguagem de sinais que o amo inventara para ele: *Homem mau — rouba — mulher. Alfeo e Bruno — encontram — mulher — mulher feliz.* Ele tem inteligência suficiente para reconhecer uma boa causa e concordara em levar junto a única arma que podia tolerar, o maior ferro de engomar de Mama Angeli, num saco de lona.

Uma calçada de pedestres ao longo de um canal, embora seja uma *fondamenta*, se construída larga o suficiente para descarregar carga, torna-se uma *riva*. Paramos numa entrada na Riva del Vin, da grande ponte Rialto, bem defronte ao mar, lugar indicado pela quadra. Em qualquer outro dia, esse cais zumbiria como um enxame de abelhas de barcaças, barcos e gôndolas, ruidoso de insultos, gracejos e queixas, mas hoje estava deserto. A floresta de mourões de atracação listrados erguia-se abandonada na água, e servia apenas como poleiro para gaivotas de olhos amarelos, que nos encaravam, óbvios intrusos, desconfiadas.

No outro lado do Grande Canal, a principal rua da cidade, fica a Riva del Ferro, com uma parede de prédios, qua-

O CÓDIGO DO ALQUIMISTA

tro, cinco ou até seis andares de altura, ao fundo. O *traghetto* ali ficara quase deserto, embora um dos poucos barcos que se demoravam perto fosse o do Mestre, com Giorgio à espera e pronto para correr em nossa ajuda.

Outras gôndolas percorriam o Grande Canal e paravam bem distantes para deixar visível o arco de mármore de Rialto. Em minha infância, exibiam matizes vivas e vistosas, vibrantes de cor e dourado, cada *felze* ostentava ricas cortinas e cada casco proclamava o chamativo brasão do dono. Que pena o Senado se ofender tanto com tão flagrante competição a ponto de decretar que as gôndolas deviam se tornar cada vez mais simples, até serem agora todas pretas, com cortinas pretas e almofadas de couro pretas. Apenas poucos acessórios escaparam do viscoso domínio da uniformidade, em particular a cavilha dos remos e o mastro perto da proa, que leva uma lanterna à noite e uma flor durante o dia — esses mastros ainda são muitas vezes dourados —, e permite-se aos donos que exibam as armas no lado esquerdo do barco. As de aluguel mostram a Virgem ou um santo.

Então surgiu uma gôndola que se movia rápido, sem flor nem lanterna, mas com um pano branco amarrado ao mastro da proa para ser identificada a certa distância. Cisne negro, gola branca, deslizava em direção à escada à nossa frente. Duas pessoas surgiram da *calle* do Sturion à minha esquerda e caminharam rapidamente até a gôndola. Não tinham vindo da entrada da Hospedaria Esturjão, como eu esperara, mas trata-se apenas da mais antiga e famosa de muitas hospedarias frequentadas por estrangeiros perto de Rialto, e os dois poderiam ter passado a noite numa casa particular, de qualquer modo. Ele era alto, usava uma curta capa azul sobre um colete cor de anil, calça na altura dos joelhos e meias compridas de seda branca. Carregava uma mala de viagem. Ela não chegava nem aos ombros dele, mas com toda a certeza não lhe oferecia resistência. De fato, davam-se as mãos e balançavam os braços naquela exibição infantil que os amantes usam para afastar outras pessoas. Eu esperava que Bruno não fizesse nada precipitado, mas a linguagem de sinais não tem como abranger sutilezas como: "O homem mau talvez seja mau apenas aos olhos da lei, e a menina talvez não seja infeliz".

Avancei correndo.

— *Madonna* Grazia Sanudo!

A jovem gritou. O homem largou a mala, fez lampejar de repente o florete e brandiu-o para mim como um louco. Essa arma não se destina a golpear, mas ele a dirigia ao meu rosto. Aparei com o braço e saquei o meu. Apesar de alertado, mal tive tempo para me defender antes de lutar para salvar a vida. Embora ele fosse rápido e levasse uma significativa vantagem de alcance, usava uma técnica errática e descuidada. Jamais recebera aulas ou, se o fizera, esquecera todas no horror de um combate real. O capitão Colleoni o teria repreendido com escárnio.

— Pare com isso, seu louco! — bradei, mais ou menos. Eu aparava e aparava os golpes, sem resposta. — Há pessoas olhando!

Então o reconheci gritei:

— Santos! *Danese?* — e escapei por um triz de levar quase um metro de metal no olho direito. Isso funcionou. — Idiota!

O código do alquimista

Arrebatei-lhe o florete com a mão esquerda e baixei o meu atravessado no pulso dele. Usei o lado falso da lâmina, mas uma vara de metal pode machucar sem cortar.

O rapaz berrou e soltou a arma; seu amigo gondoleiro tentou me esmagar a cabeça com o remo. Por sorte, Bruno vira a ameaça e chegou à luta como um terremoto de tamanho médio. Agarrou o homem, com remo e tudo, e, sem interromper os passos, carregou-o até a borda e atirou-o no canal.

Grazia Sanudo gritou furiosa e saltou para cima de mim, tentando ferir-me os olhos com as unhas. Vi-me obrigado a largar a espada de Danese e segurá-la pelo pescoço com a mão esquerda, para refreá-la.

Gritei acima dos berros dela:

— Não pretendo causar dano algum a Danese! Seu pai me mandou lhe dizer que a ama e quer que você seja feliz.

Ela se imobilizou e encarou-me, furiosa, com dois dos olhos maiores e mais escuros que eu já vira. Assustaram-me. Um homem podia afogar-se naqueles olhos se não os visse tão cheios de raiva e ódio.

— Você jura?

— Juro por todos os santos. Danese me conheceu a vida toda, não, velho amigo?

Nosso raptor com aparência de ogro apertava o braço direito e tentava levantar-se, curvado, sem cair. Soltei a infeliz prisioneira, que correu para agarrar-se a ele com muitos gritos de:

— Meu querido, meu amante, você está bem, meu coração, meu... seja o que for... — E assim por diante.

Nauseante.

— Ele quebrou meu pulso!

— Você, maldito, quase me matou! — respondi. Embainhei o florete e recuperei o dele. Ao ver que a luta terminara sem danos, homens corriam dos dois lados da *riva* e também surgiam da *calle*.

— Danese, velho amigo!

Separei a menina para abraçá-lo. Esperava que isso, uma saudação correta em Veneza, desencorajasse os intrometidos que começavam a perambular em volta.

Falei-lhe no ouvido.

— Vamos sair daqui antes que alguém chame os *sbirri*. Podemos conversar num lugar mais sossegado. — Soltei-o e disse em voz alta: — Lamento tê-la assustado, *madonna*. Seus pais estão muito preocupados com a senhorita. Tenho permissão escrita de seu pai para levá-la de volta à casa.

— Não quero ir para casa! — Tinha a voz maior que ela. — Meu pai não tem autoridade nenhuma sobre mim agora. Este homem é meu marido!

— Sim — suspirei. — Eu sei. Quer afirmar isso a um magistrado? Agora vamos, antes que os *sbirri* cheguem.

Levá-lo junto não fazia parte do plano e complicaria os problemas de forma considerável, mas eu conhecia o rapaz e o machucara. Chamem-me de piegas, mas não podia abandoná-lo assim.

Os venezianos são primeiro bons venezianos e bons católicos em seguida, mas a maioria dos padres casará um casal que ameaça abraçar o adultério — ou se abraçar de maneira adúltera —, não importa o que diga a lei sobre permissão paterna. O tarô me dissera o que se tramava.

O código do alquimista

Giorgio já trouxera a gôndola do amo do outro lado e convenci todos a embarcarem. Danese sentia demasiada dor para discutir, e a jovem se agarrava a ele como casca de árvore. O suposto gondoleiro deles emergira do banho. Se eu imaginasse que se tratava apenas de um gondoleiro, talvez lhe desse uma lira como gorjeta pelo apuro, mas ele tentara quebrar-me o crânio, e eu precisava de todos os miolos que o bom Senhor me dera. O homem não mais queria lutar; não tentou impedir-nos a partida.

Um sorridente curioso entregou-me a mala que Danese largara. Agradeci-lhe com afabilidade.

A menina foi na *felze*, decerto, mas quando o soez sequestrador tentou segui-la mandei-o sentar-se no banco do remador e arrastar a mão na água para evitar que inchasse.

— Você se julga médico? — ele rosnou.

— Não de todo, mas é a melhor maneira de aliviar a dor e impedir que inche.

Entrei com dificuldade e me sentei ao lado de Grazia, com o cuidado de deixar visível espaço entre nós. Giorgio, sorridente, instalou-se atrás da *felze*, com o que erguia bastante a proa, e, claro, ficou na popa, remo em punho.

Eu lhe disse:

— Casa Barbolano, por favor.

O plano original era ir direto para a Casa Sanudo. Ele virou a popa para Rialto e tomou o rumo de casa.

Grazia era pequena, como eu disse, e parecia pouco mais velha que no retrato de família. O nariz... Ou Mestre Michelli lisonjeou o modelo, ou o nariz crescera mais que o resto dela desde que ele pintara a imagem. Verdade, a

DAVE DUNCAN

jovem tinha o nariz do tio Nicolò, o que, numa mulher, era uma deformidade. Podia-se qualificar o corpo apenas como de "sílfide", em vez de "muito magro", mas tinha uma cor desinteressante e via-se um indesejável traço de dureza na boca. O vestido parecia infantil e meio amassado. Mas, ah, os olhos! Quase expiavam tudo mais. Sem o excesso de nariz, teriam feito dela uma beldade.

— Maldito seja, Alfeo Zeno! — lamuriou-se Danese. — Por que se intromete em minha vida? E como nos encontrou?

A primeira resposta era: "Mil ducados", e melhor não dá-la.

— Já ouviu falar no célebre Mestre Nostradamus? Os pais de Grazia o contrataram para encontrá-la. Sou aprendiz dele. Vou levá-lo à casa do mestre para tratar de sua mão. E talvez conversemos e resolvamos o caso. Têm um pedaço de papel com a assinatura de um padre?

— Por certo que sim! — ela gritou, embora nos sentássemos lado a lado. — Que tipo de mulher acha que sou?

Jovem e de uma incrível ingenuidade, apaixonara-se por uma cobra de lábia rápida como Danese Dolfin, apesar dos luminosos olhos cor de safira e voz subterrânea do homem.

— Mas não tinham a permissão de seu pai para se casar, portanto só são casados aos olhos da igreja, não sob as leis de Veneza.

Danese disse:

— Mas somos.

O olhar de escárnio dava a entender que se assegurara de que a Igreja não permitiria a anulação.

— Tem a aprovação do Grande Conselho?

Ele retornou ao mau humor sem responder à pergunta. Riscariam seu nome do Livro de Ouro, mas essa seria a me-

O CÓDIGO DO ALQUIMISTA

nor das preocupações se Zuanbattista Sanudo optasse pela acusação formal. Então enfrentaria o exílio, ou três anos de trabalhos forçados nas galés, ou pior. As galés consistiam numa lenta sentença de morte; cada ano equivalia a dois na cadeia. Grazia continuaria casada e com chance de ser condenada a terminar os dias num convento.

Ela soluçava ao meu lado, o rosto coberto pelas mãos. Tinha sem dúvida a esperança de que um jovem romântico e adorável como eu nunca resistiria a tal apelo, mas calculava errado. Não senti impulso nenhum de envolvê-la nos braços e pedir perdão. Era jovem demais para despertar-me paixão, e aquelas lágrimas falsas apenas a faziam parecer mais infantil.

— *Madonna* — eu disse —, agora que se casou, a família não vai aceitar seu marido e perdoá-la? Seu pai me disse que a ama.

Grazia abafou dois arquejos muito realistas.

— Ele devia ter pensado nisso antes de ordenar que me casasse com Zaccaria Contarini.

— Que há de errado com Zaccaria Contarini?

— É velho e medonho.

Agora eu sabia o nome do rei das moedas. O clã Contarini é um dos maiores na República, com enorme número de votos no Grande Conselho. Isso poderia explicar a eleição de Zuanbattista Sanudo para conselheiro ducal. Com o próprio clã Sanudo, ligações de matrimônio com os Morosini, e em potencial com os Contarini, ele teria cerca de cem votos garantidos.

Grazia baixou as mãos e fixou-me com os brilhantes olhos. Não parecia ter chorado muito nos últimos momentos.

DAVE DUNCAN

— Quem é você? Quer dizer, de verdade?

— Eu já disse.

— Um aprendiz? — A moça deu uma olhada no meu vestuário, que não a impressionou. — Veja! — Arregaçou uma das mangas e revelou um bracelete de ouro e âmbar.

— É muito antigo. Trabalho bizantino, de Constantinopla. Minha avó o deixou para mim. Eu o darei a você se nos deixar ir embora. Vale duzentos ducados. Pensei talvez em trinta ou quarenta. Fazem-no em grande quantidade, em Murano.

— Parece muito mais bonito na senhorita do que ficaria em mim, *madonna*. Na certa não se fechará em meu pulso.

— Poderia vendê-lo, garoto palerma!

Danese curvou o lábio para mim.

— Não tente suborná-lo, Grazia. Vai perder o fôlego. É um idiota e sempre foi.

Já meu conhecido de infância, ao contrário, sempre tivera olho aguçado para uma boa oferta.

Se Grazia fora ou não tola por recusar um Contarini, achei que tinha sido uma completa louca na alternativa escolhida. Uma semana antes, no teatro, Danese aparecera vestido como um rico jovem nobre. Não fora uma extravagância única nem roupas tomadas emprestadas para a ocasião, pois vestia agora um traje ainda mais majestoso. De algum modo adquirira dinheiro verdadeiro. Não por casamento, a não ser que fosse um bígamo secreto, e não das irmãs, se todas se haviam casado com artesãos ou trabalhadores braçais, como me contara. Aparência, nascimento e dinheiro juntos fazem milagres para um homem qualificado. Só porque

O CÓDIGO DO ALQUIMISTA

sempre o achei insuportável não significava que Grazia não tinha direito de adorar as pegadas dele. Nem que eu quisesse vê-lo acorrentado a um remo durante anos no fim.

Eu tinha a cabeça e o coração travados em batalha. Ainda podíamos comunicar que os fugitivos haviam escapado e esperar que os detalhes da escaramuça jamais chegassem ao Conselho dos Dez. A decisão caberia ao Mestre Nostradamus, mas eu não o imaginava rejeitando mil ducados.

5

Ao desembarcarmos, fiz sinais a Bruno: *Vá rápido — diga — Mama — senhora — aqui.* Ele riu e precipitou-se escada acima como se disparado de uma bombarda. Grazia e Danese mais uma vez se enlaçaram, e ela soluçava no peito do marido. Levei a mala e a espada dele.

O *androne* no térreo, onde se fazem os negócios, ficara silencioso naquele dia santo. Começamos a subir a escada, passamos pelos apartamentos onde moram as famílias Marciana — Jacopo e Angelo, sócios de classe cidadã do *sier* Alvise Barbolano, que contribui com a moradia e certos direitos restritos à nobreza; eles e os filhos fazem o trabalho. Continuamos a subir.

Ao passarmos o *piano nobile*, onde mora o próprio Barbolano, Danese resmungou:

— Você *mora* aqui, Zeno?

— Moro.

Não falei da cozinha nem dos lençóis de seda.

Ao chegarmos ao último andar, Mama Angeli veio correndo receber-nos no grande *salone*. Fiz a apresentação for-

O CÓDIGO DO ALQUIMISTA

mal de Grazia como "*madonna* Grazia Sanudo Dolfin", o que lhe causou um arquejo de alegria, seguido quase no mesmo instante por um gemido de desespero. Mas não é à toa que Mama é mãe da metade do mundo, e afastou-a sem dificuldade para dar-lhe um pouco de consolo feminino.

Dirigi o outro visitante à esquerda e ao ateliê. Empoleirado no tamborete alto na bancada de alquimia, o doutor ateava fogo a um fluido marrom num alambique sobre um braseiro. Olhou em volta, irritado com a interrupção. Fechei a porta.

— Doutor Filippo Nostradamus — disse. — *Nobile homo* Danese Dolfin. *Sier* Danese e eu disputávamos migalhas do lixo quando éramos belos anjinhos em San Barnabà. Há pouco ele ascendeu no mundo, convenceu um padre a casá-lo com *madonna* Grazia, e é provável que tenha fraturado a apófise do estiloide radial.

O Mestre disse:

— Xiu! Descuido dele. Mostre-me a mão, *clarissimo*.

— Eu tentava quebrar a espada do seu capanga — disse Danese ao nos aproximarmos da bancada de alquimia. — E como pode alguém ser aprendiz de médico?

— Não pode — respondi. — Sou aprendiz de um sábio, clarividente, alquimista, astrólogo e versátil filósofo, por acaso também médico pessoal do doge. Se algum dia precisar de diploma em medicina, irei a Pádua e prevejo todas as respostas nas finais antes que os professores tenham pensado nas perguntas. — Aproximei-me com arrogância do armário médico. — Gesso, mestre?

— Apenas atadura e tipoia — respondeu meu amo. — Na pior das hipóteses, ele quebrou o rádio. Talvez precise

DAVE DUNCAN

engessá-lo em um ou dois dias, quando o inchaço desaparecer. Viverá para lutar de novo, *sier* Danese.

— Melhor seria primeiro tomar aulas — respondi. — Comece a falar, *messer.* Como ficou rico?

Danese lançou-me um olhar de furiosa obstinação, mas ficou tenso de medo.

— Que interesse você tem nesse caso?

— Nenhum. Mas é o negócio do Mestre, pois ele precisa decidir o que fazer com você. Não sabíamos seu nome, portanto o plano era devolver Grazia aos pais e deixá-lo arrastar-se de volta ao seu buraco, quem quer que você pudesse ser. Agora, temos a alternativa de informá-los para que venham buscá-la, e a você também. Mesmo que ainda tivesse a espada, o que não tem, eu poderia trancá-lo até Sanudo chegar com os *sbirri.* Ainda outra possibilidade, embora muitíssimo improvável, seria meu amo deixá-los ir embora e perder os honorários. Portanto, seja convincente.

O doutor encarou-me indignado, a perguntar-se com quê eu sonhava. Danese tentou cruzar os braços em desafio e uivou quando apertou a mão. Retornei com as bandagens.

— Não sou rico — ele disse, com mau humor. — Se espera extorquir-me dinheiro, deu-se mal. Eu tinha um emprego bem pago, só isso. Abandonei-o por Grazia. Estamos loucamente apaixonados. Amo-a mais que à própria vida. Rumávamos para, ah, um lugar no continente onde tenho amigos.

— Para morrer de fome? — insisti.

— Sei ler e escrever. Encontrarei um emprego como professor, ou músico.

O CÓDIGO DO ALQUIMISTA

Estremeceu mais uma vez quando o sábio começou a envolver-lhe o pulso.

— Que tipo de emprego abandonou? — quis saber. — Ensinar e escrever não pagam essa roupagem.

— Meta-se na sua própria... — Danese lançou-me a mim e ao meu senhor um olhar sinistro, depois lembrou-se do poder que tínhamos sobre ele e encolheu-se em patético amuo. — Eu era um *cavaliere servente*.

Eu disse:

— Oh, meu Deus! *Da mãe dela?*

Até Nostradamus pareceu surpreso.

O rapaz enrubesceu carmesim.

— Não! Bem, sim. Mas não era assim! Pegava-lhe o leque, penteava-lhe os cabelos e alimentava o canário. Tocava alaúde e cantava para ela, lia poesia, dizia como *madonna* era linda, acompanhava-a a recitais e exposições porque o marido estava fora, e dizia-lhe que era bela. Naquela noite em que você e eu nos encontramos no teatro, eu a procurava para dizer-lhe onde tinham amarrado a gôndola. Um *cachorrinho de estimação*, só isso... não o que passa pela sua cabeça.

Metade das ricas de Veneza emprega jovens bonitos para acompanhá-las a bailes e dançar com elas, mas os deveres em geral se estendem a funções mais íntimas que qualquer uma das acima mencionadas por ele. Os maridos contratam cortesãs; por que elas não empregariam gigolôs? Assim é Veneza. Eu imaginava Danese cantando muito bem, com aquela voz profunda. Seria muito eficaz no sussurro de termos carinhosos em ouvidos em forma de concha.

Ao ajustar a tipoia do paciente, o Mestre disse em voz baixa:

DAVE DUNCAN

— Impressiona-me um tanto saber que *madonna* Eva foi idiota o bastante para manter a filha solteira e inocente presa na mesma casa com um rapaz de excepcional beleza. Acho incrível o fato de que o fizesse e também esperasse que os dois permanecessem castos.

O rapaz fez uma careta.

— Bem, e se eu fosse amante pago da mãe? Deixa-o feliz ouvir-me admiti-lo, Alfeo? Na maior parte dos últimos três anos ela tem vivido em Celeseo e nada há a fazer lá além de contar patos. Um gigolô comum embolando-se com uma velha gorda por encomenda? Eu dava duro pelo salário, mas juro que não me aproveitei de Grazia. Não afundei a esse ponto. Falávamos de amor, mas nunca chegamos a tocar-nos as pontas dos dedos. Não até eu encontrá-la aos prantos num canto há uma semana e me falar dos planos de casamento. Eu a beijei... só isso, juro! Um beijo, e lhe disse que a amava. Nosso primeiro beijo. E no mesmo instante a mãe surgiu no canto e nos flagrou.

Suspirei com esse clichê romântico.

— Paolo e Francesca?

— Quem?

— Uma alusão literária — resmunguei, e troquei olhares significativos com o doutor.

Os Sanudo nos haviam garantido que não faltavam membros da família, mas não disseram que um deles fora demitido com um puxão de orelhas poucos dias antes. Agora sabíamos por que insistiram tanto em que não houvesse escândalo. Grazia ir embora com um jardineiro seria um delito menor comparado à fuga para casar-se com o menino

O CÓDIGO DO ALQUIMISTA

bonito da mãe. Se o pai prometera a filha a um Contarini e ela preferira o gigolô, o Grande Conselho iria rolar nos corredores durante semanas. Seria o escândalo da década.

— Que quer que eu faça, mestre? — perguntei.

O alambique começara a borbulhar. A atenção de Nostradamus vagava. Ele deu um suspiro furioso.

— Essa é toda a verdade, *messer*? Você roubou as joias da senhora quando foi embora? Serviu-se da prataria?

— Nada — resmungou Danese, e contorceu-se no mais baixo poço da humilhação. — Faço-lhe um solene juramento. Grazia trouxe algumas joias, mas são dela. Eu tinha poucas quinquilharias que Eva me deu. E me deixou levá-las junto com as roupas. Foi bondade, mas lhe dei o melhor de mim até então. *Gesù*, se dei! Grazia era virgem até ontem à noite... depois do casamento! Não é mais. Que outros detalhes espúrios os incitam?

Respondi:

— A questão é se os Sanudo vão aceitá-lo como marido da filha. É o que você quer? Ou preferiria que apenas lhe pagassem para desaparecer?

Ele corou ainda mais.

— Se eu tivesse minha espada...

— Não tem. Eu, sim. Você se meteu nisso — respondi. — Mas prometo que não vamos entregá-lo. Pelos velhos tempos, não o mandarei para as galés.

Danese resmungou:

— Obrigado, Alfeo — como se as palavras doessem. — Quero que Grazia seja feliz. Eu a amo, seu maldito! Já se apaixonou alguma vez? Quero o que ela quiser.

O doutor perscrutava o interior do alambique.

— Alfeo, leve-a para casa. Quero os honorários, mereci. O engraçado era que eu não o vira correr em minha defesa na Riva del Vin.

— Sim, mestre.

— Negocie qualquer outra coisa que quiser, desde que seja legal. E volte depressa, porque tenho anotações para você transcrever.

Que notícia agourenta! Ele na certa quis dizer que não conseguia ler os próprios garranchos e precisava do resto do meu domingo.

Saí na frente para o *salone* e fechei a porta do ateliê.

— Bem, *clarissimo* — informei. — O *sier* Zuanbattista me disse que na verdade deseja a felicidade da filha. Não sei se isso significa que aceitará a escolha do parceiro de quarto da moça, mas a decisão cabe a você. Pode confiar nele e ir à Casa Sanudo conosco. Ou se dirigir ao barco do doutor e desaparecer no pôr do sol. Você decide.

Danese tremeu, olhou para todos os lados, menos para mim.

— Quero o que ela quiser — murmurou, de olho no chão.

Parecendo minúscula como uma boneca ao lado das grandes estátuas, Grazia corria da cozinha em nossa direção.

— Você espere aqui — eu disse ao marido. — Quero ouvir dos próprios lábios dela.

Avancei a passos largos para interceptá-la, mas Grazia tentou esquivar-se; desloquei-me para o lado e bloqueei-a. Examinamos um ao outro nos avaliando. Eu não me desviara da primeira impressão, de que a filha de Sanudo era moldada no mesmo metal duro que a mãe. Ela imaginava

O CÓDIGO DO ALQUIMISTA

como me usar, o que não devia ser uma decisão difícil, em vista de nossas respectivas idades e gêneros.

— *Madonna*, preciso levá-la para casa. Ordens do meu mestre. Quer que Danese nos acompanhe?

A moça piscou várias vezes, mas não se avolumaram lágrimas naqueles olhos magníficos.

— *Sier* Alfeo, como pôde? Acha que me casaria com um homem ontem e o abandonaria hoje?

Baixou o olhar e reprimiu um soluço dramático. Melhor, mas precisava de prática. Nunca aprendera a falar com outros homens senão parentes ou criados.

— Não. Mas podem tirá-lo da senhorita, senhora agora. Dei-lhe a mensagem que seu pai enviou. Confia na palavra dele? Seus pais aceitarão Danese agora que se casaram?

Outro soluçozinho seco.

— Compreende o que podem fazer com ele? Você me condena a uma sentença perpétua num convento. Vai mandar seu amigo de infância para a cadeia ou o exílio?

— Não. Se pensa assim, ele está livre para ir embora.

Devo confessar que foi uma boa tirada.

Grazia hesitou e mordeu o lábio. Difícil o papel de heroína trágica para mocinhas de quinze anos. Ambos sabíamos que, se Danese saísse de sua vida agora, ela nunca mais tornaria a vê-lo.

Já me convencera de que qualquer escolha que ela fizesse seria a errada. Na véspera, apenas para divertimento próprio, eu fizera o horóscopo de Grazia, com a data e hora que os pais tinham dado ao Mestre. Os astros se encontravam em posições muito ruins para ela no momento, e isso havia vários dias, com Mercúrio na casa de Virgem. Na semana seguinte, a sorte poderia melhorar de forma drástica. O curioso é que meu próprio horóscopo revelou o inverso — bom agora, ruim depois.

— Seu pai disse...

— Sim, eu sei! — ela rebateu furiosa. — Já ouvi. Sempre soube que ele diria isso. Claro que me receberá de volta! Jamais duvidei. Mas minha mãe diz o mesmo? Ficou furiosa porque Danese me ama e ela achava que ele a amava!

As duas haviam obtido informação da mesma fonte. O amor nos torna tolos a todos.

— Não terá seu pai a palavra final? Por que duvida? — perguntei, com paciência.

— Porque é cedo demais!

Ah! Os Sanudo deviam sofrer.

— Ajudaria se eu perguntasse a eles pela senhorita?

Ela se derreteu.

— Oh, faria isso? Por favor, *sier* Alfeo?

De volta à gôndola, instalamo-nos. A moça, por certo, ocupou o lugar de honra, o esquerdo da *felze*, e desta vez não impedi que Danese se juntasse à amada. Ele enlaçou-a com o braço bom e os dois se sentaram como pássaros numa gaiola, olhando-me de cara feia. Giorgio partiu. Ninguém disse uma palavra até sairmos dos meandros estreitos no Grande Canal.

Grazia ainda não se dera por vencida.

— Como você nos descobriu?

— O Mestre previu onde você estaria.

O CÓDIGO DO ALQUIMISTA

— Isso é bruxaria! — Apelou ao marido. — Não é, amado?

— Provavelmente.

Ela tentou lançar o melhor olhar de tigresa para mim.

— Vamos denunciar você ao Conselho dos Dez!

— Não gaste tinta — respondi. — Todo ano Nostradamus publica um almanaque e inclui cerca de uma dezena de profecias. Todo ano entrego um exemplar ao doge e outro ao cardeal-patriarca.

Não sugeri que esses estimados cavalheiros de fato leram alguma vez os livros, mas tampouco abrem processos criminais.

— E você pode prever o que meus pais decidirão sobre Danese?

— O Mestre na certa poderia, mas cobra muito dinheiro para previsões particulares. Eu não tenho o jeito. Mas sei projetar horóscopos, e desenhei o seu.

Ela hesitou, mas o desejo de conhecer o futuro eleva-se muito alto nas necessidades das pessoas.

— E que previu?

— Vi o transtorno presente... o que não foi difícil, claro — logo acrescentei, ao prever-lhe o escárnio pela forma que o lábio começou a curvar-se. — Mas também previ uma melhora drástica em sua vida daqui a uma semana.

Grazia se virou e deu um sorriso radiante a Danese. Este foi rápido; entendeu de imediato a ambiguidade, mas transformou o rosnado para mim num sorriso para a esposa.

— Então talvez nós tenhamos de ser pacientes por mais algum tempo, adorada — ele disse.

Curvei-me e fechei a cortina na frente neles.

Assim retornamos à Casa Zuanbattista Sanudo. Giorgio

atracou ao lado da gôndola da família e eu deixei os amantes escondidos na *felze* enquanto partia para enfrentar a música por eles. Um lacaio abriu a porta, mas era jovem, tinha ombros largos, e reconheci o gondoleiro da véspera... Fabricio.

Dei meu nome e fui acompanhado até o andar de cima e ao mesmo *salotto* do dia anterior. Haviam mudado a tia antediluviana para outro assento; ela, porém, nem mesmo se contraiu na minha entrada; na verdade, nem durante minha estada. Girolamo assomava ao fundo.

Curvei-me.

— *Messer, madonna...* Grazia está segura e posso ir pegá-la direto. Preciso informá-los de que ontem ela contraiu o sacramento do sagrado matrimônio com *sier* Danese Dolfin.

A boca de Eva endureceu como cimento.

Zuanbattista suspirou.

—A notícia é bem-vinda. Esperava que filha minha não dormisse com um homem sem a bênção da Santa Madre Igreja.

Atrás dos pais, Giro apenas deu de ombros, o que para ele consistia numa violenta exibição de emoção. Deduzi que a decisão já fora tomada.

— Confesso — continuei — que excedi minhas instruções. Por coincidência, Danese e eu nos conhecemos na infância. Ele me atacou e tive de desarmá-lo. Dei-lhe minha palavra que não o entregaria às autoridades. Se me der a sua palavra do mesmo modo, posso trazê-lo aqui também.

Eva mostrou os dentes e ergueu os olhos para o marido como se a desafiá-lo a ousar fazer tal coisa. Fizeram dela a chacota da República, a mulher que perdera a filha para seu

O CÓDIGO DO ALQUIMISTA

cavaliere servente. Sonhos de tornar-se dogaresa coberta de brocado de ouro haviam sido frustrados pela ilusão romântica de uma criança.

— Não queremos um escravo de galé na família — disse Sanudo. — Tem a minha palavra como nobre veneziano, *messer.* Vá buscar os dois.

Bom para ele! Resisti à tentação de dar-lhe um tapinha nas costas, e, em vez disso, fiz uma mesura.

— Trouxe os dois comigo.

O velho adivinhara que eu fosse dizer isso. Retornei ao portão diante da lagoa com os Sanudo seguindo-me de perto. Para minha surpresa, seguiram-me até sairmos na *fondamenta*, convenientemente deserta. As cortinas da *felze* continuavam abaixadas, mas quando me aproximei ouvi um riso infantil abafado, seguido por uma profunda risada masculina. Por enquanto, pelo menos, Grazia sentia-se feliz.

— Vocês podem sair — eu disse. — A massa está pronta, e a vitela recheada não demorará muito.

Danese ajudou-a a desembarcar pela mão e viu-a cair nos braços da mãe numa orgia de hipocrisia mútua. Ele desceu em seguida e curvou-se com todo o cuidado para o sogro.

Sentindo-me indesejável, embarquei.

— Para casa, Giorgio, por favor.

— Espere! — a ordem de Zuanbattista ressoou à maneira de alguém que deve ser obedecido.

— *Clarissimo?*

Ele separou a mata de barba tempo suficiente para exibir um sorriso.

Dave Duncan

— Tomarei providências para pagar os honorários do Mestre Nostradamus. Enquanto isso, esta é para você, *messer*, por um trabalho bem feito.

Atirou-me uma bolsa, cujo peso espantou-me.

Tão nobre quanto qualquer nobre. Fiz uma mesura tão baixa que quase caí da gôndola. Ele tinha meu voto para doge.

6

E pronto, pensei. Encerrava-se assim o caso Sanudo. Quando cheguei à casa, anotei-o no livro de registros e dei entrada de mil ducados no contábil sob contas recebidas. Muitos membros da nobreza, mesmo os mais ricos, exibem notória relutância em pagar contas, e essa remuneração parecia tão excessiva que me imaginei em visitas regulares à Casa Sanudo durante meses, na tentativa de recolhê-la. Perguntei ao Mestre se acreditava que algum dia veria um *soldo* dela.

Ele deu um sorriso de escárnio.

— Com certeza! Você acha que eles querem uma ação judicial? Isso causaria o próprio escândalo que tentaram evitar. Além do mais, se circular a notícia de que as filhas em Veneza são tão valiosas, metade delas desaparecerá no mês seguinte.

Como também desapareceria meu mestre se o Conselho dos Dez decidisse que ele extorquiu dinheiro de pais emocionalmente vulneráveis, mas eu não lhe disse isso.

Embora sentisse que ascendi um grande caminho no mundo, San Remo não fica longe de San Barnabà, e o encontro com Danese fizera lembrar-me velhos amigos que não via fazia demasiado tempo. No impulso, fui a pé assistir à missa na antiga igreja. Encontrei numerosos conhecidos, em particular o padre Equiano, que me batizou — muitos anos atrás pelas minhas contas, apenas ontem pelas dele. Idoso agora, anda meio esquecido. Apesar de quase todo o trabalho da paróquia ser feito por homens mais jovens, ele continuava muito querido — e não menos pelos rapazes, plebeus ou nobres, nos quais reconhecia uma centelha. Um padre tem pouco tempo para chamá-lo de seu, mas Equiano sacrificou com prazer o lazer para introduzir-nos nas letras e iniciar-nos na longa subida poço da ignorância afora. Para muitos, também descobriu promissores postos de aprendizes.

Convidei-o a almoçar na Casa Barbolano, pois é uma das poucas pessoas de cuja companhia o Mestre gosta, e a comida de Mama proporcionava-lhe um grande prazer. Durante a caminhada, contei-lhe o que vinha fazendo, sem citar nomes. O padre sorriu discretamente ao ouvir o final feliz da história. Não declarou que fora ele quem realizara o casamento. Há muitos padres em Veneza, e eu me espantaria se Danese houvesse até mesmo abordado a ele. Conheciam-se dos tempos antigos, e Equiano não teria se deixado levar por um sorriso ardiloso e uma voz melíflua.

Os mil ducados puseram meu amo em admirável bom humor. Do começo ao fim da refeição, ele e padre Equiano conversaram sobre astrologia, na qual ambos são especialistas, e em particular das estranhas teorias heliocêntricas de Nicolau Copérnico. Não sei se a Terra gira, mas aqueles dois logo me fizeram rodopiar a cabeça. Deixei-os ainda empe-

O CÓDIGO DO ALQUIMISTA

nhados no assunto, e o Mestre não falou das anotações de trabalho que eu tinha de transcrever.

Saí para visitar Violetta. Ela ficou tão satisfeita ao saber que os desejos de Grazia haviam levado a melhor que as demonstrações de gratidão me fizeram perder qualquer crédito divino que talvez houvesse conquistado na igreja.

Minha euforia foi efêmera.

Ao jantar naquela noite, o Mestre não parou de bombardear-me com perguntas sobre os Sanudo, assim quase não consegui ter um instante para comer. Quando contei que reconheci Nicolò Morosini no retrato, ele olhou-me surpreso e exigiu uma explicação. Lembrei-lhe meu inesquecível primeiro dia como aprendiz.

O sábio balançou a cabeça, pesaroso.

— Parece que foi ontem que Nicolò morreu.

Para mim parecia um tempo muito longo, mas não o disse, e ele ficou entretido o bastante para começar a lembrar-se do editor como colecionador de livros, o que me deu uma chance de comer. Dali desviou-se para o tema de arte. Raras vezes mostra algum interesse por pintura ou escultura, mas pode falar com sabedoria sobre as duas coisas quando quer, o que é típico do homem. Os gênios às vezes são muito cansativos.

Depois encasquetou com a ideia de me instruir, como faz de vez em quando, e nesse caso escolheu um tratado demasiado obscuro de Albertus Magnus. Eu lutava para traduzi-lo, frase após frase, e depois debatíamos o que de fato significava, ele a citar séculos de comentários e análises feitos pe-

DAVE DUNCAN

los sábios da Europa. Como entretenimento noturno, não se comparava à excitação de ver a maré subir. Também me deu uma furiosa dor de cabeça, mas eu sabia que recebia a mais excelente educação em ocultismo que o mundo podia oferecer. Quem sabe quando talvez precisaria exorcizar um espírito de uma mina de prata?

Entretanto, dificilmente me senti mais feliz quanto ao ouvir a batida da aldrava no andar de baixo. Três horas após o pôr do sol, quando o sino bate o toque de recolher, o antiquado vigia noturno dos Barbolano, Luigi, passa os ferrolhos do portão de acesso à margem para a noite. Mais ou menos na mesma hora, faço o mesmo em nossa porta da frente, mas naquela noite ainda não fizera, e Giorgio estaria em cima, no sótão, ajudando Mama a empilhar filhos em camas. Pedi licença e saí para examinar o poço da escada, enquanto Luigi falava pelo postigo. Se o visitante procurava o *sier* Alvise ou um dos Marciana, o vigia iria avisá-los, porém a maioria dos visitantes tardios quer o doutor, caso em que o velho Luigi olha esperançoso para cima e acena se me encontro ali. Ele acenou. Retribuí o gesto.

O problema subiu com dificuldade os quatro lances de escada, carregando a mala na mão esquerda. Minha expressão deve ter-lhe mostrado como fiquei satisfeito em vê-lo, porque me deu um sorriso duvidoso.

— Trouxe a primeira prestação do honorário de seu mestre — apressou-se a dizer. — O *sier* Zuanbattista pediu-me para explicar que não guarda barras suficientes de ouro em casa para pagá-lo todo de uma vez só.

O CÓDIGO DO ALQUIMISTA

— Muito razoável — respondi, impressionado por ver qualquer dinheiro tão cedo. — Posso parabenizá-lo por ser bem-vindo à família?

Mesmo os esforços dele para parecer modesto revelavam presunção.

— Estão tirando o melhor de um mau negócio. O velho foi um pouco mais sovina do que eu esperava no dote. Deve ser manobra de Giro, claro, mas Grazia vai conseguir convencê-los. Não voltarei a viver de melancia e polenta! Haverá uma cerimônia de casamento íntima, apenas algumas dezenas de convidados, em dezessete de outubro. É o mais cedo que podem organizá-la direito.

Embora fosse um prazo indecente de curto em termos sociais, após a noite anterior talvez houvesse bom motivo para adiantar as coisas com a maior rapidez.

— Parabéns.

Com a mão dele na tipoia, não precisei apertá-la. Danese tinha a toda razão de estar satisfeito. A vida estendia-se diante do recém-casado como um paraíso ininterrupto de lençóis de seda e *gelado* — o menino de San Barnabà se deu bem. Do brinquedo de infância à riqueza e influência, futuro garantido.

— Vão entrar no Grande Conselho agora mesmo e organizar uma carreira política para mim... não tenho o menor talento para o comércio. Aulas de retórica e oratória.

— Sem dúvida tem a voz para isso — afirmei, e demorei-me para ganhar tempo. — Já visitou o Salão do Grande Conselho?

— Giro perguntou a mesma coisa. Falaram-me a respeito.

— Uns setenta passos de comprimento.

Muitos homens bons fracassaram na política veneziana porque não conseguiram fazer-se ouvidos em tal vastidão. Afastei a mente assustada da imagem de mil ou mais nobres ali sentados a ouvirem o pontificado de Danese Dolfin.

— Cuidarei para que você e o Mestre sejam convidados ao casamento.

— Ele não irá, mas eu, com certeza, sim.

Levaria Violetta e me deleitaria com a enorme inveja dos outros convidados masculinos.

Após dar tempo suficiente ao amo para desaparecer, encaminhei-me na frente até o ateliê. A segunda porta, que se acessa pela sala de jantar, embora não exatamente secreta, exige um olho afiado para que seja vista. Danese contou dez cequins de ouro e dimensionei a balança. As moedas tinham peso integral, portanto fiz um recibo para vinte e sete ducados, quatro liras. Anotei na mais refinada caligrafia *Cancellaresca Formata*, só para variar, e lacrei com o sinete do Mestre.

— Muito bonita! — ele exclamou. — Se algum dia precisar de um trabalho de escrivão, basta me avisar.

— Obrigado. — Eu preferiria saltar do campanário. — Mais alguma coisa?

— Bem... na verdade, sim.

Danese ativou o sorriso mais untuoso, bonito como um filhote de cachorro lavado com xampu.

Senti o coração afundar como o anel de casamento do doge. Pelo que sabia a sociedade, ele e Grazia ainda não se haviam casado, por isso a decência não lhes permitiria morar sob o mesmo teto antes da boda. Era tarde numa noite de do-

O CÓDIGO DO ALQUIMISTA

mingo, embora por culpa dele, não minha. Mostrei uma cara de idiota e esperei com toda a atenção, para ele ter de pedir. E pediu. A timidez nunca fora um dos seus defeitos.

Estremeci ao pensar no que diria o Mestre, mas o pedido não era abusivo. Admiti que tínhamos um quarto de hóspedes. Trata-se de um cubo de sete metros e, como tudo mais na Casa Barbolano, provido com uma opulência de arte e tesouros. Abstive-me de dizer que mantinha um detalhado inventário do conteúdo. E também não o coloquei na cama e ouvi as preces.

Sempre acordo ao amanhecer, poucos momentos antes das badaladas do *marangona*. Quando acabei de me vestir e cheguei à cozinha em busca de água quente, Mama Angeli já assava pão e alimentava seis ou sete rebentos reunidos em torno da mesa grande. Avisei-a de que tínhamos um hóspede.

Espera-se que qualquer aprendiz mantenha limpa a área de trabalho do mestre, e de manhã cedo é quase a única hora em que não o encontramos ancorado no ateliê. Segunda-feira é meu dia de lavar o piso, tarefa que raras vezes consigo terminar antes de ele aparecer; então tenho de adiar o resto até depois que se deita. Nesse dia completei-a, porém, e trouxera uma bandeja com o habitual desjejum de queijo, pãezinhos quentes e uma fumegante xícara de *kahve*. Trabalhava arduamente, decifrando anotações ilegíveis, quando ele entrou capengando, mas desapareceu na poltrona vermelha com um livro sem nada dizer. Era óbvio que ainda não soubera da presença de Danese.

Quase nunca falo antes que ele o faça de manhã. Não é o melhor momento. Passou-se cerca de uma hora até o velho de repente me dizer:

— Esqueça essas anotações. Jogue-as fora. Eu me enganei. Preciso de mais enxofre.

— Que o Senhor esteja convosco neste lindo dia, mestre.

— E convosco. Preciso já.

Levantei-me.

— Veloz como a águia no arremesso.

Ele grunhiu.

— Eu pretendia mandar Giorgio. O horóscopo de Donà é urgente.

Peguei algum dinheiro em espécie no esconderijo e fui atrás de Giorgio, que, fiquei sabendo, agora conduzia Danese à Casa Sanudo. Antes de sair, o *sier* Danese consumira um lauto café da manhã, assim me informou Mama num tom de frieza incomum.

— Ele levou a mala quando partiu? — perguntei, esperançoso.

Como toda empregada de primeira classe, Mama sabe transmitir os sentimentos sem uma única palavra ou expressão que talvez pudessem insultar, mas a forma como balançou o queixo deixou claro que partilhava minha opinião sobre Danese. Por sorte, Giorgio entrou nesse exato momento e poupou-me de precisar dar a má notícia ao Mestre tão cedo no dia.

Expliquei sobre o enxofre. Acompanhei-o ao topo da escada, para ficarmos a sós, quando perguntei:

— Ele lhe deu uma gorjeta pelo transporte?

Como Mama tem toda a carne de sobra na família, Giorgio tem apenas um queixo, com uma barba muito bem cuidada. A barba eriçou-se.

— Não.

O CÓDIGO DO ALQUIMISTA

— Isso me surpreende — eu disse.

Danese tampouco recompensara Mama pelo desjejum, embora se espere que os hóspedes deem liberais gorjetas aos anfitriões. Talvez estivesse de fato quebrado, se ainda não pusera as garras no dote de Grazia, mas desconfiei que o novo Danese Dolfin fosse o mesmo ladrão que conhecera em San Barnabà. Retornei para começar a lutar com aspectos, ascendentes, conjunções e efemérides — ou seja, delinear um horóscopo.

Perto da hora do almoço, expliquei a situação. A reação do Mestre foi tão negativa quanto eu esperava, embora parasse pouco antes de transformar-me num sapo. São muito poucas as pessoas no mundo de cuja companhia meu amo gosta, e os hóspedes que vivem à custa alheia fazem parte dos círculos inferiores do inferno.

— Livre-se dele!

— Sim, mestre. Mas, se bem conheço Danese, ele irá aparecer depois de escurecer e encenar mais uma vez o papel de perdido sem-teto. Não pode defender-se com o braço numa tipoia, portanto expulsá-lo de casa nas ruas à noite seria injusto. Posso dizer-lhe que esta é a última noite.

— Arrume a mala dele e ponha-a do lado de fora da porta.

— Ele talvez traga outro saco de cequins.

Grunhido. Cara feia.

— Pegue o dinheiro e ponha-o para fora.

— Sim, mestre.

Dando-lhe o benefício da dúvida, supus que ele não estava falando sério.

Copiei o horóscopo de forma satisfatória. Meu amo aprovou-o quase sem olhar, e saí a pé para entregá-lo, carente de exercício. A dama cujo futuro eu previra não me agradeceu em pessoa, pois tinha menos de um mês de vida.

A hora do jantar chegou e acabou sem sinal de Danese, mas se tornasse a aparecer tarde ele teria de receber uma segunda noite de abrigo.

Sendo segunda-feira minha noite de esgrima, peguei o florete e a adaga em cima do armário, certifiquei-me de que Giorgio sabia as palavras exatas a dizer a Danese e desci alegre e aos saltos a escada. Ao aproximar-me do *piano nobile*, ouvi vozes. Ali, logo depois do vão da porta, vi o senhorio, o *sier* Alvise Barbolano, conversando satisfeito com Danese Dolfin, que trazia um alaúde pendurado nas costas e uma mala de couro muito grande aos pés.

O *sier* Alvise é mais velho que a catedral de San Marco, esquelético, curvado e desdentado. Move-se num nevoeiro senil quase o tempo todo, com desconcertantes clarões de inteligente perspicácia, e consegue eliminar a família Nostradamus inteira do ouvido coletivo a qualquer hora sem o aviso de um instante. Somos todos, até o Mestre, muito delicados com o *sier* Alvise. Faço horóscopos para os navios dele, misturo raticida e examino os livros contábeis dos Marciana para ele, de modo que não o enganem demais.

O senhorio fez fulgirem as gengivas num sorriso.

— Ah, hã... Zeno! Não me avisou que ia hospedar o *sier*, hã...

— Dolfin — murmurou Danese.

O CÓDIGO DO ALQUIMISTA

— Dolfin. Conheci o pai dele, hã, Domenico, quando o ouvia chamarem-no em Pádua! Ou foi em Verona?

— Nas duas cidades, *clarissimo*. Meu avô.

— Exato. E, hum, Danese prometeu tocar alaúde para nós assim que curasse o braço. Esplêndido jovem camarada, o pai dele, hã, Domenico! Esplêndida voz cantante...

E assim por diante.

Acabei por conseguir retirar-me com desculpas e voltar escada acima para avisar a todos de que Danese chegara para ficar.

Minha esgrima naquela noite foi terrível. Não aprendi nada, exceto algumas invectivas espetaculares que o capitão Colleoni deve ter assimilado nos dias de campanha durante um cerco especialmente detestável. Até meu amigo Fulgentio Trau me deixou hematomas por todo o peito e ombros. Sou em geral tão bom nas jogadas quanto ele, o que é razoável, pois temos exatamente o mesmo tamanho e peso, e nascemos apenas com poucos dias de diferença.

Fulgentio também mora em San Remo, assim voltamos a pé para casa juntos na escuridão sem luar e quente, o caminho iluminado por dois criados dos Trau que seguiam à frente com tochas. O que me poupava de precisar acender minha própria tocha, mas consistia num triste lembrete de que os Trau, embora plebeus, eram mais ricos do que jamais fora Creso. O único defeito dele era tentar com demasiado empenho partilhar a boa sorte e não ver como isso às vezes humilhava pobres merecedores como nós. Em tempo ruim, chegava de barco particular e dava carona a três ou quatro colegas até nossas casas. Naquela noite, o ar tornara-se tão insuportável de vapor que eu me perguntava por que ele preferira voltar a pé e não convidara outros a caminhar conosco. Sou desconfiado por natureza; Fulgentio, não.

Escolhem os cavalariços do doge na classe cidadã, mas em geral aqueles em circunstâncias humildes, por isso a nomeação de meu amigo de esgrima fora uma surpresa. Alguns membros do Senado haviam reclamado que de praxe se preocupavam com o fato de cavalariços receberem presentes, mas agora tinham de preocupar-se com este os oferecendo. O próprio doge erguera-se para salientar que os nomeavam para toda a vida, ou até chegarem aos sessenta anos, e a maioria dos dele se compunha de remanescentes de reinos anteriores. Um dos deveres dos palafreneiros, acrescentara de modo incisivo, era guardar o quarto de dormir ducal à noite, e escolhera Trau por ser excelente espadachim — um exagero, mas que tomei como elogio pessoal quando soube.

Como os senadores, eu não via por que Fulgentio iria aceitar um trabalho tão tedioso, no qual fazia papel de criado, exibia visitantes ao redor do palácio, e assim por diante. Ele apenas disse que era menos tedioso que a atividade bancária e lhe permitiria misturar-se com os poderosos. Por que desejaria fazer isso, porém? A maioria é desinteressante demais para ser admirável e não má o suficiente para despertar interesse. Convenci-me de que meu amigo é lá muito honesto e honrado, mas tem irmãos bastante ricos para lhe haverem conseguido o emprego subornando até o doge. Parece-me que o mais provável é a família ter em mente algum propósito sinistro para ele que ele próprio ainda não percebeu.

O CÓDIGO DO ALQUIMISTA

Assim caminhamos ao longo de *calli*, acima de pontes, pelos *campi*, e resmungamos sobre o infindável verão que permanecia por mais tempo do que devia. Reconheço que me alegrava a companhia, embora nunca percorresse as ruas à noite sem me certificar de que não pareço digno de ser roubado, o que não é difícil no meu caso. De repente, meu companheiro mudou de assunto.

— Eu soube que você andou exibindo sua patética arte de esgrima na Riva del Vin ontem.

Fiz algumas breves observações.

— Bem? Andou?

— Tenho os lábios selados. Que mais soube?

Ele riu, porque eu não negara a história.

— Que a filha de Zuanbattista fugiu para se casar com o gigolô da esposa dele. Circula por toda a cidade, Alfeo! Não se via um único Contarini no Grande Conselho hoje, e em geral se veem inúmeros deles cacarejando lá. Hilariante.

Grunhi.

— Imagino que isso signifique o fim das ambições ducais de Sanudo.

— As o quê? — perguntou Fulgentio em tom ríspido. — Ele, doge? Homem excelente, um dos melhores, mas nunca poderia arcar com o custo de ser doge, meu rapaz! Não antes do Segundo Advento, de qualquer modo. Você faz alguma ideia do ouro que exige a compra de votos dos quarenta e um? Ou as despesas operacionais no poder? Muitos doges valem milhões de ducados quando eleitos e morrem na bancarrota. Aquela empresa editorial de Sanudo rende-lhe talvez um milhão de ducados por ano, e o resto dos lucros haverá rolado morro abaixo quando o conselheiro morrer. Ele os tem negligenciado! O melhor fertilizante é a sombra do fazendeiro no campo, lembre-se.

— Talvez tenha uma ou duas liras extras em Constantinopla.

— Não que eu saiba. O Senado sempre espera o valor de exibição de um ducado por cada *soldo* que vota para a despesa dos embaixadores. Um posto diplomático pode levar um homem à falência, por mais rico que seja antes, e a opinião geral é que Sanudo foi de uma honestidade incomum quando serviu lá.

— É dono de grandes propriedades no continente.

Fulgentio bufou.

— E daí? A terra, embora seja um investimento seguro, não gera grandes rendas. O único meio de Sanudo poder financiar uma candidatura à magistratura suprema da República seria vender tudo que tem, e isso deixaria o filho sem um centavo. Nenhum nobre veneziano jamais dissipa a fortuna da família. Acumula-a para legar aos filhos. Os nobres pensam em termos de séculos.

Uma surpreendente contradição com o que me dissera Violetta, que deve ter como fonte principal a conversa de alcova, por meios diretos ou indiretos. Fulgentio achava-se numa posição excepcional, cercado por dinheiro em casa e poder político no trabalho. Sabia o que as pessoas queriam. Talvez fosse melhor juiz do que essas poderiam obter.

Pobre Eva! Tivera sonhos irreais mesmo antes que Danese Dolfin lhe afundasse o navio. E pobre Danese, jamais seria genro do doge!

7

Criou-se um clima de tensão na vida da Casa Barbolano durante os dias seguintes. Para ser franco, Danese incomodava apenas os empregados. Levantava-se cedo, tomava o café da manhã e desaparecia até o cair da noite. Mais duas vezes trouxe prestações do pagamento de Sanudo, mas era grosso com Mama e Giorgio, nunca lhes dava gorjetas e irritava-se com os filhos do casal. Cultivou amizade com o velho *sier* Alvise e a esposa, até cantava para os dois — um alaúde tocado com os dedos da mão esquerda, e ele continuava em condições de dedilhar com a direita. Como mantinha os Barbolano satisfeitos, não ousamos expulsá-lo.

Embora o Mestre nunca o visse, ressentia-se de maneira irracional da presença do intruso e considerava a intrusão toda culpa minha. Jamais fora uma pessoa fácil de conviver, mas vinha-se tornando mais rabugento, meticuloso e detalhista que nunca. Eu retaliava com um odioso servilismo, deslizava ao redor nas pontas dos pés e inseria "mestre" em toda frase. Isso o deixava ainda mais irado, como era minha intenção.

DAVE DUNCAN

A noite de quinta-feira trouxe um alívio inesperado. Ele e eu jantávamos em nosso habitual esplendor de prata e cristal, sentados sob inestimáveis candelabros de cristal de Murano a uma mesa coberta por uma toalha de tecido adamascado que comporta cinquenta pessoas. Eu saboreava o segundo prato do refinado *Cape Longhe in Padella* de Mama. Ele ciscava no prato com o garfo como à procura de pérolas; não tive coragem para dizer-lhe que as pérolas vêm de ostras, não de vôngoles. Combinara uma noite de boemia com Fulgentio só para sair da casa.

— Devia comer mais, mestre — aconselhei. — Disse-me mais de uma vez, *lustrissimo*, que jejuar é muito ruim para o cérebro, como provado; creio que citou como exemplo, mestre, as dissertações de certos santos...

— E você devia comer mais, pois esta é a única finalidade útil a dar à boca.

Antes que eu pudesse formular uma desculpa de conveniente untuosidade, ouviu-se uma batida na porta e Marco Martini entrou a passos largos, sem esperar resposta. Martini é um dos *fanti* que guardam a porta quando o Conselho dos Dez se reúne e em geral se encarrega de recados. Esses policiais parecem bastante inócuos nos mantos azuis que usam, mas, se alguém os examinar com suficiente atenção, verá que cada um porta um espadim escondido nas dobras, na vertical, sob o braço esquerdo. Martini é baixo e elegante, quarenta e poucos anos, com uma expressão sensata e categórica, enfatizada pela barba pontuda projetada para a frente. Tem fama de jeitoso com a espada, mas não posso comprová-lo.

O CÓDIGO DO ALQUIMISTA

Giorgio pairava atrás dele, e parecia assustado. Levantei-me de um salto e curvei-me, preparado para retirar-me se me mandassem e na esperança de que não fosse eu quem ele procurava.

— Mestre Filippo Nostradamus?

Se o doge houvesse adoecido, um dos palafreneiros teria vindo e se dirigido a Nostradamus como "Doutor".

Meu amo bufou.

— Pelos santos, Marco, se esqueceu meu nome, é hora de aposentar-se.

— O Excelentíssimo Conselho dos Dez — continuou o *fante*, sem se sentir insultado — solicita e exige que o senhor compareça perante Suas Excelências esta noite, do modo que lhe for conveniente.

Algumas pessoas teriam desfalecido inconscientes no chão. Calmíssimo, o Mestre tocou de leve os lábios encarquilhados com um guardanapo engomado à perfeição.

— É sempre uma honra visitar os nobres senhores. Posso segui-lo em meu próprio barco?

— Isso será permitido. Comunicarei que se encontra a caminho. — Marco acenou-me com a cabeça. — Não se esqueça.

Insinuando o vestígio de uma sombra de mesura, partiu.

Não tínhamos de atender a convocação. Poderíamos fugir para o exílio.

— Se Sanudo deixou escapar o honorário que cobrou dele — eu disse — meu mestre com certeza se verá preso por extorsão.

O amo na verdade riu... bem, gargalhou. Por enquanto, esqueceu o mau humor.

— Baboseira! Foi a esposa quem o ofereceu. Teriam enviado *Missier Grande* e um batalhão de *sbirri* se me quisessem preso. Na certa querem meu conselho sobre a saúde do doge. Adverti-o de que anda exaurindo-a.

Eu me sentia menos otimista. Como expliquei antes, a República é governada por uma pirâmide de comitês entrelaçados, para que cada homem seja vigiado pelo outro. Embora o sistema seja deliberadamente ineficiente, essa ineficiência deixou a República manter a liberdade por novecentos anos. No entanto, alguns problemas precisam ser resolvidos com rapidez e em segredo, e é aí que entra o Conselho dos Dez. Corta todos os nós. Se o amanhecer revela conspiradores pendurados em forcas na *Piazza* ou flutuando de bruços no canal Orfano, trata-se de ação dos Dez. Homens tombam mortos em terras distantes pelas mãos dos Dez, que dirigem o mais excelente serviço secreto na Europa, tanto dentro quanto fora da República, interpretam os deveres de forma tão ampla quanto queiram e não prestam contas a ninguém. Cuidam de todos os grandes crimes, como estupro, assassinato e blasfêmia, e não há apelo contra as decisões.

Entretanto, eu me imaginava incluído no convite até uma porta bater em minha cara.

— Tenho tempo para trocar de roupa? — perguntei.

O Mestre já usava a beca e chapéu pretos de médico, portanto não tinha tal necessidade.

— Claro. Vão nos fazer esperar horas.

Giorgio, após acompanhar nosso visitante até a porta, reapareceu no vão.

O CÓDIGO DO ALQUIMISTA

— Pode chamar Bruno? — pedi. — E um gêmeo?

Corri ao meu quarto. Christoforo e Corrado, os terríveis gêmeos, chegaram antes e tentavam afastar aos empurrões um ao outro do caminho. Chris venceu, pois era maior, e interpus-me entre os dois antes que Corrado pudesse atacá-lo de novo e transformar empurrões em lesão corporal. Joguei uma moeda e pedi ao primeiro que decidisse no cara ou coroa. Ele deu o palpite:

— Doge! — e errou.

Dei-a ao irmão e mandei-o avisar a Fulgentio que eu tinha de cancelar o encontro, e proibi-o de dizer-lhe por quê. Chris fora junto assegurar que o gêmeo o fizesse direito e na esperança de dividir a recompensa que Fulgentio sem dúvida ia dar-lhe. Às turras, furiosos, os dois desapareceram escada abaixo.

Armado ou desarmado? Não deviam permitir-me usar uma espada no palácio e íamos viajar de gôndola direto até lá, assim decidi ir desarmado.

Bruno sempre fica excitado quando sabe que o Mestre precisa dele, e saiu disparado para pegar a cadeira de arruar. Quando terminei de vestir a melhor de minhas duas capas, ele andava de um lado para o outro com a cadeira nas costas. Giorgio surgira no melhor traje de gondoleiro: calça larga, túnica curta cintada e gorro com penacho, e dava ordens estritas a Mama para não deixar ninguém entrar, além dos gêmeos, quando retornassem. Será que isso se aplicava ao *sier* Danese? Pesaroso, decidi que se teria de permitir-lhe entrar, por temer que ele se queixasse ao *sier* Alvise. Logo partimos pela grande escada abaixo, meu amo a cavalgar no alto e com um infantil sorriso falso, e eu na retaguarda com o comprido cajado.

DAVE DUNCAN

Era mais uma noite quente, com uma lua cheia que espreitava pelas chaminés e cobria de prata os canais. Ouvia-se cantoria ao longe, como sempre, e os gorjeios dos gondoleiros quando avisam por qual lado pretendem passar. E brigas de gato. Não me sentia feliz. Nada me assusta mais do que o Conselho dos Dez — com exceção do Conselho dos Três, claro.

Os estrangeiros sempre se admiram ao ver com que facilidade qualquer um entra no Palácio dos Doges de dia, mas à noite mesmo os correios de Veneza punham guardas armados nas portas. Desembarcamos no portão de acesso à água no Rio di Palazzo, onde Martini nos esperava em meio a lanças, mosquetes, capacetes e pajens com lanternas nas mãos. A porta dos Poços, o pior dos calabouços, fica bem ali, mas ninguém chocalhou chaves para nós. Giorgio remou e afastou-se para aguardar no Molo; Bruno e eu seguimos o guia pela passagem até o pátio central, e depois subimos a grande escada dos Censores, faiscante de dourados e tinturas às luzes levadas pelos meninos de ligação. Espetacular à luz do dia, opressiva à noite.

O Palácio dos Doges é o lugar onde mora o doge reinante, onde se reúnem os tribunais criminais, o Grande Conselho e todos os outros conselhos, onde se guardam os arquivos, aplicam-se as leis, encarceram, torturam e às vezes executam prisioneiros. É o maior acervo de arte da República. Partes dele têm séculos de existência. Chegamos afinal ao último andar e atravessamos a magnificente *Salle della Bussola*, com a lareira de Sansovino e o estonteante teto de Veronese.

Parecia que se realizaria a previsão do Mestre, de que teríamos de esperar horas. Cerca de duas dezenas de homens

O CÓDIGO DO ALQUIMISTA

achava-se de pé em pequenos grupos, a maioria de mantos negros da nobreza, vários com sérios e preocupados semblantes. Não vi mulheres, decerto. Com os poucos bancos à vista ocupados, meu amo permaneceu acomodado nas costas de Bruno. O peso não o incomodava em absoluto; sentia-se feliz por ser útil. Gostava de visitar o palácio e olhar as pinturas. Em geral, também me agradava olhá-las, mas não nesse momento.

Nosso *fante* afastou-se e foi comunicar-se com outro que guardava a porta da câmara dos Dez. Perto, dois homens que eu conhecia bem: Gasparo Quazza, *Missier Grande*, tem a impassível solidez de uma estátua de Sansovino. Não me reconheceu quando nos fitamos nos olhos, mas esse é bem o seu jeito de ser. Embora eu não goste dele, respeito-lhe a honestidade — prenderia a própria mãe se os Dez lhe ordenassem. Um vislumbre daquele manto azul e vermelho incutia terror nos corações da mais violenta quadrilha de bravos.

Ao lado, o sub, *vizio* Filiberto Vasco, com quem eu tinha três coisas em comum: quase a mesma idade, frequentávamos a mesma aula de esgrima do capitão Colleoni na segunda-feira e detestávamos um ao outro. Sou melhor espadachim que ele, mas esta é a única coisa boa que posso dizer sobre Vasco. Imaturo demais para a função, adora atormentar as mulheres e intimidar os homens. O sujeito olhou com ar de reprovação em minha direção. Lambi os lábios, embora um observador atento talvez achasse que estava mostrando a língua para alguém.

A porta dos Dez abriu-se e disseram-se palavras de um lado a outro. Martini separou-se, caminhou a passos largos pela multidão, todos de olho nele, e foi direto ao Mestre.

— Suas Excelências o intimam, *lustrissimo*.

O resto da sala sussurrou indignado. Os nobres não cedem a precedência de boa vontade a médicos ou charlatães que vendem panaceias.

Tomei o braço de Bruno e marchamos juntos até a porta. O gigante ajoelhou-se. Ajudei o Mestre a desmontar e devolvi-lhe o cajado. O andar claudicante de meu amo varia de acordo com as circunstâncias, em geral fica muito pior em público. Querendo-me com ele, apoiou a mão em meu ombro.

— Zeno tem permissão para entrar? — perguntou o *vizio*, com ar incrédulo.

Esse desprazer foi encorajador, pois se eu fosse a caminho das galés ele exibiria um sorriso de escárnio mais largo que o Grande Canal.

Missier Grande deu de ombros.

— Por enquanto.

— Naturalmente — respondi, e quase consegui pisar no dedão de Vasco ao passar.

A câmara do Conselho dos Dez é grande e muito impressionante, as paredes e tetos adornados com pinturas de Veronese e Zelloti. Uma sacada numa das pontas abriga uma grande tribuna que corre toda a largura do salão, com o trono do doge no centro. Apesar do nome, o Conselho compõe-se de dezessete homens; quando entramos, eles conversavam em voz baixa entre si, tratando da última ou da seguinte questão de negócios, e nos ignoraram.

O doge, Pietro Moro, usa mantos em brocado de ouro e arminho, embora naquela noite o salão ainda conservasse o

O CÓDIGO DO ALQUIMISTA

calor do dia e as muitas lâmpadas não ajudassem. O chapéu, claro, era o *corno* ducal dourado com o bico característico; causa irreverência o fato de essa protuberância exibir não pequena semelhança com a feição mais marcante de Sua Seréníssima, pois toda a vida ele tem sido conhecido como *Nasone*, Narigão. Moro é um bom homem. Dá-me generosas gorjetas sempre que lhe entrego os medicamentos, mas eu o aprovaria mesmo sem isso.

Flanqueavam-no os seis conselheiros ducais de escarlate, três de cada lado. Impressionou-me ver que a barba patriarcal de Sanudo pendia do homem à direita do doge, o lugar de honra. Ao lado dos conselheiros, por sua vez, sentavam-se os dez membros eleitos de vestes pretas, sete à esquerda e três à direita. Dos dezessete, três eram pacientes do Mestre, e contei cinco outros que o haviam consultado sobre questões de ocultismo. Os secretários e amanuenses agrupavam-se diante de escrivaninhas em ambos os lados do salão.

Ao nos aproximarmos desse sinistro tribunal, um subordinado trouxe uma cadeira e a pôs ao lado do púlpito que fica diante do trono do doge. Um admirável tributo a Nostradamus, pois Veneza raras vezes faz concessões à idade. O próprio Pietro Moro tem setenta e tantos anos e muitos homens eram mais velhos.

Ajudei o amo a sentar-se, deixei-o acomodado, depois recuei e esperei a ordem de retirar-me. Um secretário apresentou um relicário incrustado de joias e orientou o Mestre num juramento de que diria a verdade e não discutiria as perguntas, as respostas, nem quase nada. Findo isso, o lacaio olhou-me hesitante. Antes que ele pudesse apelar por instruções, pus a mão no vaso sagrado e matraqueei o mesmo juramento, inseri nome e posição. Para grande espanto meu e dele, ninguém se opôs.

O doge parecia cansado e descontente. Talvez fosse a terceira ou quarta reunião do dia, e todos aqueles outros homens ainda aguardavam no lado de fora. Ele balançou a cabeça em assentimento ao Mestre — e até a mim, um sinal de honra —, então olhou para a direita e disse:

— Chefes?

Essa única palavra pôs ordem na reunião.

O doge tem mandato vitalício, embora na maioria sejam muito velhos quando eleitos. Os quatro secretários dos Dez compõem-se da classe de cidadãos por nascimento e também nomeados para toda a vida. Todos os demais são temporários. Os membros servem por um ano, os conselheiros oito meses, e nenhum pode ser reeleito para a mesma posição enquanto não houver deixado de cumprir pelo menos um mandato. Nada existe que os impeça de eleger-se para outro cargo, porém, e muitos nobres no balcão teriam servido nas duas funções no passado. Os três de manto preto à direita do doge usavam capa vermelha e constituíam por isso os três "chefes dos dez" no comitê de comando daquele mês. Eram eles que haviam decidido convocar o Mestre.

— Doutor Nostradamus — disse o do meio, *sier* Tegaliano Trevisan, homem esquelético, cabelos encanecidos, de considerável idade, e que tivera o horóscopo feito pelo Mestre poucos anos antes. Assim, de improviso, eu não lembrava as previsões, embora soubesse que lembraria se tivesse de fazê-lo. Tinha um

O CÓDIGO DO ALQUIMISTA

rosto alongado, que me lembrava madeira flutuante, desgastada e desbotada pelo longo tumulto da arrebentação. — O Conselho entende que o senhor muitas vezes mostrou grande competência para encontrar pessoas desaparecidas.

Desejei ter saído quando tive a chance e não parado de correr. Trevisan *talvez* quisesse dizer que o Conselho buscava conselho do maior clarividente da Europa, mas também que o haviam acusado de magia negra. Eu seria interrogado como testemunha, com toda a probabilidade torturado, e na certa queimado na mesma estaca. Olhei Zuanbattista Sanudo e me perguntei por que ele contara a história, pois isso o fazia parecer um tolo que não conseguia sequer controlar a própria filha. Até então, pagara um terço do honorário. Um monte de cinzas não pode abrir processo para cobrar dívidas.

O doge fez uma careta. O Sereníssimo é um total cético no que diz respeito ao sobrenatural. Não é o único nessa insensatez, mas a maioria dos presentes na certa sabia das coisas.

— De fato — disse meu amo com toda a calma. — Como posso ajudar Vossas Excelências?

— Poderia localizar um espião?

Todos os outros dezesseis sabiam o que seria perguntado, e não demonstraram surpresa.

— Suponho que Vossa Excelência se refira a um espião específico.

Todo Estado na Europa emprega espiões. Se incluirmos o exército de informantes dos próprios Dez, poderíamos disparar um mosquete no outro lado da *Piazza* e apanhar um ou dois a qualquer hora.

— Um espião específico — concordou o chefe, naquela voz empoeirada e muito desagradável. — Temos bom motivo para acreditar que um deles causa no momento grande dano à República e ansiamos por identificá-lo.

O doutor esperou, mas, como nada mais se disse, pigarreou.

— Sereníssimo, Excelências... Este nobre Conselho é famoso e invejado em toda parte pela *expertise* e recursos. Se os métodos normais falharam, será óbvio pensar que os senhores me perguntam se posso empregar os espirituais. Se especularem a respeito, entenderão que falo do que li em estudos, e não de métodos experimentais diretos.

— O doutor não está em julgamento — respondeu Trevisan. — Seu depoimento é privilegiado e não será usado contra o senhor.

Comecei a respirar de novo.

— Meu almanaque para este ano — disse o Mestre — não mostra grandes calamidades reservadas a *La Serenissima*, portanto espero que alguém capture logo o patife que procuram. Na verdade, a iminente conjunção de Vênus e Mercúrio oferece forte apoio a essa suposição.

Eu sabia que ele apenas enchia linguiça, ocupando o tempo, enquanto vasculhava o cérebro, mas Moro olhava com expressão furiosa os três chefes. Mesmo com apenas um voto entre dezessete, o doge tinha enorme poder para guardar rancor e recompensar amigos. Embora nenhum dos três o olhasse, todos começaram a inquietar-se.

— Certamente, proporcionarei toda a assistência possível — continuou o Mestre. — Mas nada posso fazer sem mais informação sobre a pessoa que tenho de localizar. Em ge-

O CÓDIGO DO ALQUIMISTA

ral, preciso de um nome para continuar. Vossas Excelências podem me dar uma amostra da caligrafia? Uma descrição? Mesmo a nação ou causa a que ele serve?

Trevisan assentiu com a cabeça.

— Antecipamos tal solicitação. Se o senhor se apresentar amanhã de manhã no escritório do Chanceler, o douto secretário Sciara lhe mostrará o que temos. Podemos providenciar uma escrivaninha...

Meu amo fazia que não com a cabeça, e eu antevi o desfecho da situação. Muito poucas pessoas desafiam o Conselho dos Dez, mas ele não trotava até o palácio todo dia como um cachorro ao qual se assobia.

— Não — disse.

Foi categórico. Trabalharia em casa, com sua biblioteca, ou nada poderia fazer.

— Oh, que os santos nos preservem! — gritou o doge.

— Eu os avisei de que ele ia dizer isso. Deem-lhe o que combinamos.

Trevisan balançou a cabeça, nervoso.

— Podemos fornecer-lhe as poucas informações que temos, mas imporemos restrições ao seu uso e mandaremos um guarda zelar por elas. Que o Céu lhe abençoe o trabalho.

Foi só, e fomos liberados.

8

O homem que se levantou da mesa dos secretários para nos conduzir à porta foi o próprio primeiro-secretário, Raffaino Sciara, conhecido por todos como *Circospetto*. Políticos nobres chegam e vão; como o doge, o cidadão Sciara continua para sempre e acumula mais segredos que o Vaticano. Já nos havíamos chocado antes. Ele tem um rosto de caveira e um senso de humor correspondente, mas nessa noite previ explosões, pois o Mestre o detesta ainda mais que eu.

Fora, na antecâmara, Bruno ficara em pé num largo espaço livre, e fixava o olhar feroz na porta. Ao nos ver, abriu um enorme sorriso e adiantou-se como um galeão, a nobreza abrindo caminho às pressas. Não necessitávamos dele ainda, porém, pois Sciara nos conduziu até a divisória do corredor que ocultava duas portas, uma que levava às cadeias e câmara de tortura, e a outra à sala dos chefes dos Dez. Esta era nosso destino, e acenei a Bruno para que nos seguisse.

Embora pequena, é uma sala suntuosa, mas nessa noite mostrava-se escurecida e mergulhada em sombras, iluminada por apenas duas lâmpadas na grande mesa atrás da qual

O CÓDIGO DO ALQUIMISTA

se sentam os três chefes quando interrogam testemunhas, e duas outras na escrivaninha de registro dos secretários ao lado. Junto a esta se instalara o *vizio* Filiberto Vasco sob a capa vermelha, parecendo que acabava de ser sentenciado a vinte anos nas galés. Para variar, o tormento dele não me deixou feliz, pois pude adivinhar o que ia acontecer. Dava a impressão de que guardava um embornal de couro, e foi a essa escrivaninha que se dirigiu Sciara.

Ajudei o Mestre a sentar-se numa cadeira, Sciara ocupou outra e eu me aboletei na terceira. Vasco continuou em pé, a carranca instalada firme, braços cruzados. Muito poucas cadeiras acomodam Bruno, e ele ajoelhou-se e riu para o piso de cerâmica, cujo desenho em preto e branco inverte a perspectiva quando o olhamos. Sciara começou a abrir o embornal.

— Referimo-nos ao desconhecido como Algol — disse. — Sabemos da existência dele por relatórios feitos pelo nosso próprio serviço de inteligência.

— Os espiões de Veneza na Porta — comentou meu amo.

Dá-se o nome de Sublime Porta ao governo turco. Algol é uma estrela, mas, em árabe, *al Ghul* significa o Demônio.

— É possível. — Sciara retirou um maço de papéis. — São cópias...

— Preciso dos originais — disse Nostradamus.

— Não pode tê-los. Nosso agente arriscou a vida para fornecer apenas estes.

Vi de relance o texto cifrado, as letras agrupadas em blocos de cinco.

O doutor olhou-as, enojado.

— Esperam que eu decifre isto?

O pior em *Circospetto* é o sorriso. Sempre esperei que dele caíssem vermes.

— Quando puder nos instruir.

O Mestre é um gênio em esteganografia, a arte de decifrar escrita oculta, como o é em quase tudo, mas o Conselho dos Dez tem sido reconhecido em toda a Europa pela *expertise* em códigos e cifras desde que empregou o grande Giovanni Soro. O próprio Vaticano enviava a Soro despachos interceptados para ser decifrados e ele os enviava de volta em forma de texto inteligível — mantinha uma cópia, claro. Dizem que a única vez que o desconcertaram foi quando Roma lhe mandou uma mensagem na própria cifra e perguntou se conseguia lê-la; o experto devolveu-a, dizendo que não. Deve ser um terrível pecado mentir ao papa.

Acredita-se que os Dez mantêm três criptógrafos que labutam em algum lugar afastado no palácio, por trás de portas fechadas. Se não conseguiram decifrar o código de Algol, ninguém na Europa conseguiria.

— Que língua? — quis saber meu senhor.

Perdi o interesse àquela altura, pois não conhecia nenhum meio de decifrar uma língua desconhecida. Mas o Mestre não pareceu afetado. Segurou uma folha mais perto da lâmpada.

— Alfabeto romano. Quantas letras?

— Vinte e três.

Em Veneza, usamos quase sempre usamos o alfabeto romano de vinte e três letras, eliminado o *K* e o *Y* e acrescentando o *V* e o *J*. O toscano rejeita o *J* e o *H*, mas um criptógrafo às vezes duplica letras pouco usadas ou acrescenta algumas, quando lhe dá na veneta.

O CÓDIGO DO ALQUIMISTA

— Não um nomenclador, então — afirmou Nostradamus —, a não ser que os caracteres sejam representados por pares de letra. Você conferiu a frequência de pares?

— Desvios menores — respondeu Sciara. — Na certa, apenas acasos. O mesmo acontece com a frequência da letra única. Não se trata de verdadeira aleatoriedade, mas com certeza não é um alfabeto César nem a transliteração de letras árabes em romanas.

— Não se trata de transposição, então. Curioso.

É um raro regalo ver o Mestre esgrimir sabedoria em termos iguais com alguém. Eu tinha uma clara ideia do que tagarelavam, pois uma das minhas incumbências é criptografar e decifrar grande parte da correspondência dele, mas uma olhada ao *vizio* me disse que ele se perdera por completo. Bruno fora sorrir para as pinturas.

— Pus um resumo do trabalho de nossos especialistas aqui — disse Sciara, e bateu de leve no embornal —, para poupá-lo de perder tempo na tentativa de decifrar o código. Sei que é o tipo de quebra-cabeça que o distrai. Suas Excelências aceitam que é indecifrável. — A caveira sorriu.

— Esperam que seus métodos ocultos identifiquem Algol onde nossa criptografia malogrou, e esta é a única pista que podem oferecer.

Nostradamus bufou.

— Mas, se eu decifrar o código, a forma inteligível do texto os levaria de volta a Algol com quase toda a certeza, e também seria uma prova admissível. Farei as duas coisas. Que mais pode me dizer? Há quanto tempo esse espião vem atuando? Em que departamentos do governo ele penetrou?

Dave Duncan

Como se comunica com a Porta se lhes permitem interceptar a correspondência?

— Suas Excelências não me autorizaram a transmitir tais informações.

— Solicitaram uma *zonta*?

O secretário contorceu-se como espetado por uma agulha.

— Não trato das deliberações de Suas Excelências!

O Mestre deu um sorriso vulpino.

— E a quem comunico meus achados?

Sciara, na verdade, hesitou antes de responder.

— Se tiver provas relacionadas à segurança da República, comunique-as aos três chefes dos Dez... *messeres* Tegaliano Trevisan, Tommaso Soranzo e Marino Venier. Se não encontrar nada de interesse, apenas me devolva esses papéis, pessoalmente.

— Por que se dar o trabalho, se nada contêm de interesse? O Conselho os debateu, *lustrissimo*?

Até Vasco captara a intenção das perguntas do Mestre agora e parecia horrorizado.

O *Circospetto* respondeu:

— Já disse, Doutor, não comento as discussões de Suas Excelências.

O doutor riu com vontade e devolveu-lhe os papéis.

— Em quais termos posso levá-los?

— Ficam na posse do *vizio* Vasco. Ele vai vigiá-los enquanto o senhor os estuda, recolhê-los quando terminar, e também quaisquer cópias ou trechos que fez deles, além de todas as anotações de trabalho. Quando concluir o trabalho, ele me trará o material de volta.

O CÓDIGO DO ALQUIMISTA

O velho entregou o embornal a Vasco.

— Então verei o que posso fazer — disse.

— Espera mesmo ter êxito? — perguntou Sciara, com um olhar irônico.

Nostradamus encarou-o com uma expressão de divertida inocência.

— Por que não? Já estreitei o campo, não?

Levantei-me e fui ao outro lado da sala tocar o braço de Bruno para chamar-lhe a atenção.

Ao descermos em grupo a grande escada escura — os pajens primeiro, depois Bruno e o Mestre, Vasco e eu na retaguarda —, este me agarrou pelo braço para deter-me.

— Que quer dizer Nostradamus com estreitar o campo? — sussurrou.

— Não é difícil adivinhar, *vizio*. Mesmo você...

O vice de *Missier Grande* torceu o nariz.

— Ele acha que há um traidor no Conselho dos Dez? Isso é revoltante!

— Sciara quase o confirmou — comentei, bem animado. — Fez questão de que soubéssemos os nomes dos chefes! Não contaram a todo o conselho que provas têm, pois trairiam os agentes da República em Constantinopla. E por que não? Lembra 1355? — Nenhum veneziano esquece essa data, ano em que decapitaram o próprio doge Marino Falier por conspirar contra o Estado. Se um doge podia ser traidor, qualquer um podia. — Precisa que lhe explicite isso por escrito?

— Oh, por favor, explique, *sier* Alfeo. Em tipos grandes. Muito grandes!

DAVE DUNCAN

Vasco tenta ser espirituoso apenas quando se julga por cima e à frente, portanto aquele sarcasmo devia ter-me alertado, mas me escapou.

— Bem, antes de mais nada, o procedimento foi errado. Em geral, os chefes teriam convocado o Mestre e o interrogariam eles próprios, depois apenas o autorizariam a prosseguir com a autoridade que detêm, ou requereriam a aprovação dos Dez na reunião noturna. Não o arrastariam perante o conselho inteiro.

— Esse procedimento elíptico sugere — continuei, divertido ao ouvir ecos da maneira de ensinar do Mestre em minha própria voz — que os chefes na verdade estão muito assustados, e quem mais tenha conhecimento também.

— Referia-me ao doge, com mais probabilidade, e talvez a Zuanbattista Sanudo, pois deve ter sido ele quem sugeriu trazer Nostradamus. — A raposa se disfarçou tão bem em cão de caça que os membros do conselho não sabem qual é o espião. A reação normal dos Dez a um problema complexo é solicitar uma *zonta*, certo?

Zonta é um acréscimo, em geral de quinze homens eleitos pelo Grande Conselho. A vantagem de os Dez serem trinta e dois, em vez de apenas dezessete, consiste em contar com a representação de todos os grandes clãs. Isso dispersa a culpa e dilui os rancores.

— Sciara não negou que vinham pensando a respeito — concluí. — Não, "não" quer dizer "sim" naquele mundo. Gostaria da aula de criptografia agora?

— Mais tarde — respondeu Vasco. — Muito mais tarde. Diga-me de novo: por que desfilaram o Mestre perante todos os Dez, se o espião pode ser um dos membros?

O código do alquimista

Usei uma frase que teria de lembrar para a minha próxima confissão. Por que não vira isso sozinho?

— Blasfêmia! — disse o *vizio* com presunção. — Mas acho que você o entendeu desta vez.

— E mandam você junto para guardar... o quê? — perguntei, furioso.

— Mestre Nostradamus, claro.

Vasco sorria em beatitude, após me pegar num erro.

— *Isca?*

— Exatamente. Há uma remota chance de que Algol seja supersticioso o bastante para acreditar na postura do velho farsante. Nesse caso, ele parece ser um perigo, portanto Algol talvez tente eliminá-lo... e então se chocará comigo. *Missier Grande* disse que eu devia manter um olhar protetor ao mesmo tempo em você, mas tenho certeza de que apenas brincava.

9

Vasco assumiu a absurda missão que lhe designaram com toda a seriedade e começou a demonstrar como era eficiente: requisitou dois guardas noturnos para nos escoltar até o Molo e deixar-nos em segurança a bordo da gôndola. Foi o último a embarcar e o primeiro a sair na Casa Barbolano, onde só deixou desembarcar o restante de nós depois que Luigi abriu a porta e confirmou que estava tudo bem dentro. Nem quis deixar Bruno carregar o Mestre escada acima antes que Giorgio e eu terminássemos de levar o remo e as almofadas para o armazenamento durante a noite no *androne*, e trancar e passar o ferrolho na porta. Então nos arrebanhou na subida da escada, assegurou-se de que o apartamento se encontrava bem seguro após entrarmos e ordenou a Giorgio que inspecionasse os alojamentos da família no sótão e comunicasse a presença de intrusos. Dei um sorriso falso e ele olhou-me com escárnio.

Meu amo suportara essa exibição com surpreendente autocontrole. Agora, de volta aos próprios pés, queria pôr as mãos à obra.

— O saco, por favor.

O CÓDIGO DO ALQUIMISTA

— Só depois de eu acabar de proteger a casa, doutor.

— Se procura demônios, Filiberto — observei —, deve começar por aqui. Este é nosso único quarto de hóspedes, portanto você precisa dividir a cama com o demônio residente ou ficar aqui fora num sofá.

O *vizio* desnudou os dentes como um cachorro.

— Quem está aí?

— O s*ier* Danese Dolfin, prestes a tornar-se genro de *messer* Conselheiro Sanudo. Desaloje-o se desejar. Temos tido muito pouco sucesso.

Vasco enfrentava uma ardilosa decisão, intrometer-se ou não com um nobre e quase parente de um conselheiro ducal na casa de um aristocrata, mas aceitou o desafio. Após uma breve olhada ao meu amo, que continuava com um estudado semblante em branco, pegou uma lamparina e entrou no quarto extra. Lamentavelmente, não testemunhei a expressão no rosto de nosso convidado quando o temível vice do *Missier Grande* apareceu como um pesadelo apocalíptico e exigiu saber quem era ele e o que fazia ali. Vasco exibia um sorriso malicioso quando saiu. Trancou a porta atrás e eu adoraria ver a reação de Danese.

O *vizio* inspecionou os quartos com especial cuidado — o meu, o do Mestre, o de Bruno — e espreitou dentro de guarda-roupas e debaixo de camas. Foi até a cozinha, a sala de jantar, e começou no *salone*, confirmando que nem assassinos nem demônios se agachavam atrás das estátuas. A essa altura, meu senhor e eu nos encontrávamos no ateliê, eu acendia lamparinas para uma sessão que duraria a noite inteira, e ele à escrivaninha com um grande manuscrito encadernado em couro da *Steganographia*, de Johannes Trithemius.

Ele ergueu os olhos com raiva quando Vasco entrou e começou a bisbilhotar, espreitando tudo: globo terrestre, globo celestial, esfera armilar, bancada de alquimia, prateleiras de reagentes, parede de livros. A alcova no centro dos livros contém um espelho oval emoldurado por gorduchos querubins. O vice examinou-o por um instante, levou outro momento para localizar a lingueta oculta, depois deslizou o ferrolho e pressionou a moldura. Toda a parte de trás inteira da alcova girou sobre o eixo. Havia suficiente luz no lado oposto para ele reconhecer a sala de jantar que vira antes. Balançou a cabeça satisfeito, tornou a fechar a porta e passou o ferrolho.

Só então se dignou a entregar o precioso embornal ao doutor, que o abriu sem uma palavra e começou a mexer no conteúdo como uma criança no Natal. Vasco instalou-se numa das poltronas verdes, de onde podia vigiar. Sentei-me na vermelha defronte, convencido de que o sujeito não me deixaria em paz por muito tempo.

— Acha mesmo que aqueles papéis têm algum verdadeiro valor? — perguntei.

Sabia que todo o exército turco poderia marchar sala adentro e não distrairia o Mestre do que fazia.

Vasco olhou-o, chegou à mesma conclusão e respondeu:

— Vale matar por eles, fácil.

Neguei com a cabeça.

— O *Circospetto* jamais se separaria deles sem guardar uma cópia. O que adoraria fazer, porém, é agarrar Algol

O CÓDIGO DO ALQUIMISTA

e depois usar a cifra dele para enviar falsa informação a Constantinopla.

— Como sabe que Algol faz espionagem para a Porta?

— Não sei — admiti. — Ele poderia estar trabalhando para o Vaticano, o Louvre, o Escorial, ou até o Whitehall dos britânicos. Todos os Estados fazem o mesmo tipo de jogo. Eu por acaso apenas nutro rancor contra os turcos. Talvez o motivo de Veneza não conseguir decodificar a cifra é que capturaram ou entregaram esse homem na Porta e a escrita naqueles papéis seja pura lama de canal, destinada a atormentar os Dez até a insanidade.

Vasco deu de ombros.

— Essa ideia vai enlouquecê-lo.

— Ou *Circospetto* inventou tudo isso sozinho para atrair Algol à armadilha que ele próprio montou.

— Eu não diria que ele não faria isso. Você é especialista em decifrar códigos, além de em tudo mais, suponho.

— Não *em tudo mais*.

Ele franziu o cenho para a lareira um instante, depois perguntou, num tom entediado.

— Então, que é o tal César a que você se referiu antes?

— A cifra que Júlio usava. Você troca cada letra e a substitui por outra, a intervalos determinados ao longo do alfabeto. Em vez de *A* escreve, digamos, *C*, e vez de *D* escreve *F*. É fácil decifrar, pois em qualquer língua se usam muito mais algumas letras que outras. Em *vêneto*, por exemplo, *E* e *A* são as mais ocupadas e também próximas no alfabeto, portanto, se o texto cifrado mostra um monte de *M* e *Q*, imaginamos que se trata de *A* e *E*. Também se usam muito

R, S e *T*, além de essas se situarem uma ao lado da outra, por isso se destacam como grupo. Seria mais fácil se todos soletrassem as palavras da mesma maneira, e depende um pouco de o espião ignorar ou não os acentos, mas este é o princípio. Assim que identificamos algumas letras, o resto segue automaticamente, como revelou Leon Battista Alberti de Florença em...

— Revelaram, porém, muito antes — disse o Mestre —, Abu Yusuf Ya'quib ibn Is-haq ibn as-Sabbah ibn 'omran ibn Ismail al-Kindi. Século IX, de fato. Chegue aqui e seja útil. O senhor também, *vizio*.

Nós nos levantamos e fomos como bons aluninhos.

— Cada uma das folhas — disse meu senhor — tem dez palavras de vinte e cinco letras seguidas, e não mais que trinta e duas fileiras numa página. Essa talvez seja esteganografia, onde o texto fica oculto bem à vista. Pode-se pegar a primeira letra da quarta palavra e a terceira da debaixo e assim por diante, ou talvez até se exija uma grade de Cardan para identificar as letras importantes. Esperemos que o original tenha sido copiado com exatidão. Mas não foi, claro. O espaçamento entre as linhas varia, veem? E não sabemos se variava ou não no original. Quero que cada um de vocês pegue uma pena e uma folha de papel e invente uma página como estas, 320 palavras sem sentido, em 10 colunas. Andem logo.

Vasco olhava com ar carrancudo, mas imagino que aquela fosse uma alternativa melhor do que o tédio total, assim ele aceitou uma pena e um tinteiro e foi trabalhar na mesa de tampo de ardósia com a bola de cristal. Sentei-me em

O CÓDIGO DO ALQUIMISTA

meu lado da escrivaninha e logo descobri que a tarefa não era tão fácil como parecia. Quando entregamos o trabalho, o doutor examinou-o sob nosso olhar por cima dos ombros.

Então desatou a rir.

— Você refutou sua própria hipótese, Alfeo! Veem onde os dois erraram?

Por sorte, eu vi.

— Não nos repetimos — concluí. — Não escrevi uma letra dupla, mas os originais têm muitas. Até três *K* numa fileira aqui. Não comecei uma palavra com a mesma letra já usada para começar a anterior. E não escrevemos uma palavra concreta. Algol tem um *MOLO* e até *PASTA*, se ignorarmos o espaço no meio.

— E assim por diante — disse Nostradamus, ressentido, irritado por eu ter-lhe estragado a revelação. — Vocês foram muito aleatórios! Sua falta de ordem é um tipo de ordem em si mesma. Isso significa que esses originais não foram feitos por alguém que apenas escrevia letras ao acaso. Têm sentido. Agora precisamos apenas extraí-lo.

— Como pode fazer isso se não sabe em que língua é?

— São poucas as prováveis... *toscano*, latim, espanhol, *vêneto*, árabe, turco, francês. Usam às vezes o antigo persa na Porta. Posso ler a maioria e reconhecer o resto. Mas talvez encontre uma forma. Leve este lixo embora, *vizio*. — O velho levantou-se com esforço, entreguei-lhe o cajado, e ele capengou até o cristal. — Os dois podem dormir um pouco. Trancarei tudo, Alfeo.

Aspergi os pavios dos outros candeeiros e enxotei Vasco porta afora antes de sair.

Não me ofereci a dividir a cama com ele, mas lhe trouxe manta e travesseiro. Deixei-o deitar-se num sofá no *salone*.

A última coisa que fiz antes de ir para a cama foi consultar o tarô. Deu-me um sortimento dos arcanos menores, todos de números baixos, sem uma única figura, e nenhum trunfo. Não vira uma pilha tão repugnante assim desde antes de me ensinarem a usar o vaso sanitário. Concluí que devia estar exausto e caí na cama.

10

Acordei como sempre ao amanhecer. Quando lembrei o trabalho que tinha a fazer, sentei-me empertigado com um grunhido, resmunguei ao me enfiar nas roupas e saí mal-humorado para o *salone*, só de meias. A manta do *vizio* estendia-se desocupada ao lado do sofá, portanto ele devia ter ido ajudar a encher o canal, e tive a chance de chegar ao ateliê sem atrair-lhe a indesejável atenção.

Mantém-se a porta do estúdio trancada e guardada à noite. O Mestre talvez tenha omitido a instalação das proteções se ficou exausto após a clarividência, mas evitei riscos e lancei um contrafeitiço antes de usar a chave. Assim que deixei entrar a luz do dia, fui inspecionar a mesa com tampo de ardósia.

Encontrei uma coisa agourenta.

Quando o gato cai na armadilha, o rato...

Mas a isto se seguiam apenas rabiscos de giz, trilhas de serpente sem semelhança com qualquer escrita. Já vira o amo profetizar em tão pavorosa cacografia que nenhum de nós conseguia ler nem a metade, mas não me lembrava de nenhuma ocasião em que ele não tivesse feito uma tentativa racional de compor uma quadra.

E o tarô me decepcionara.

A porta fechou-se atrás de mim e voltei-me furioso. Não era, como eu esperava, Filiberto Vasco. Mas Danese Dolfin, obviamente liberado do canil, e ao que parecia não para bisbilhotar, pois se aproximou com uma atitude de quem quase dispara raios. Deixara de usar a tipoia.

— Por que o *vizio* está aqui? — quis saber.

— Não posso lhe dizer.

— Você não sabe.

— Sei, mas não posso dizer.

Isso o deteve. Senti-me tentado a sugerir que perguntasse à nova família dele, mas mesmo essa insinuação violaria meu juramento.

— O s*ier* Alvise Barbolano sabe da presença dele aqui?

— Não, e o aconselho com toda a veemência a não dizer.

Então me lembrei de Luigi, que tem a boca mais larga que o Adriático. A notícia escaparia assim que ele encontrasse um ouvinte.

Mais cauteloso agora, Danese perguntou:

— Ele vai ficar muito tempo?

Embora eu tivesse réplicas geniais a fazer, não me sentia brilhante.

— Vários dias.

— É intolerável! — gritou Danese, e girou nos calcanhares.

— É — concordei, ao vê-lo desaparecer.

A vida guarda muitas situações difíceis nas quais nada podemos fazer, mas com sorte Vasco nos livraria de uma delas.

O CÓDIGO DO ALQUIMISTA

Segui Danese pela porta, tranquei o ateliê e fui buscar água para me barbear. A meio caminho da jornada à cozinha, Vasco dobrava a manta com a alça do embornal sobre o ombro como uma capa. Parecia que a usara a noite toda. Cumprimentamo-nos com frios acenos de cabeça, reconhecendo que nossa imposta cooperação era apenas temporária e a batalha recomeçaria na primeira oportunidade.

A cozinha exalava aromas deliciosos de pão fresco e o *khave* que Mama Angeli acabava de preparar. Giorgio e quatro filhos sentavam-se comendo vorazes à grande mesa — as meninas mais velhas ainda terminavam de fazer o molho de pequenas frituras. Trocamos bênçãos e eles aguardavam esperançosos que eu explicasse o hóspede extra. Pedi-lhes apenas que mantivessem baixo o ruído diante da porta do Mestre.

Entrou o *vizio* de espada e embornal, seguido de perto por Danese com o alaúde. Os dois tinham uma aparência amarrotada e a barba por fazer — Dolfin menos, pois era louro e não dormira com a roupa do corpo —, e a chegada de ambos juntos parecia tão encenada que quase esperei a irrupção de uma cantoria.

Vasco perguntou-me:

— Quando Nostradamus vai querer ver esses papéis de novo?

— Provavelmente não por duas horas.

— Posso pedir a seu gondoleiro que me leve em casa para pegar algumas roupas? Não me demorarei. — Não pôde resistir a acrescentar: — Só prometa que manterá a porta trancada até eu voltar.

— Devo usar espada?

— Na certa, ficará mais seguro sem ela.

— Pura verdade — concordei. — Detesto inquéritos. — Lancei um olhar inquiridor a Giorgio, que assentiu com a cabeça, claro. — Ele terá prazer em fazer-lhe o favor, *lustrissimo*.

Senti a grave tentação de acrescentar: "Mas não seja demasiado generoso na gorjeta; ele não está habituado". Não o fiz, porém, e esse autodomínio exigido deve ter feito todos os anjos no céu aplaudirem.

Danese nada disse, mas, quando o gondoleiro e o *vizio* partiram, foi com eles. Observei do outro lado da mesa o divertido olhar de uma linha descendente de olhos escuros — Christoforo, Corrado, Archangelo e o pequeno Piero.

— Ainda bem que gosto do pai de vocês — disse: — Se não, rezaria para que tubarões afundassem a gôndola. Chris, vá trancar a porta da frente assim que saírem.

Oito olhos arregalaram-se.

— Por quê? — perguntaram em coro um baixo, um barítono, um tenor e um alto.

— Vocês sabem que o doge é um grande colecionador, e meu senhor um especialista em livros antigos? Ele está examinando alguns documentos muito raros para Pietro Moro, tão valiosos que este mandou o *vizio* junto para protegê-los.

Foi o mais próximo da verdade a que podia chegar e satisfez os jovens, embora com toda a probabilidade não Mama, que nunca perdia uma palavra ou qualquer conversa, falada ou não. Odiando-me até mesmo por esse pequeno engano, bati em rápida retirada com uma caneca de água quente e outra de *khave*.

Inspecionei as *duas* portas para certificar-me de que haviam sido trancadas e aferrolhadas.

O CÓDIGO DO ALQUIMISTA

Tão logo fiz a barba, retirei o baralho de tarô de debaixo do travesseiro e tentei outra leitura. Não foi nada mais informativa que a última, e tornei a enfiá-lo ali, temendo que outras tentativas de forçá-lo pudessem dessensibilizá-lo. Parecia que meu talento nesse campo se tornara tão inútil quanto a clarividência do Mestre, o que confirmou o que já desconfiava — o que quer que enfrentávamos, não se intimidaria com portas trancadas a sete chaves nem com a espada de Filiberto Vasco.

Quando Vasco retornou, encontrou-me no meu lado da grande escrivaninha atrás de uma pilha de cada livro sobre criptografia na biblioteca do doutor — Roger Bacon, Johannes Trithemius, Girolamo Cardano, Leon Battista Alberti, Giovanni Porta, Blaise de Vigenère. Al-Kindi também, mas não leio árabe. Desnecessário dizer, fizera pouco progresso com aqueles idiomas que eu conhecia.

— Nenhum sinal do Mestre — disse. — Posso dar uma olhada nas provas?

Ninguém tem ideia de como me dói parecer humilde.

O *vizio* tinha, porém, e olhou-me com escárnio.

— Para quê?

— Não o texto cifrado, apenas as anotações do *Circospetto*.

Ele teve o desaforo de instalar-se à vontade na poltrona de meu amo e dar-me um radioso sorriso.

— Por quê?

— Ocorreu-me uma ideia e eu queria ver se os gnomos dos Dez pensaram em examiná-los à procura dela.

— Que tipo de ideia?

— Sobre nomencladores.

— Que é nomenclador?

— Esse impulso frenético de exercitar o cérebro após tantos anos de desuso talvez lhe cause sério dano.

Ele apenas sorriu.

— Ensinei-lhe ontem à noite — lembrei-lhe com santa paciência, enquanto em silêncio jurava monumental vingança — que é muito fácil decifrar uma simples cifra do alfabeto César. A forma mais popular de melhorá-la é acrescentar mais símbolos, em geral números. Assim temos, digamos, 32, que representa o *D*, *14* o *N*, e mais ou menos uma dezena de códigos para uma letra muito comum como o *E*... e assim por diante. Depois começamos a acrescentar símbolos para palavras comuns, talvez *42* para *o* e *51* para *e*. Chama-se *nomenclador* esse tipo de lista, que torna a decifração do código mais difícil, porém não muito. Estenda-a muito e logo escreverá um livro de códigos completo, com números para *Rei da Dinamarca*, *Veneza*, *regimento janízaro*, e sabe o Senhor mais o quê. Embora se trate de um método mais seguro, o espião depois não consegue mais gravar a cifra na cabeça e tem de carregar um livro consigo a todo lugar. Se o inimigo o captura, um livro de códigos é prova suficiente para enforcá-lo e revelar toda a correspondência, passada, presente e futura. Se o livro envolve um alfabeto, basta apenas mudar a chave, que consiste num único número, enquanto a substituição de um livro de códigos é uma imensa tarefa. Mas esses livros são o meio pelo qual a maioria dos Estados codifica os respectivos despachos.

Vasco assentiu com a cabeça, como se entendesse. Deve ter certa astúcia de animal inferior.

O código do alquimista

— Algol não usa números.

— Não, usa vinte e três letras, e, se as emparelha, tem centenas de pares. Por isso, a primeira coisa que o Mestre perguntou foi se os gnomos de Sciara haviam conferido a frequência de parelhas. Talvez *GX* represente o A, *NT* o B, *EO* o *Rei da França*, entende? Agora me passe as anotações que lhe direi o que procurar no texto criptografado, e se formos rápidos talvez tenhamos essa coisa decifrada antes da chegada do doutor.

— E, se formos realmente felizardos, anjos talvez apareçam para transportar você ao Paraíso.

Achei que fosse o fim e o prazer de recusar-se a entregá-las que haviam superado o dever dele, mas então Vasco encolheu os ombros e abriu o embornal. Estendeu as anotações, fazendo-me levantar para pegá-las.

— Então que devo procurar? — perguntou.

— Minhas iniciais. *LAZ*, de Luca Alfeo Zeno. Quantas vezes você vê essas letras juntas? Sei que aparecem com mais frequência do que deviam.

Comecei a trabalhar pela leitura do que tentara a equipe de Sciara, e ao mesmo tempo ignorar outros escárnios do policial.

As notas de Sciara eram completas e detalhadas. Eu soube que o texto criptografado abrangia quatro despachos de Algol, e o comprimento variava de três a nove páginas, vinte e quatro ao todo. Os criptólogos dos Dez o haviam testado à procura de frequências de letra individuais e duplas, e até de "palavra", embora não se pudessem ler os grupos de cinco como palavras concretas. A conclusão fora que a dis-

DAVE DUNCAN

tribuição de letras não era de fato aleatória, tampouco assimétrica o bastante para uma cifra de substituição, como um César, nem de transposição, que consiste em um gigantesco anagrama. Desconfiavam de que todos os quatro despachos houvessem sido escritos com o emprego do mesmo código, portanto muito provável que fosse um nomenclador.

Não o testaram em busca de ternos, porém. Claro que minhas próprias iniciais numa página de texto sem sentido sempre saltariam aos olhos, e na noite anterior eu as vira duas vezes numa página quando olhava por cima do ombro do Mestre. Após alguns minutos de irado resmungo, Vasco anunciou que encontrara minhas iniciais sete vezes, e pelo menos uma em cada um dos quatro despachos. Havíamos pegado um fio no labirinto! Isso tinha de levar a algum lugar.

Mas aonde? Viam-se centenas de outras combinações de três letras a procurar, e o único movimento sensato seguinte que consegui pensar seria devolver o problema a Sciara e mandá-lo pôr suas legiões em ação à procura de frequências triplas. Sugeri que cada um de nós tentasse encontrar outro terno repetido.

A batida do cajado de Nostradamus no terraço externo acabou por anunciar que ele se aproximava dali, e Vasco apressou-se a desocupar a poltrona do amo. O velho vinha claudicando, com uma aparência assassina.

— Compreendeu alguma coisa? — grunhiu para mim, com um aceno que indicava a mesa de ardósia.

— Nove palavras — respondi. — Só isso.

Ele rosnou, significando que chegara à mesma conclusão.

— E meu tarô tampouco funciona.

O CÓDIGO DO ALQUIMISTA

O doutor não pareceu surpreso.

— Por que acha que o chamam de Algol? *Vizio*, quem deu esse nome ao desconhecido, e por quê?

— Não tenho a mínima ideia, doutor.

Outro grunhido.

Duvidei que Algol acabasse por revelar-se um demônio verdadeiro, um monstro que ronda cemitérios e come cadáveres, mas bem poderia ser um demonólogo, e as leis da demonologia dizem que alguém que emprega espíritos malignos logo descobre a ferradura no outro casco, e são os demônios a empregá-lo.

Vasco exibia uma expressão perplexa. Achei mais agradável deixá-lo assim.

— Sabe decifrar um nomenclador numa língua desconhecida? — perguntei.

A expressão de mau humor do Mestre se intensificou.

— Com tempo e suficientes textos para trabalhar, sim. Mas há muito mais cifras boas do que as pessoas que as usam. Quando se decifra um código, é quase sempre porque o elaborador se descuidou. O erro humano nos amaldiçoa a todos! Se examinarmos com bastante atenção e por demasiado tempo, descobriremos que o espião cometeu um erro em algum lugar.

Era o meu palpite.

— Ele gosta de minhas iniciais. Usou-as sete vezes.

O efeito em meu senhor foi dramático. Empertigou-se de um salto na cadeira, os olhos em chamas de excitação.

— Onde? Mostre-me!

Dois minutos depois, ordenou com rispidez:

— Traga-me os pastéis.

Fui buscar a caixa de lápis coloridos para desenho e pintura a pastel.

Assinalamos todos os *LAZ* em vermelho. Após mais uns dez minutos, havíamos localizado outros quatro ternos repetidos pelo menos uma vez. Nostradamus mandou-me reunir os três filhos Angeli mais velhos disponíveis no momento. Ler e escrever são habilidades incomuns entre os cidadãos da classe baixa, mas ensinei a Mama e ela ensina aos filhos.

Encontrei Archangelo numa escada, tirando a poeira das molduras superiores das altas pinturas no *salone*, por isso ele ficou alegre ao ser recrutado. Corrado e Christoforo por acaso subiam disparados a escada quando surgi do ateliê, e não se alegraram nem um pouco, mas animaram-se quando os empurrei para a sala de jantar e viram a pilha de brilhantes *soldi* diante do Mestre. Na maioria das vezes, o velho se mostra extremamente sovina no que se refere a dinheiro, mas tem alguma noção do quanto isso significa para os adolescentes, e muitas vezes dá-lhes extravagantes gorjetas.

Entregou um lápis de cor e quatro ou cinco folhas de papéis a cada um. Explicou as regras. Os jovens recebiam um *soldo* por cada nova repetição que encontrassem. Vasco e eu, não. Via-se que o *vizio* ficou dilacerado entre a excitação da caça e a visão do trabalho como muito inferior à dignidade de um importante funcionário da República — o que ele não é, mas gosta de pensar que sim.

A pilha de moedas logo encolheu. Encontramos dez ternos repetidos. Nenhum dos outros se repetiam com tanta frequência quanto as minhas iniciais, e a maioria apenas

O CÓDIGO DO ALQUIMISTA

uma vez. Elas apareciam sempre no meio de agrupamentos de cinco letras, e os outros em geral também tinham seu próprio lugar, com duas exceções que talvez se devessem ao acaso. Archangelo encontrou uma repetição de quatro letras e foi recompensado com dois *soldi*.

Seja lá o que descobríamos, era uma pista para analisar o código e talvez até nos levasse a decifrá-lo, por isso fiquei muito excitado. Meu senhor foi-se tornando cada vez mais emburrado, até bater a mão na mesa e dizer:

— Parem!

Surpresos, todos paramos.

— Isso é perda de tempo. Andem, meninos, obrigado. *Vizio*, por favor, junte os papéis. Alfeo, aquele seu amigo que vive à custa dos outros já retirou os pertences daqui?

— Ele nunca foi meu amigo! — protestei. — Não levava nenhuma bagagem quando saiu hoje de manhã.

— Então arrume as coisas dele, leve-as para a Casa Sanudo e diga-lhe que encontre outra pessoa da qual se aproveitar!

Era quase meio-dia. Eu esperara visitar Violetta, mas me privara de várias horas de sono e bem poderia, em vez disso, ter-me deitado para uma sesta.

— Depois do almoço?

— Não, agora! O *vizio* é nosso hóspede e aquele rapaz bonito de sorriso falso não. Quero-o fora daqui.

— Não me incomodo de dormir no sofá — disse Vasco, com o martírio de um santo típico. — Posso guardar a casa melhor dali.

O doutor ignorou-o.

— Você me ouviu — respondeu-me, agressivo.

Suspirei.

— Vosso desejo é uma ordem, ó Mui Ilustríssimo Mestre!

Embora Nostradamus tenha mãos singularmente pequenas, sempre embalaram muita prestidigitação, e, quando Vasco enfiou os papéis de volta no embornal, não pensou em contá-los.

11

Pus a admirável mala de couro caro de Danese na cama do quarto de hóspedes e comecei a enchê-la com as admiráveis roupas de seda cara. Eva fora generosa com o amante contratado. Ele possuía luxos que eu jamais vira na vida — sabonete perfumado e uma lâmina de barbear com cabo de pérola. E não menos que três pares extras de sapato. Percebi na hora, porém, que um pé era bem mais pesado que os outros cinco, um fenômeno que logo identifiquei como o embrulho de moedas de ouro enfiado no dedão. Diante de tão larga soma e apenas minha honestidade para defender-me contra acusações posteriores de roubo, decidi contá-las, e cheguei a 60 moedas, o equivalente a 165 ducados de prata. *Muito* dinheiro. Ou Eva fora de uma generosidade insana com o amante, ou Danese andara trabalhando nas horas vagas. Mesmo eu, em minha inocência juvenil, conseguia pensar em várias possibilidades. Pus as moedas de volta no sapato e o sapato na mala.

Deixei Bruno levá-la ao andar de baixo, pois ele ficaria magoado se eu não o fizesse. Giorgio levou-me de barco até a Casa Sanudo e não se ofereceu para depositar a mala em terra firme, por saber que eu recusaria se o fizesse. Peguei a grande âncora de metal, bati na porta, e o lacaio Fabricio, desta vez vestido como gondoleiro, atendeu.

Eu me vestia como aprendiz e carregava bagagem, mas o rapaz me conhecia e sabia de meu registro no Livro de Ouro, por isso se curvou. Perguntei por Danese e ele me assegurou que o informaria da honra daquela visita, se eu tivesse a bondade de esperar no *androne*.

Viam-se menos caixotes e menos prateleiras vazias que antes, mas brotara do chão uma floresta, árvores de livros altas e baixas, indicando que a imensa coleção continuava a ser separada. Deixado solto em tal banquete, o Mestre morreria de fome antes de lembrar-se de comer. Que sorte, talvez, ele não ter mais suficiente mobilidade para se entregar a essas orgias bibliófilas.

Fabricio retornou, pegou a mala e conduziu-me escada acima. Desde a última visita o patamar no nível do mezanino fora mobiliado com três bustos de mármore e a bela *madonna* Grazia, a dos olhos divinos e nariz diabólico. O longo vestido que usava consistia em um nevoeiro cintilante de tafetá prateado e pérolas, os cabelos penteados num estilo muito menos infantil que antes, e só o tempo algum dia a faria parecer adulta.

A jovem abriu-me um radioso sorriso e estendeu as mãos.

— Caro *sier* Alfeo! Sinto-me tão envergonhada das palavras cruéis que proferi no domingo! Tanta ingratidão por toda a sua ajuda! Será que consegue me perdoar?

O perdão, como se sabe, exige arrependimento. Beijei-lhe os nós dos dedos.

O código do alquimista

— Minha ajuda não foi nada, esqueça-a, *madonna*! É compreensível que ficasse transtornada. Aquelas expressões de raiva estão esquecidas e esses sorrisos compensam mil vezes qualquer serviço insignificante que eu possa ter tido o privilégio de oferecer.

— Meu marido e eu lhe somos muito gratos. Se o tolo apenas me houvesse dito que você era um *nobile homo*, eu não teria me expressado daquela forma tão descortês. O s*ier* Danese disse que é seu mais antigo amigo de infância e lhe pedirá para ser testemunha dele na cerimônia de casamento formal.

E assim por diante. Eu lhe transformara a vida, *et cetera*.

Fiquei mais que feliz, e mais *et cetera*. Se eu era o melhor amigo de Danese, isso dizia muito a respeito dele.

— Fabricio! — ordenou a sílfide. — Desça e diga ao gondoleiro do *sier* Alfeo que pode ir embora. Ele almoçará conosco hoje.

Duas portas abriam-se para fora desse patamar, e o empregado, de forma muito interessante, bem nesse momento fechava a do lado do jardim — lutava com ela, pois Veneza se ergue sobre pilhas de madeira afundadas na lama e areia da lagoa; as portas adquirem vontade própria ao envelhecer. Eu sabia que devia ser o quarto de Grazia. Fabricio não mais carregava a mala de Danese. Teria a jovem ordenado essa acomodação e os pais sabiam a respeito? Não era da minha conta.

Por pura formalidade, tive de protestar contra o convite para almoçar, mas a ideia me atraiu o estômago, que vinha se queixando com ruídos desde a Casa Barbolano. Independente da perspectiva de comida, eu sempre gosto de bisbilhotar os lares de ricos, sobretudo se ganho uma chance de admirar as pinturas. Com a cortesia habitual, deixei-me persuadir.

Ofereci o braço à jovem senhora para firmá-la nas solas de plataforma ao subirmos o segundo lance, enquanto ela continuava a tagarelar. À nossa espera no *salone* estavam Danese, revestido por um esnobe brilho dourado, e *madonna* Eva, um sorriso fixo de boas-vindas cinzelado com todo o cuidado. Usava um longo azul-escuro que lhe realçava os cabelos dourados e um tesouro de ornamentos dourados salpicados de diamantes. Aquela redondez de maravilhosa feminilidade no queixo e seios era contrastada pela dureza safira de seus olhos azuis, duas joias em veludo.

— *Sier* Alfeo! Que surpresa agradável! É muitíssimo bem-vindo. Deve juntar-se a nós no almoço.

Aceitei mais uma vez.

Ela forçou-se a alargar o sorriso um ou dois pontos

— O *sier* Zuanbattista e eu jamais lhe agradecemos direito por tudo que fez. Na verdade, foi o cavaleiro branco que correu ao resgate! Tão romântico! Tão poético!

Tão amável que atingiu meu genro com uma espada.

— Venha! — logo interrompeu, brusca, Grazia, sem desejar que lhe ofuscassem a atuação.

Separou-me e arrastou-me na direção do *salotto* que eu visitara no domingo. Mãe e filha continuavam a falar-se, mas apenas raras vezes. Eu não acreditava que as mulheres se desentendessem a sério por causa de Danese Dolfin, mas elas faziam um jogo que os homens não sabiam apreciar.

A tia-avó Fortunata não se arrumara durante minha ausência, talvez nem mesmo se movesse para tirar a poeira.

O CÓDIGO DO ALQUIMISTA

Rabugenta, encarquilhada, sem lábios, desdentada, malévola, maledicente e com pelos no queixo, avaliou-me com dois olhos turvos como lascas de ágata no leite e então, para meu espanto, falou:

— O Bom Senhor nos mandou julgar a árvore pelo fruto que dá!

Eu esquecera como a velha tinha a voz dissonante, o som de uma tampa de granito ao ser arrastada de uma cripta.

— Abençoado seja o nome do Senhor.

— Padre Varutti diz que mesmo o uso de forças demoníacas para resgatar Grazia talvez não o tenha condenado ao Inferno, pois foi por uma boa causa.

— Espero e acredito que sim — concordei —, e confio na salvação que...

— Mas ele tem certeza de que o senhor está condenado assim mesmo.

Se a ideia de homicídio fosse causa suficiente, com certeza eu estava. Não me dei o trabalho de explicar que não usara forças demoníacas e que clarividência não é mais arte negra que a astrologia. Até o papa emprega astrólogos.

Uma criada de impressionante beleza trouxe-nos vinho. Ouvi dirigirem-se a ela como Noelia, então era a servente das senhoras que descobrira a gaiola vazia. Não podia ter um dia mais que doze anos.

Ao tentar aproximar-me devagar do retrato de Palma Vecchio, vi-me encurralado por Danese, que com um olhar dissimulado me agradeceu por devolver-lhe a bagagem. O motivo daquele bom humor era bom demais para manter segredo.

— Poupou-me uma viagem, velho amigo — ele sussurrou com ar triunfante. — Grazia afinal conseguiu convencer a mãe pela lógica. Somos marido e mulher aos olhos da igreja. Não pode existir pecado em admiti-lo.

Ou admitir o genro, em outras palavras. Sobretudo ao quarto de dormir.

— Parabéns.

E assim prosseguiu. Era óbvio que esperávamos alguém, e minha tentativa seguinte de atacar uma pintura levou-me mais uma vez ao alcance da *madonna* Eva.

— Alegra-me tanto que possa ficar para o almoço, *sier* Alfeo — ela declamou. — Sei que meu marido ficará inconsolável por ter perdido essa oportunidade de agradecer-lhe mais uma vez, mas não poderá juntar-se a nós.

Danese e Grazia haviam-se trancado em adoração olho no olho, fora da conversa. Elevei-me à altura da circunstância.

— Imagino que não o veja muito nesse preciso momento, *madonna*.

Ela fez uma expressão de amuo, óbvio que não pela primeira vez. Apesar da relativa juventude, dava à boca vincos mesquinhos.

— Não muito mais que o via quando ele era embaixador em Constantinopla! O horário da *Signoria* é brutal! Pelo menos o *sier* Zuanbattista tem de aguentá-lo apenas por oito meses; não consigo imaginar como o coitado do doge o suporta como provação vitalícia. O *Collegio* de manhã, o Senado na maioria das tardes, e o Conselho dos Dez à noite, para não falar em todas as funções apenas cerimoniais, o Grande Conselho aos domingos e muitas reuniões diplomáticas.

Então olhou atrás de mim e se iluminou como fogos de artifício sobre o Grande Canal. Voltei-me, esperando ver o marido cruzar a porta com o manto escarlate de

O CÓDIGO DO ALQUIMISTA

conselheiro, mas era apenas o desinteressante Girolamo em traje ministerial violeta.

Fluíam muitas contracorrentes emocionais na Casa Sanudo naquele momento, e essa nova disparou-me um arrepio pelas costas abaixo, seguido por vários outros simultâneos. Lembrei-me de que Violetta me chamara a atenção para Giro e Eva no teatro, não fazia ainda nem duas semanas, embora parecesse toda uma vida. Por quê? Ela não explicara o verdadeiro interesse por eles. Respondi como um autômato aos cumprimentos, desculpas por não se encontrar ali para receber-me e protestos de gratidão pelos serviços prestados, de Girolamo, enquanto parte de meu cérebro rodopiava como um moinho de vento na tentativa de elaborar as relações. Se Giro era amante da madrasta, como insinuara Violetta... Isso mal surpreenderia, quando ele era mais velho que ela, e Eva trinta ou quarenta anos mais moça que o marido, que de qualquer modo passara anos muito longe. Coisas assim acontecem em qualquer lugar, não apenas em Veneza. Mas, se Giro e Eva eram amantes, por que Danese me mentira ao dizer que o amante era ele, além de *cavaliere servente* dela? Poderia a senhora ter dois amantes? Ao mesmo tempo? Turnos diurno e noturno?

E que acontecia à noite na casa agora que Zuanbattista voltara?

Giro retornara da reunião matinal regular do *Collegio* com o resto do dia livre, na certa. Saiu apressado para despir as vestimentas formais e fomos para a sala de jantar assim que ele voltou. *Madonna* Eva sorria como Medusa ao sobrecarregar-me com a tarefa de acompanhar a tia, que me apertou o braço com uma das garras e uma bengala

DAVE DUNCAN

de castão revestido de prata com a outra, e deslocou-se como uma geleira.

Embora adequada, a sala de jantar ficava muito aquém da grandeza palaciana da Casa Barbolano. A comida era melhor que a média veneziana, mas nem um remendo na de Mama Angeli — o *Risotto di Gò e Bevarasse* cozido demais e o *Branzino al Vapore in Salsa di Vongole* quase cru, servidos pela menina Noelia e um jovem de rosto harmonioso, tratado como Pignate.

Gosto de risoto. O Mestre denuncia o arroz como coqueluche estrangeira moderna e proíbe Mama de servi-lo. Ela o faz com muita frequência, o que não tem importância porque ele nunca nota o que come. Muitas vezes come mais que o habitual quando tem arroz no prato.

A conversa na Casa Sanudo mostrava-se muitíssimo mais enfadonha que qualquer um dos monólogos à mesa do doutor. Proibia-se a política, claro, como qualquer coisa relacionada a sexo. *Madonna* Eva discursou um longo tempo sobre os planos matrimoniais, lamentando a pressa exigida e os limites que isso impunha à escala da comemoração. Eu pendia de cada palavra — com a corda a cortar-me o pescoço. A velha Fortunata, graças à misericórdia, permaneceu calada, e ciscava sem prestar atenção às minúsculas porções postas diante dela, mas raras vezes comia alguma coisa. Danese e Grazia continuavam naquele transe de olhos travados e sorriam como idiotas. Giro, insípido como sempre, quase não falava e olhava os lábios da madrasta se moverem, mas com tão pouca expressão e interesse que rejeitei as suspeitas anteriores. Ninguém podia amar um monte de neve como ele. Ou podia e o monte de neve não correspondia?

O código do alquimista

Mãe e filha ignoraram-se durante toda a refeição. Não poderia haver dúvida alguma sobre qual das duas tinha o melhor rosto, o corpo mais elegante ou maior experiência, mas a juventude sobrepujava tudo isso. O amante de *madonna* Eva fora roubado pela própria filha, e compreendia-se uma certa dose de azedume. Se ela tivesse acalentado esperanças secretas de um dia tornar-se dogaresa, estas haviam sido atropeladas na poeira de ambições mortas. Podíamos até permitir-nos um pouco de júbilo por aquela constante lembrança da parte de Grazia. Mas onde ficava Girolamo em tudo isso? De que lado? Eu não saberia dar um palpite.

Então Danese fez fulgirem os dentes perfeitos para mim e perguntou o que eu achara da peça. *Que peça?* Claro que precisei explicar como nos havíamos encontrado diante do teatro na semana anterior.

— Não se deu conta de que parte do diálogo tendia um pouco ao escatológico? — ele perguntou, em tom brando.

Era uma atenuação da verdade, porque Violetta, sempre imprevisível, escolhera uma desbocada farsa rabelaisiana apresentada por uma companhia itinerante do continente, readaptação das aventuras do Capitão Medo. Nenhuma mulher na Europa se revela mais culta, capaz de citar Ovídio, Dante ou Safo num piscar de olhos. Sabe cantar, tocar alaúde e dançar bem o bastante para estontear homens conhecedores das cortes de Paris ou Milão. Talvez tenha feito a escolha para poupar a tensão em minha surrada bolsa, mas é uma mulher de ilimitada variedade e gostara da vulgaridade, rira tão alto quanto qualquer dos presentes na plateia de gosto não sofisticado.

DAVE DUNCAN

— Não precisamos falar disso — observou Giro. — Papai lhe disse, mãe, que chegaram as contas da colheita de uvas?

Eva deu um sorriso de bem-aventurança e vi que uma das virtudes do enteado aos olhos dela era saber silenciar o novo genro. Isso não significava que Giro não tivesse outras, claro, mas evidenciava-se que a senhora precisava de seu apoio contra o triunfante duo Dolfin. Eu imaginava sem dificuldade Danese a jogar fora a humildade de três anos e os trapos de obsequioso *cavaliere servente* para vangloriar-se no aperfeiçoamento do genro e herdeiro. Cada sorriso devia esfregar sal nas feridas da humilhação da sogra.

Giro esclareceu a colheita de uvas das propriedades do continente; Danese tornou a fazer fulgir o olhar para a noiva em mudo arrebatamento. Tinha todas as cartas agora.

Acabei perguntando sobre o Tintoretto na parede defronte, embora mesmo a certa distância tivesse certeza de que se tratava de uma *Escola veneziana*, do pintor.

— Ah, meu pai é o colecionador — ele disse. — Tem um excelente olho para arte.

Olhou a madrasta como se essa fosse uma daquelas brincadeiras íntimas que todas as famílias partilham, e pelo menos desta vez exibiu uma sugestão de sorriso nos olhos, refletido na mesma hora nos dela. Não se tratava de modo algum de uma prova de culpa — por certo uma mulher e o enteado têm permissão de trocar uma piada sobre as fraquezas do marido dela! Mas àquela altura minha imaginação se descontrolara e via duplo sentido em tudo.

A refeição terminou afinal. Agradeci ao anfitrião e anfitriã, parabenizei mais uma vez o casal feliz, e designa-

O CÓDIGO DO ALQUIMISTA

ram-me Fabricio para levar-me de volta à Casa Barbolano e aos trabalhos vespertinos que me aguardavam, quaisquer que fossem.

Eu tinha planos mais imediatos, porém. Pressentira algo errado, em alto grau, na Casa Sanudo, e se alguém podia tranquilizar-me sobre aquela nobre mansão era Violetta. Pedi a Fabricio que me deixasse nos degraus de acesso entre a Casa Barbolano e o Número 96, como se pretendesse percorrer a *calle* até o *campo*. Dei-lhe uma gorjeta mais generosa que de hábito, para provar a mim mesmo que não era Danese Dolfin. Ele disparou-me um sorriso angelical e agradeceu-me. Não *outro*, será? Minha consciência repreendeu-me com estrondos por ser um pudico de mente perversa.

Entrei na ruela, depois refiz o caminho e reapareci. Vi Fabricio afastar-se na gôndola quando segui pela borda saliente até a porta do Número 96 e bati, pois não levei a chave. Se alguém na família Sanudo gostava de jovens bonitos por princípio — ou falta de princípio —, Fabricio era uma boa escolha. A criada menina, o gondoleiro, o *cavaliere servente*... a própria *madonna* Eva. *Santos!* Até o lacaio de rosto querubínico, Pignate! *Messer* Zuanbattista tinha um excelente gosto para arte, dissera o filho. Quisera dizer beleza?

Envolta numa túnica de seda prateada e lilás-escuro, Violetta sentava-se à penteadeira, enquanto Milana lhe penteava os cabelos, mas virou-se para oferecer-me a mão. Era Níobe, de olhos castanho-claros, transbordantes de compaixão.

— Ai de mim, Alfeo, meu querido infeliz! Eu desejaria mesmo que tivesse vindo mais cedo, mas não posso me demorar com você agora, senão chegarei irremediavelmente atrasada. Atrasada mesmo para meus padrões, quer dizer.

Tomado de culpa por causar tal aflição, ajoelhei-me para continuar a segurar-lhe a mão sem pairar acima dela.

— Já estou atrasado e tenho todo o tempo do mundo para você. Preciso lhe fazer algumas perguntas.

Independente da personificação que por acaso represente, Violetta sabe ler-me como uma inscrição pública. Um truque da luz, talvez, mas foram os argutos olhos de Minerva que me avaliaram.

— Ainda sobre os Sanudo? Faça as perguntas, *clarissimo*.

— Por que os Sanudo?

— Porque não é de seu feitio perder uma insinuação. — Os olhos de Minerva cintilaram com humor letal. — Venho esperando isso.

— Por que me chamou a atenção para Giro e Eva no teatro duas semanas atrás?

— Porque o tinha visto conversar com Danese Dolfin e perguntei se sabia quem ou o quê ele era. Você não sabia.

— Você sabe?

— Não gosto de mexericos — ela anunciou, com um faceiro aceno de cabeça que Milana não apreciou. — É importante?

— Decerto! Zuanbattista é um dos principais homens no governo. E não se acha vulnerável à chantagem?

Eu não podia falar de Algol, claro, mas começava a imaginar se havia uma ligação.

Violetta fez uma careta, pensativa.

— Acho que não. A cidade agora toda ri da esposa, mas o próprio Zuanbattista é muito querido, e a sedução, se acon-

O CÓDIGO DO ALQUIMISTA

teceu, ocorreu enquanto ele estava fora a serviço do governo, portanto recebe muita simpatia. Girolamo não parece se interessar por política.

— É um dos seus clientes, não? Ou de alguma outra dama?

Ela deu uma risadinha.

— As preferências dele parecem recair em outra parte. Mantém as emoções sob rígido controle, pelo que eu soube.

— Um peixe morto — concordei. Embora se possa punir a sodomia com a fogueira na estaca, na prática em geral a ignoram ou impõem sentenças menores, como o exílio. — Então, há três anos, Zuanbattista partiu para Constantinopla, deixou esposa, filha e filho em Veneza, ou na casa de campo em Celeseo.

— Nas duas. Quase sempre no continente, mas iam e vinham.

— Nas duas, então. Com o conhecimento das tendências do filho, na certa não partira preocupado com Eva, e na idade dele talvez não se preocupe de que modo, desde que não haja escândalo. Giro é o responsável pela família. Para desabonar rumores das tendências ilegais, o primogênito finge viver um caso amoroso com a bela e jovem madrasta, mais moça que o enteado.

— Você descreve a coisa com demasiada crueza, querido. Contorne para o outro lado e em vez disso examine sob esse ângulo. Ele acompanhava uma bela mulher. Contanto que se observem a civilidade e o decoro, ninguém de fato se interessa.

— Mas então ele instala um *catamita*, o jovem amante sexual Danese Dolfin, como *cavaliere servente* da madrasta?

Minerva encarou-me por sob as pálpebras abaixadas.

— Ou Eva emprega Danese e este assume responsabilidades extras? Seria perigoso fazer qualquer uma das de-

153

clarações em público. — O sarcasmo dela gotejava devagar como melado. — Ou Giro roubou o amante da madrasta para outros fins?

— Então quem era o amante de Eva? Danese ou Giro? Ou — acrescentei com uma regurgitação — ela dispunha dos dois?

Era assim Veneza, onde se tolerava quase tudo, mas até os canais raras vezes ficam tão lamacentos.

Violetta riu.

— Oh, meu, adorado Alfeo! Quem é você para julgá-los? Afirma que me ama, mas sabe como ganho minhas migalhas. Esqueça Eva e se pergunte sobre o jovem Danese. Em qual cama a manhã o encontrou... de Eva ou de Giro? — Ela me abanava a testa febril com os cílios. — Em minha profissão, a gente considera tudo concebível, ou ao contrário, mas me inclino a achar que Dolfin era o ocupado dos três. Lembra o que Catão disse sobre Júlio César?... "Marido de toda mulher e mulher de todo marido?"

E agora Dolfin também tinha Grazia. Eu entendia por que Eva o encarara como uma união imprópria para a filha. Coitada da jovem! Quando abriria os deslumbrantes olhos para o devasso com quem se casara?

— Preciso ir — eu disse, e levantei-me. — Amanhã?

— Esta noite — respondeu Violetta. — Tenho a noite livre. Venha a qualquer hora após o pôr do sol e fique até o amanhecer... a não ser que acredite que excesso de indulgência seja prejudicial à sua saúde.

— *Madonna* — declarei, e beijei-lhe a orelha —, não me importo se isso me matar. Até a noite, então.

12

— Peçam que conte a história sobre o monstro marinho — eu disse, ao passar.

Sentado no *salone*, o *vizio* contava histórias a um bando de crianças Angeli — Piero, Noemi, Ambra e Archangelo. Não havia prêmio para quem adivinhasse quem era o herói de todas as narrativas. Ele me mediu com os olhos para a forca.

À escrivaninha, o Mestre examinava um manuscrito em formato in-fólio do *Sol de Sóis e Lua de Luas,* de Abu Bakr Ahmad Ibn Wahshiyah, seu preferido alquimista do século IX, que eu conhecia como Abu, o Confuso. Não se viam outros papéis, além da pilha de livros criptografados no meu lado da mesa. Como não haviam sido mexidos, concluí que ele não mais trabalhava na cifra de Algol. Talvez continuasse com o próprio Algol, porém. Os demônios vivem por um longo tempo; Abu poderia tê-lo conhecido.

O calor da sala sufocava. Embora todas as janelas estivessem abertas, sequer um bafo de vento entrava ou saía. Eu ouvia os gritos dos gondoleiros no canal abaixo com tanta nitidez como se fosse um passageiro.

— Chegou atrasado — disse meu amo sem erguer os olhos.

— Andei acompanhando um suculento escândalo. Parece que a família Sanudo é vulnerável a chantagem.

Isso lhe atraiu a atenção.

— Chantagear um membro dos Dez seria uma perigosa carreira. Sugere que Zuanbattista é o traidor, Algol?

Era com isso que eu tentava não me preocupar. Gostava de Zuanbattista! Fora mais do que generoso comigo e de uma extraordinária bondade com a filha. Mas era possível. Acabara de retornar da corte do sultão, e uma mente desconfiada ao extremo como a minha poderia imaginar se o proclamado sucesso dele lá não havia sido planejado pela Porta para promover-lhe a carreira aqui.

— Espero que não — respondi. — Sanudo parece a parte prejudicada. A esposa empregou Danese, mas todos já sabem disso. A probabilidade de o filho ter gostos incomuns talvez o tornasse vulnerável.

Meu mestre fez uma expressão de amuo, pegou uma folha de papel de baixo do livro e passou-a para o outro lado.

— Uma cópia honesta, rápido.

Honesta significa *legível.*

Sentei-me, abri o tinteiro e senti-me congelar. A escrita era ainda pior que a habitual caligrafia rabiscada, tudo em letras maiúsculas, com péssimo espaçamento entre si, mas foi o significado que me fez parar de chofre:

... GRAVE SCARS ITADI CORDE ETAST ENUOV EDALL IADAL MAZIA RISOL TAINE STATE MACER COREM ATORI...

O código do alquimista

Transcrevi assim: "... grave scarsità di corde et aste nuove dallia Dalmazia risolta in estate ma cerco rematori..."[1].

Em seguida, falava de pólvora, grão de chumbo, calafetagem e linho cru para velas.

Engoli em seco.

— Mestre, isto é um relatório sobre o Arsenal?

Ele retornara mais uma vez ao livro. Ainda sem erguer os olhos, respondeu:

— Parece um levantamento bastante detalhado. Os Dez saberão se é ou não exato e quanto dano tal conhecimento do arsenal da Marinha causará nas mãos de inimigos. Lamentavelmente, essa página não identifica o redator.

— Rápido — eu disse.

Abri a caixa de canetas e escolhi uma pena. Vejo com tanta frequência os prodígios de trabalho do velho patife que já passo a esperá-los, mas, se ele decifrara o código do Algol a partir da prova de uma única folha, depois que os famosos especialistas dos dez não conseguiram desvendar vinte e quatro páginas em sabe Deus quantas semanas ou meses, o milagre superava todos eles. Entreguei-lhe a cópia legível.

Enquanto a lia, ele estendeu a minúscula mão em busca do original.

— Agora mande entrar seu amigo.

Aquele tom ranzinza sugeria que se sentia satisfeito consigo mesmo. Levantei-me, enfiei a cabeça pela porta e assobiei a Vasco, depois voltei à cadeira.

----

1 – ... séria escassez de cordame e longarinas novas da Dalmácia superada por volta do verão, mas à procura de remadores.

O Mestre estendeu uma fita na página que lia e fechou o livro. Franziu as magras maçãs do rosto num sorriso de lábios cerrados.

— Ah, *vizio*! Tenho um problema. Sciara deixou escapar um claro palpite de que o espião conhecido como Algol pode ter agentes dentro dos Dez. Instruiu-me a comunicar o progresso aos chefes, mas mesmo eles devem ser em certa medida suspeitos até sabermos que não, certo?

— Não compartilho tal informação, Doutor — respondeu Vasco, ofendido.

— Não, você, não... Já tenho algum progresso a comunicar e não há mais necessidade desses documentos que guarda com tanta diligência. O que me faz lembrar: — Nostradamus abriu uma gaveta e retirou uma folha de papel. — Esta se encontrava no piso da sala de jantar. Acho que é sua. Agora, onde eu estava?

Furioso, Vasco recuperou a folha perdida e guardou-a junto com as outras no embornal. Não viu meu sorriso, uma obra-prima de prolongada admiração.

— Quando levar os documentos de volta ao palácio — continuou o velho —, a quem os entregará?

Ao farejar armadilhas agora, o policial mostrou-se cauteloso.

— Ao *Missier Grande*, por certo. É provável que me mande devolver os documentos ao *Circospetto*, mas caberá a ele essa decisão.

Nostradamus assentiu com a cabeça.

— Mas Sciara presta contas ao Grande Chanceler. Preciso ter certeza de que minha informação não desaparecerá em algum desafortunado acidente. Pegue uma cadeira. Não,

O CÓDIGO DO ALQUIMISTA

pensando melhor, sente-se na de Alfeo, onde eu possa vê-lo com mais facilidade. Meu pescoço, você sabe...

Nunca o vi queixar-se do pescoço antes, mas com certeza preparava alguma travessura. Reprimindo a indignação por ser expulso do meu lugar de direito, cedi-o a e depois fiquei de pé acima dele para observar.

— Alfeo, dê ao *vizio* uma folha de papel e uma pena. Bom. Agora, por favor, escreva o alfabeto no topo. Maiúsculas são mais fáceis.

— Posso ajudá-lo? — murmurei, mas Vasco conseguiu terminar sozinho:

A B C D E F G H I J L M N O P Q R S T U V X Z

Meu amo reservava-lhe tormento ainda pior.

— Agora escreva *B* sob *A* e o resto do alfabeto até chegar de novo ao *Z*, e complete a fileira de trás para diante com um *A*.

Eu já folheava o *La cifra del Sig* para encontrar a ilustração.

— Vê aonde vai se dirigir? — perguntou o Mestre. — A próxima fileira começaria com *C*, não é? Terminaria por relacionar todos os alfabetos César possíveis com um alfabeto de vinte e três letras. Se incluísse algumas das letras rúnicas bárbaras que tribos do norte como os ingleses e alemães usam, ainda teria mais.

Vasco balançou a cabeça, hesitante.

— Alfeo lhe disse como é fácil decifrar um código César. Mas, se você usar vários por vez, o código torna-se indecifrável! Ou assim acreditava o sagaz Belaso, e mais tarde outras autoridades concordaram. A única coisa que precisa estabelecer de antemão com o correspondente é a ordem em que usará os alfabetos. Não? Bem, tentemos um exemplo. Um pouco mais abaixo na página, escreva a frase: "Sciara, aquele que é furtivo". Em caixa alta, por favor.

O policial escreveu: *SCIARA, CHE È CIRCOSPETTO*.

— E depois escreva em grupos de cinco letras, como faz Algol.

SCIAR ACHEÈ CIRCO SPETT O

O Mestre apertou as pontas dos dedos umas nas outras, gostando da aula.

— Agora aplicaremos a chave, e neste caso a palavra será *VIRTÙ*, como foi a escolha de Algol. O homem tem senso de ironia, embora não de humor. Por favor, escreva-a embaixo de cada um dos grupos.

SCIAR ACHEÈ CIRCO SPETT O
VIRTÙ VIRTÙ VIRTÙ VIRTÙ Ù

— Excelente. Agora pule uma linha e escreva mais uma vez o alfabeto normal. Bom. Sob este, escreva os César que usará para criptografar a forma inteligível do texto cifrado. — Fez uma carranca diante do olhar sem expressão do outro, pois se habituou a lidar com minha inteligência menos limitada. — A primeira fileira você começa com um *V*... *VXZAB* e termina com *U*. A segunda começa com *IJLMN*...

Levou algum tempo, e as fileiras e colunas não saíram tão retas como seriam desejáveis, mas Vasco chegou lá. Meu senhor deu um radioso sorriso.

O CÓDIGO DO ALQUIMISTA

— Excelente! Ainda faremos de você um escriba. Vamos começar a criptografia! Sob a primeira letra do texto inteligível, *S*, você vê o *V* de *VIRTÙ*, não é? Assim, encontra *S* no alfabeto normal, o que começa com *A*, e desce até o alfabeto que começa com *V*, e que letra encontra?

Inteiramente estupefato, Vasco não encontrou nenhuma das duas, por isso eu o dirigi ao *P*, e ele escreveu-a sob o *S*, como instruído. A letra seguinte, *C*, no alfabeto *I*, apareceu como *B*, e assim por diante. Quando ele chegou ao meio do segundo grupo, conseguia fazer sozinho e eu emitia ruídos de admiração.

SCIAR ACHEÈ CIRCO SPETT O
VIRTÙ VIRTÙ VIRTÙ VIRTÙ Ù
PBLTN VLAZ...

— Mas é de um absoluto brilhantismo! — exclamei. — Como diabos o senhor conseguiu?

O velho em nada se esforçou para parecer modesto.

— O padrão que você notou indicava que a posição de uma letra em cada grupo era importante, por isso tentei uma análise de frequência na letra inicial de cada grupo. Como mostrava demasiados *B*, formulei a hipótese de que *B* representava *E* ou *A*, caso em que o alfabeto César começava com *V* ou *B*. Depois tentei a segunda letra de cada grupo, e assim por diante. Uma análise rigorosa exigiria mais formas inteligíveis de texto cifrado do que apenas uma página, mas encontrei pistas suficientes para entender que a chave deve ser *VIRTÙ*. Não foi difícil, assim que me lembrei das teorias de Tritêmio, Cardano, Porta e assim por diante. Muito

DAVE DUNCAN

me surpreende o fato de que Sciara e a ralé dele não viram isso. Admito, porém — acrescentou num tom de hipócrita afabilidade —, que nunca soube que algum dia pusera em prática a substituição polialfabética.

Ele tivera sorte. *Che* não é apenas uma palavra comum em toscano e *vêneto.* Não importa em que lugar se encaixasse no meio de um grupo de cinco letras, fora criptografada como minhas iniciais, o que me atraíra o olhar. Em qualquer outra posição era representada por algum outro terno, e com outra palavra-chave sempre poderia ser. Então não teríamos notado a repetição. Os melhores códigos são decifrados por causa do erro humano, disse-nos Nostradamus, e Algol jamais deveria ter deixado o texto cifrado em grupos de cinco letras. Um incrível descuido.

Vasco, enquanto isso, concluíra a criptografia e encarava descrente o resultado.

PBLTN VLAZA ZRJVJ L

Ele nem sequer notara minhas iniciais *LAZ* ali.

— Então é isso, *vizio* — disse o velho. — A forma como o texto se encontra codificado. Agora tentemos um pouco de decifração. Precisamos saber se a mesma palavra-chave funcionará para todas as mensagens interceptadas. Primeira página, por favor.

Com surpreendente pouca ajuda minha, Vasco conseguiu reverter o processo e começou a recuperar a forma legível do texto original:

O CÓDIGO DO ALQUIMISTA

XIAGO ILCON SIGLI ODEID E...

Parou.

— Linguagem sem sentido!

O Mestre suspirou.

— Talvez a palavra-chave não seja a mesma, então.

Teve o cuidado de não me olhar, pois eu lia por cima do ombro de Vasco: *11 Agosto. Il Consiglio dei Deci...*[2].

Mais uma vez, o *vizio* empacou após alguns grupos, mas então um raio varou as nuvens.

— Espere um instante! Começam com datas!

XVSET TILPR ESIDI...
15 Settembre. Il presidio...[3]

— Ora, começam mesmo! — gritei.

O jogo terminou. Vasco apressou-se a cobrir o trabalho com as mãos.

— Você não precisa ver isto!

— Claro que não — concordou o amo. — Pode partilhar o segredo com *Missier Grande* e ele decifrará o resto.

Mas eu me convencera de que o Mestre daria a notícia ao *Circospetto*, pessoalmente, para poder ver Sciara ranger os caninos de mortificação. Vasco examinava-o como se suspeitasse do tipo de trote elaborado que adoro passar-lhe toda vez que tenho a chance, mas o Mestre considera abaixo de sua dignidade.

2 – 11 de agosto. O Conselho dos Dez...
3 – 15 de setembro. A guarnição...

— Este disparate vai traduzir tudo?

Nostradamus deu um suspiro e abriu uma gaveta.

— Eis uma versão decifrada da página que você deixou na sala de jantar.

Como se tratava da versão do próprio doutor, o policial precisou de algum tempo para decifrar a garatuja e os grupos de letras artificiais. Enquanto o fazia, foi ficando cada vez mais pálido.

— O interessante — observou Nostradamus, e agora me olhava, embora nada revelasse na expressão — foi que o *Circospetto* nos mentiu.

— É, mentiu — concordei.

Era 23 de setembro. Se o quarto despacho informava notícias de fatos ocorridos em 15 de setembro, não houvera tempo de chegar a Constantinopla e o espião da República lá copiá-lo e informar de volta a Veneza. Em todos os Estados para os quais Algol talvez trabalhasse, até Roma, o mais próximo, isso exigiria prazo quase impossível. Se os Dez abriam a correspondência bem ali na cidade, por que não conheciam o remetente?

Vasco jamais entenderia a última versão decifrada, mas antes que aceitasse a provocação a porta escancarou-se e Bruno entrou na sala, com um feixe de lenha que teria me achatado. Nós lhe ensinamos a bater em portas, mas ele não entende a palavra "audível", logo de nada adianta. Riu para nós, livrou-se do fardo na lareira e tornou a sair e deixar a porta aberta.

— Com frio? — indagou Vasco, em tom gélido.

— Negócio importante — respondeu meu senhor. — Preciso informar os chefes. Pode acompanhar-nos, *vizio*. Vá arrumar suas coisas. Não tem mais utilidade aqui.

O CÓDIGO DO ALQUIMISTA

Quase nenhum outro plebeu em Veneza se atreveria a falar com o vice de *Missier Grande* dessa forma, mas ele a aceitou do consultor dos Dez. Lançou-me um olhar furioso, para indicar que nossa trégua temporária terminara, enfiou o último documento no embornal e partiu.

O Mestre detesta ter de sair, e não consigo me lembrar de jamais fazê-lo dois dias seguidos. Deve estar à espera de uma bela recompensa, em satisfação, embora não em dinheiro. Corri ao quarto para me arrumar o melhor possível. Desta vez decidi sacrificar as boas maneiras no altar da segurança, pois sabia que nos envolvíamos em negócio perigoso e nos faltaria a proteção dúbia de Filiberto na volta para casa. Peguei florete e adaga de cima do armário.

Quando o forte remo de Giorgio nos levou em ritmo acelerado pelo Grande Canal rumo ao Palácio dos Doges, ouvi os sinos de San Giacomo di Rialto dobrarem para anunciar o pôr do sol.

13

Assim retornamos ao palácio e à mesma câmara que havíamos deixado menos de vinte e quatro horas antes, a *Sala dei Tre Capi*. Os três chefes em pessoa devem ter-se reunido especialmente para ouvir nosso comunicado, pois esperamos apenas alguns minutos e Marino Venier ainda exibia migalhas de pão na barba. O próprio papa não pediria maior deferência. Óbvio, o governo continuava sob extrema preocupação; *La Serenissima* podia ser tudo, menos serena.

O calor do dia deixara a sala sufocante. Embora houvéssemos acendido as lâmpadas, o fraco vislumbre mal sobressaía dos vestígios da luz do dia. Quando o Mestre entrou a arrastar os pés, apoiado em meu ombro, os três chefes apenas começavam a acomodar-se atrás da mesa elevada, e o único auxiliar à vista era Raffaino Saciara, o Sinistro Ceifador, de azul. Vasco nos deixara e fora prestar contas a *Missier Grande*, sem dúvida. Sciara providenciou uma cadeira para o doutor e instalara-se na escrivaninha dos secretários. Ajudei-o a sentar-se e depois ocupei meu lugar atrás dele.

O CÓDIGO DO ALQUIMISTA

Três velhos ansiosos perscrutavam Nostradamus mais abaixo. No centro, Trevisan interpelou-o:

— Bem, doutor? Não perdeu tempo. Quais são as novas? Jamais vi o Mestre exibir melhor aquele sorriso felino.

— Ainda não identifiquei o Algol, *messere*, embora tenha minhas suspeitas. Confirmá-las ou refutá-las levará mais tempo, mas me satisfaz saber que ele existe e decifrei-lhe o código. Julguei isso causa suficiente para interromper o jantar dos senhores.

Seis olhos se dirigiram a Raffaino Saciara. Também o olhei, pois jamais antes vira uma caveira parecer humilhada.

— Vai mostrar a Suas Excelências o texto inteligível recuperado? — perguntou o *Circospetto*, em tom acerbo.

— Não me aventurei a sondá-los todos — respondeu o amo com falsa humildade. Vi que se divertia imensamente, embora os outros talvez não soubessem ler os sinais. — Não tenho a menor necessidade de conhecer os segredos da República. Decifrei uma página, apenas para ter certeza, e quase toda ela parecia linguagem de rua, com algumas pepitas de inteligência. Posso confirmar que a chave é a mesma para todos os quatro documentos. Alfeo?

Entregou-me uma cópia legível que eu fizera, e adiantei-me para entregá-la a Trevisan.

Três cabeças quase bateram umas nas outras quando todos os chefes tentaram lê-la ao mesmo tempo.

— Então, qual é a cifra? — quis saber Sciara, muito mais furioso agora do que devia ficar.

— Uma simples polialfabética — respondeu o sábio, com toda a brandura.

DAVE DUNCAN

— Impressiona-me, doutor — teve de admitir o outro, por mais amargurada que fosse essa afirmação, depois que os servis subordinados não haviam conseguido decifrá-la. — Eu sempre soube que não existia meio de decifrar um código polialfabético.

Os três chefes continuavam a resmungar entre si e a apunhalar o texto legível com os dedos.

— A simples forma de Cardano usada por esse tal Algol é vulnerável — disse Nostradamus, esfregando sal na ferida. — Se ele tivesse seguido as recomendações mais sutis do sagaz *Monsieur* Vigenère e usado a própria forma inteligível do texto cifrado para criptografar, nem eu talvez conseguisse decifrar. Na verdade, mostrei tudo a Filiberto Vasco. Ele lhe explicará a técnica.

O velho forçou os lábios num sorriso prestativo

Cheguei bem próximo de explodir. Estranhava a ideia de Sciara receber aulas do querido Filiberto.

— Estamos profundamente impressionados, doutor — grunhiu Marino Venier. — Este documento parece autêntico. Como o senhor viu, contém de fato alguma informação secreta. — Todos os chefes sorriam, porém. A decisão de consultar Nostradamus rendera frutos e os céticos entre os Dez teriam de engolir as próprias dúvidas. — Disse que tinha outras provas para nós?

— Nada que possam apresentar perante um tribunal, *messere*. Permitem-me perguntar quem deu o nome de "Algol" a esse espião?

As cabeças se entreolharam. As das pontas assentiram. Trevisan respondeu:

O CÓDIGO DO ALQUIMISTA

— Temos motivo para acreditar que os empregados se referem a ele com esse nome. Uma palavra codificada ou uma brincadeira, talvez.

— Temo que talvez seja mais que isso — opôs-se o Mestre.

— Posso falar em sigilo, *messere?*

— O senhor com toda a certeza mereceu esse direito.

Com toda a certeza, eu não esperava ouvi-lo dizer que fizera uma previsão indistinta, nem que meu tarô fora confuso, pois isso equivaleria a uma confissão de prática de bruxaria, mas o velho chegou perto.

— Detectei interferência oculta em meu trabalho. Tive até uma premonição de que Algol tentará me apanhar numa armadilha, com a intenção de destruir minha utilidade para a República.

— Providenciaremos mais guardas! — ladrou Soranzo quando os dois outros balbuciaram assustados.

Era a última coisa de que meu senhor precisava.

— Não, *messere!* Não espero que a armadilha assuma a forma de violência física, pois isso seria facilmente identificado e levaria a ele. O ataque será do tipo sobrenatural. Posso tomar medidas para defender-me, a mim e ao *sier* Alfeo, desse ataque, mas outros ficariam mais vulneráveis. Até o admirável *vizio*... e asseguro-lhes que tenho absoluta fé na lealdade e dedicação de Filiberto Vasco... mesmo o *vizio* é passível de corrupção pela arte negra. Peço-lhe que o retirem de minhas dependências. A espada que porta não pode defendê-lo contra os poderes malignos das trevas, e ele talvez apenas atrapalhe o que pretendo fazer.

Muito bem feito, pensei. Ele usara Vasco para livrar-se de Danese, e agora também o livravam do *vizio*. O que seria conveniente, desde que não encontrasse Algol ocupando o lugar deles.

— Permite-nos perguntar do que se trata exatamente? — inquiriu Soranzo, sucinto. — Que propõe fazer?

Embora longe de ser um rematado cético como o doge, ele classificava-se como o menos descrente entre os três chefes.

— Proponho desmascarar Algol — respondeu o Mestre, com irritação. — Independente de ameaçar a amada República da qual tenho a honra de ser um cidadão adotado, ele usou poderes demoníacos contra mim e meu aprendiz, uma intrusão que não tolerarei. Sem dúvida, tratava-se a princípio de um leal súdito do governante, que julgava servir a uma nobre causa quando começou a envolver-se com artes negras, mas as leis da demonologia são invioláveis, e Algol com certeza caiu nas mãos da força dos Poderes que buscava controlar. Eu o identificarei e denunciarei a...

Pensei por um momento que ele ia continuar... "à Santa Madre Igreja para exorcizá-lo". Isso teria sido desastroso. A última coisa que Veneza quer é o Vaticano tentando intrometer-se em seus negócios de Estado. Nostradamus se deu conta a tempo.

— ... às suas honradas pessoas.

Os chefes haviam pressentido a hesitação e franziam o cenho em desaprovação.

— Exatamente como propõe identificar esse manipulador de demônio que descreve? — perguntou Trevisan, talvez imaginando aspersão de água benta em todas as direções em nome do Conselho dos Dez. Isso tampouco serviria.

O CÓDIGO DO ALQUIMISTA

— Não um manipulador de demônio, *clarissimo*. Mas uma alma condenada, caída nas garras do Demônio. Há um método... eu não penso em magia negra, Excelências, mas em invocar certos elementos, espíritos neutros em termos morais, nem bons nem maus. Os de fogo sintonizam-se em particular com demônios, ou espíritos malignos, o que é compreensível, mas não são em si condenados, pois o fogo é um grande avanço de Deus para a humanidade. Purifica ou destrói. Certas autoridades antigas relacionam alguns métodos obscuros para obter a ajuda desses espíritos. Creio que seria possível recorrer a eles para identificar a pessoa ou pessoas possuídas.

Soranzo revirou os olhos. Os outros dois chefes persignaram-se.

— Sabe fazer isso? — perguntou Trevisan.

Desconfiei que o Mestre farejasse outro honorário de mil ducados, talvez dez mil. Por outro lado, não acreditei que algum dia desceria à caça das bruxas.

Ele suspirou.

— Ai de mim, não. Na juventude, talvez tenha tentado o esforço, pois se trata de uma habilidade dos jovens. Agora me mataria. Por sorte, meu aprendiz, *sier* Alfeo Zeno, tem uma extraordinária sintonia com as forças pirogênicas. Além de talento natural para a piromancia. Creio que posso orientá-lo a... Por certo os riscos são apavorantes, portanto a decisão final cabe apenas a ele.

Todos os olhos do salão fixaram-se em mim. Como eu nunca soubera de meu talento para piromancia antes, tentei parecer modesto e demonstrar uma calma coragem. Que diabos tramava o velho patife desta vez?

Quais eram mesmo esses riscos "apavorantes"?

— Vamos esclarecer bem isso — disse Soranzo. — O senhor compreende que continua vinculado pelo juramento de dar testemunho verdadeiro nessa investigação, e declara que seu aprendiz tem o poder de identificar quaisquer demônios que possam vagar pela cidade?

O doutor acenou com a mão em sinal negativo.

— Decerto que não! Há espíritos malignos menores em toda parte. Espera que meu aprendiz fique na torre de San Marco e localize cada fogo de cozinha na cidade? Mas, se por acaso fosse um grande prédio em chamas, ele com certeza conseguiria localizá-lo, não é? Um grande demônio é uma fornalha do mal, e este se atreveu a intrometer-se em meus negócios. Alfeo é um rapaz valente e engenhoso, e com minha orientação... Quero dizer apenas que ele talvez possa usar alguns métodos para identificar um *grande* demônio dentro da cidade, e não conheço ninguém com maiores talentos nesse campo.

Fiz uma anotação mental para exigir um substancial aumento antes que fosse tarde demais. Enquanto isso, os chefes haviam compreendido que estavam a ponto de contratar o Mestre Nostradamus para fazer magia.

— Então o exortamos a continuar as investigações — apressou-se a dizer Trevisan. — A República será generosa se vocês tiverem êxito. Lembre-se de como é confidencial este assunto.

O que ele quis dizer foi: *Vão embora e ajam, mas não nos contem.*

14

Após ver o Mestre carregado em segurança nos grandes ombros de Bruno, e recuperado o meu florete do *fante* que o confiscara, saí do palácio pelo portão de Frumento sem nenhuma sensação de alívio, por menor que fosse. O crepúsculo instalava-se sobre a lagoa, onde uma dezena de galés que retornara antes de terras distantes desembarcava cargas durante o dia todo, e agora caía o silêncio. Giorgio conversava com um bando de outros gondoleiros no Molo, e acenou-nos ao ver-nos. Em instantes, deslizávamos pelas águas do Grande Canal rumo ao lar, livres dos dois hóspedes indesejáveis.

O longo dia chegara ao fim, eu esperava — eu tinha um encontro marcado com Violetta. Mas não me esquecera de toda a lenha que Bruno levara para o ateliê. Piromancia? Nada sabia de piromancia, e com toda a alegria aguardaria até o dia seguinte para aprender. Fazia demasiado calor para adivinhação por meio do fogo, embora o pôr do sol tingisse de sangue grandes nuvens ao leste, as primeiras que eu via em semanas. O calor talvez fosse embora afinal.

Mama já aprontara o jantar, por certo. Recusando-se a mencioná-lo, o amo encaminhou-se direto para o estúdio. Considerava a comida uma perda de tempo. Destranquei a porta e desviei-me para seguir na frente e acender os lampiões, na esperança de ter uma conversa sobre os riscos apavorantes aos quais ele se referira e a decisão que me cabia tomar.

O velho capengou até a poltrona vermelha.

— Traga *Sol de Sóis*, depois vá comer.

Isso me causou desagradável surpresa.

— Obrigado, mestre.

— Você precisa manter as forças.

Como ele não sabia de meu encontro com Violetta, a última observação não foi lá muito encorajadora.

Restaurado por duas porções do excelente *granceole all rica*, retornei e encontrei-o como o deixara, o nariz mergulhado em Abu, o Confuso. Sem nem mesmo erguer os olhos, disse:

— Avise a Giorgio para que não nos deixem incomodar por nenhum motivo. Primeiro você precisa instalar a *Aegia Salomonis*. Deixe-me ouvir a fórmula mágica.

Sentei-me, arrependido da segunda porção de caranguejos-aranha que comera.

— Ainda é cedo, mestre. Nem todos os Marciana retornaram ao lar.

O sábio descartou a objeção com um *Psiu!*

— Os moradores que retornam não prejudicam as dependências desde que cheguem com intenções pacíficas. A fórmula mágica!

O Escudo de Salomão era certamente o mais longo e complicado feitiço que Nostradamus me ensinara, e levei alguns

O CÓDIGO DO ALQUIMISTA

instantes para exercitar a memória. Um deslize durante esse ritual e eu teria de começar tudo desde o início. Então inspirei bem fundo e repeti a fórmula do começo ao fim.

— Nada mal — admitiu o velho, o que é um efusivo elogio da parte dele. — Prossiga. Apenas lembre-se de que é seu pescoço que está em jogo — e retornou ao livro.

Inspirado por essa advertência, peguei uma vela de cera de abelha nova, o jarro de bálsamo de Gilead e um graveto embebido em azeite de oliva. O telhado era o óbvio lugar para começar, por ser ali que a vela tinha mais chance de apagar-se, outro erro que me exigiria recomeçar tudo. Ao subir a escada para o sótão, ouvi que punham os filhos mais moços dos Angeli na cama, mas consegui deslizar pelo alçapão sem que me vissem. A última coisa que me faltava era um bando de testemunhas tagarelas a perguntar-me em que tipo de adoração demoníaca eu me envolvia agora, ou — pior ainda — a tentar ajudar. As nuvens achavam-se mais próximas e ameaçadoras, embora nenhum vento soprasse; a calmaria antes da tempestade. Ajoelhei-me, abri o jarro de azeite e olhei em volta para ver se me observavam. Não, então acendi a vela e comecei.

O ritual exigia o desenho da árvore da vida no terraço com o graveto azeitado, ao mesmo tempo com a vela na mão esquerda, e a recitação da fórmula. Esse esquema abrange vinte e dois caminhos que se ligam aos *sephiroth*, os dez atributos de Deus, e mais uma vez não se permitem erros, embora o bálsamo fique tão próximo do invisível que temos de distribuir cada ponto do caule de onde sai o galho à medida que desenhamos quase de memória. Não se trata

DAVE DUNCAN

de um exercício que se queira experimentar quando se calculam os eclipses solares ou se dança a *moresca*. Cheguei ao fim sem um tropeço, arrolhei o jarro e parti escada abaixo, ainda com a vela acesa, perguntando-me por que não me alistei como arqueiro ou numa galé de guerra, em vez de tornar-me aprendiz de filósofo.

Tinha a sorte comigo, pois consegui descer direto até o *androne* sem topar com ninguém. Ali encontrei um nicho isolado atrás de uma pilha de barris de vinho e repeti o ritual sem que me perturbassem. No espaço cercado, imóvel, o bálsamo impregnou o ar com típica doçura. Quando terminei essa segunda estação, o pior da minha provação acabara, pois a égide já seria poderosa o bastante para proteger-me de alguma casual interrupção. De volta ao apartamento do Mestre, representei o ritual mais quatro vezes — em meu quarto, na sala de jantar, na cozinha, e por fim no ateliê, cada vez traçando a árvore da vida no piso sob as janelas. Na última, o amo se levantou da poltrona e veio mancando para olhar. Quando concluí o desenho e a recitação, a vela se apagou por si mesma, significando que a *Aegis Salomonis* já se instalara. Pela proteção da Casa Barbolano no zênite, nadir e nos quatro pontos cardeais, eu a tornara à prova de influências satânicas.

— Ufa!

Sentei-me no chão com um baque, sentindo-me como se houvesse nadado todo o comprimento do Grande Canal com uma armadura de metal.

— Bom! — disse o velho, com reconfortante indiferença pelos meus esforços. — Agora vá pegar o Disfarce da Noite.

Com um suspiro quase inaudível, embora não muito,

O CÓDIGO DO ALQUIMISTA

levantei-me para obedecer. Por certo nenhuma defesa oculta resiste aos males do mundo por muito tempo, e mesmo a *Aegis Salomonis* não pode rechaçar uma intrusão armada. Assim que o inimigo conseguisse entrar, as barreiras espirituais também cairiam.

Eu guardava o Disfarce da Noite numa sacola no fundo do baú de roupas, acompanhado por algumas ervas aromáticas, mesmo assim ainda cheira a velho e bolorento, com um agourento fartum de queimado. Retornei ao ateliê e tranquei a porta.

Sem erguer os olhos, o Mestre disse:

— Acenda o fogo.

Obedeci, embora ainda vestido com a melhor roupa palaciana. Nostradamus continuava de semblante fechado, debruçado sobre o livro, e comparava texto em duas ou três páginas diferentes. Decerto não tinha pleno conhecimento de qual método planejava infligir-me, o que não era muito reconfortante. Terminei de pôr os gravetos menores sobre a lenha e bati o pó das mãos. Fazer fogo é algo em que sempre fui bom; minha mãe sempre me mandava bater o sílex.

— Quer que eu acenda, mestre?

O velho continuava sem erguer os olhos.

— Ponha o Disfarce da Noite.

— Não preciso.

Então ele ergueu mesmo os olhos.

— Hum? Como?

— Posso fazer pirocinesia sem vestir o Disfarce. Nunca o uso, a não ser quando sozinho, como o senhor me advertiu, mas não preciso me fantasiar para criar e controlar o fogo.

— Por certo que não! Ouviu o que eu disse aos chefes sobre seu talento natural para piromancia. Achou que eu inventava tudo aquilo? Lembro-lhe de que me achava sob juramento.

— Ah — respondi. — Então vamos falar dos riscos apavorantes.

Ele encolheu os ombros estreitos.

— Posso ter exagerado um pouco. O que lembra do primeiro feitiço que lhe ensinei?

— Cerca de um mês depois que o senhor me acolheu. Fez-me vestir aquela *coisa* ridícula — apontei a sacola amontoada do Disfarce da Noite — e depois me mostrou como acender uma isca sobre a lenha.

— E você o fez. Imediatamente.

— Bem, o mestre me disse que era um feitiço fácil e foi. Assim eu acendera a vela para a *Aegis.*

Nostradamus esticou a boca num sorriso de lábios fechados.

— Só lhe disse que era fácil para lhe dar confiança. E revelou-se uma brincadeira infantil para você, uma coisa impressionante. Fez o fogo em poucos minutos. Levei um mês para dominá-lo quando meu tio me ensinou. Sabe que tem talento para calcinação e vesicação. Rapaz, você fervilha com tanto flogístico que é um milagre não se incendiar!

Desconfio do velho patife quando lisonjeia. Por outro lado, Violetta às vezes expressa opiniões semelhantes, formuladas em terminologia menos técnica.

— Obrigado, mestre.

— Nunca me preocupei em lhe ensinar mais piromancia porque sei que a engoliria inteira. — O fato de Nostradamus

O CÓDIGO DO ALQUIMISTA

esperar que eu fosse muito melhor que ele não tinha importância, claro. — Agora vista o conjunto.

— Não preciso — repeti. — Não preciso nem do anel. — No consolo da lareira havia uma vela apagada. Apontei-a com o polegar esquerdo e virei a palma da mão para cima, de modo que se erguesse como labaredas. Movi-as com delicadeza, proferi o Verbo, e um fio de fumaça elevou-se do pavio, seguido por uma minúscula chama amarela. — Está vendo?

É provável que eu tenha dado um sorriso falso.

Meu amo suspirou.

— Seu equilíbrio elementar é irremediavelmente distorcido! Não admira que não consiga prever no cristal. Não faz mal. Precisamos seguir as instruções do sagaz Abu Ibn Wahshiyah, portanto pare de discutir e ponha o Disfarce.

Irado, ergui a trouxa e fui até o sofá de exame no canto. Sentindo-me ridículo, fiquei nu em pelo. O Disfarce é feito de algum algodão cru tingido de preto. Não sei de onde veio, nem que idade tem; fica grande em mim e engoliria o doutor inteiro. Comecei com uma faixa na cintura; em seguida meias folgadas que se estendiam dos dedos dos pés à virilha e amarradas à faixa na cintura; depois um avental que batia na altura das coxas e luvas. Deixei o capuz para o fim e voltei à lareira, me sentindo um completo absurdo.

— O cristal mostra o futuro — disse o amo, e largou o livro virado para baixo no colo. — Como já sabe, o vidro não ia funcionar. Tem de ser cristal de rocha, que é eterno. O fogo ao mesmo tempo purifica e destrói; mostra espíritos sagrados e demoníacos. De acordo com Ibn Wahshiyah, precisa-se usar o fogo, que se incendeia com o Verbo, e deve-se vestir o Disfarce da Noite. Tome.

Estendeu um anel de ouro com um rubi, como exige a tradição, mas eu não preciso, pelo menos para acender um simples fogo. Deslizei-o no polegar esquerdo e enfiei o capuz, de modo que se viam apenas meus olhos.

— É cedo para o Carnaval — resmunguei, numa voz que pareceu abafada até a mim mesmo.

— Não seja irreverente. Quanto incenso de olíbano temos?

— Metade de um jarro.

Peguei-o na prateleira de reagentes, com o cuidado de não tropeçar nas pontas frouxas das meias.

— Espalhe-o sobre a pira e depois a acenda.

Com o anel para simbolizar a luz do sol e o fogo, a pirocinesia era mais fácil que estalar dedos. Apontei a substância na lenha com o polegar... o gesto... a Palavra... a fumaça enroscou-se. Depois chamas. Fiz os gravetos e lascas em volta arderem também.

O Mestre murmurou alguma coisa lisonjeira.

— Agora deve apagar todas as outras luzes e fechar as venezianas.

Admito que me sentia cético. Talvez os infindáveis esforços para prever no cristal me tivessem feito abandonar a aquisição de aptidões proféticas próprias. Devia ter-me lembrado de que era habilidoso no tarô e vinha fazendo progresso na oniromancia, adivinhação pela interpretação de sonhos. Apaguei todos os lampiões e velas e voltei a sentar-me de pernas cruzadas no tapete da lareira.

O CÓDIGO DO ALQUIMISTA

— Erga a pira — ordenou o Mestre. — Use muita lenha, pois isso talvez leve algum tempo. Depois apenas olhe com atenção. Deixe os pensamentos vagarem. Temos a noite toda.

— Ficarei bem cozido em cinco minutos neste calor — grunhi. Sentar-se de olhos fixos num fogo à noite é a experiência mais calmante que conheço. Na infância, eu o fazia durante horas assim, no minúsculo e único aposento que dividia com minha mãe, passando um tempo agradável para compensar o tédio das noites hibernais. Como previdente do futuro, o fogo servira-me muito mal, pois eu nunca previra que o Mestre e minhas mãos iriam eliminar pela massagem uma dor nas costas do doge. Para um menino entediado — e muitas vezes faminto —, as brasas incandescentes haviam ilustrado grandes navios que se aventuravam pelos mares afora, rumo a lugares maravilhosos. Vira-me a bordo deles, forte e bonito, vangloriava-me com uma espada, fazia mesuras perante majestosas senhoras — embora elas não me interessassem muito então. Agora, pensei, devia ser capaz de encontrar Violetta com grande facilidade, mas inspecionava em vão o fogo à procura dela.

A princípio, as chamas se ergueram bastante instáveis, mas, à medida que o fogo ia ficando mais quente, os carvões começaram a arder bem nítidos e as imagens ficaram mais definidas. A madeira não queimada tornou-se pedra e a claridade no meio transformou tudo em grutas, criptas e passagens que levavam a labirintos mais profundos de infinito mistério. Parecia que minha fantasia conseguia penetrar naqueles vazios ardentes, explorar cantos ao redor e avançados, mais fundos no fogo; e permitia-me, protegido e tornado invisível pelo Disfarce da Noite, vagar ileso por aquelas vastas cavernas de calor. Ígneas estalactites pendiam de cada lado, tapeçarias de chamas me isolavam num mundo de vermelho e preto, mas eu continuava a seguir a passos largos em total liberdade, vendo maravilhas em toda a volta. Fabulosos basiliscos e demônios incandescentes não me viam nem desafiavam meu direito de passar para um mundo verdadeiramente livre.

Em meu avanço onírico, via esfinges e cerejeiras, galeões e gladiadores, mas não me demorava até chegar a uma alcova escura, um corredor à esquerda, imenso e enigmático, onde se encontravam dois homens que não consegui identificar, pois eram de chamas que oscilavam, como fazem as chamas. Um dourado e outro vermelho. Nem consegui distinguir as vozes pela crepitação do fogo que me cercava por completo, mas percebi que discutiam. A altercação ficou mais agitada até Vermelho de repente atacar e erguer uma arma — um porrete, pensei, pela forma como o empunhava. Dourado recuou de um salto e sacou uma espada. Tentou arremeter, mas o outro afastou a lâmina com um golpe e os dois se atracaram. Duas chamas se juntaram. Vermelho e Dourado lutavam pela posse da espada. Dourado, lógico, perdeu, pois se soltou e tentou fugir, mas Vermelho atingiu-lhe as pernas com a lâmina; ele caiu de quatro, e o adversário mergulhou-lhe a espada nas costas e o fez desabar, por certo. Captei um vislumbre de Dourado deitado de bruços e do vitorioso erguido diante dele, antes que a tragédia desaparecesse numa nevasca de centelhas.

Ouvi, em algum lugar ao longe, minha própria voz descrever o que via, respondendo perguntas ao Mestre como se

O CÓDIGO DO ALQUIMISTA

fossem distrações intoleráveis. A parte de mim que vagava pelo inferno mantinha-se alheia a ele, preferia admirar as colunas entrelaçadas de chamas que suportavam o telhado, invisível muito acima. Aquele não era o Inferno sobre o qual cantava Dante, mas um pátio de recreação dos elementos do fogo. Os rostos que me olhavam não pertenciam a almas condenadas, pois muitos sorriam. Alguns eu conhecia, mas nenhum tinha importância para a missão, por isso os empurrava ao seguir em frente sem reação.

Agora o chão inclinava-se para baixo até eu caminhar com chamas à altura das coxas. Ondas passavam a toda por ele, e às vezes também por mim, de modo que continuei a caminhar embaixo d'água, só que essa água era fogo. Nas depressões entre duas ondas, quando fiquei com a cabeça acima do mar feroz, vi um vulto na arrebentação, aliás, dois, que lutavam, e rumei na direção deles.

Um era sem a menor dúvida Netuno, o velho do mar, de fácil identificação pela basta barba ondulante, como o modelo da estátua no pátio do Palácio dos Doges. O outro era um vigoroso cavalo — cavalo-marinho, óbvio — que mergulhava e corcoveava em meio à violenta espuma. Como isso tinha importância, fiquei observando até ter certeza de que Netuno ia ganhar a luta antes que eu retomasse a jornada.

Livre mais uma vez do oceano, percorri um longo desfiladeiro margeado por uma infinidade de alcovas com infinitas prateleiras, cada uma contendo infinitas fogueiras.

— Isso — declarei — deve ser o depósito de toda a sabedoria, pois algumas prateleiras ardiam com clara e pura luz dourada, e outras de um vermelho-escuro nocivo. Vestidas em chamas e faíscas rodopiantes, muitas pessoas se moviam de um lado para outro no salão central, desviavam-se para explorar alcovas, sempre em busca do que o coração desejava. Segui um casal, embora os dois não parecessem notar que eu os acompanhava por trás. A mulher tinha uma rara beleza, e caminhavam juntos, destemidos, de mãos dadas.

O homem gritou e caiu; nesse momento o reconheci como Nicolò Morosini, o irmão morto de Eva. A mulher recuou do que fosse que o atingira e voltou-se para fugir. Afastei-me para o lado, mas depois dela veio uma pequena, mas assustadora coisa do mal, talvez uma aranha que se movia rápido demais para a fugitiva apavorada. Como um gato, saltou em cima dela. Corri para ajudar, brandindo a chama, mas ela sucumbiu antes que eu a alcançasse. Então foi minha vez de fugir aterrorizado. Corri com a maior força e rapidez possíveis, mas a coisa perseguia-me a toda velocidade pelo chão, um feroz escorpião de muitas patas minúsculas, e ganhava, ganhava...

Gritei e o Mestre bateu na pira com o atiçador para dispersar as visões e trazer-me de volta.

15

Os últimos restos de lenha desabaram em pilhas de cinza. Acordei sobressaltado, soltei um grito estridente e quase caí para trás. Devo ter ficado sentado ali horas, pois a madeira se reduzira a um leito de brasas cintilantes. O mundo real pareceu escuro, frio e desagradavelmente sólido. Meus olhos doíam.

— Oh, parabéns, Alfeo! Ora, parabéns!

Não me lembrava da última vez que ele me elogiara tanto, mas mal registrei isso na ocasião.

— Que foi que eu disse?

— Não se lembra?

Lembrava, ou pelo menos o faria, quando tivesse tempo para separar todas as imagens confusas, mas apenas neguei com a cabeça. Tinha a garganta dolorida demais para falar.

— Coisas maravilhosas. Sente-se bem?

Assenti, mas a sede me atormentava como se eu houvesse comido sal, as pernas dormentes, a garganta em brasa. Levantei-me trôpego, as meias de algodão escorregando no terraço.

— Preciso de uma bebida.

— Decerto. Vá para a cama. Fecharei aqui.

Mas que concessão sem paralelos! De fato devo ter me saído muito bem. Descobrira um talento novo completo.

— Sim.

Derrapei e cambaleei pela sala. Muito provavelmente o ar no *salone* continuava tão quente como sempre, mas pareceu uma bem-vinda carícia de água fria depois do ateliê. A roupa suada grudava-se à minha pele. O grande salão estava escuro, pois só havia duas lâmpadas acesas, por isso o raspar de uma espada sendo desembainhada me deteve antes que eu visse o clarão da lâmina diante de mim.

— *Gesù!*

O rosto assustado de Vasco entrou em foco.

— *Santos!* — coaxei. — Você voltou?

Retirei o capuz num gesto brusco.

— Você? — Ele tornou a embainhar a espada. — Em nome do Céu, que está fazendo?

— Ensaiando para o Carnaval. Por que veio aqui?

— O Conselho dos Dez me mandou de volta para protegê-lo.

Enojado, comentei.

— Que esplêndida promoção para você. Agora saia do meu caminho.

Dirigi-me ao barril de água.

Na cozinha, encontrei Giorgio na quase escuridão, adormecido com a metade superior do corpo esparramada na mesa e o banco suportando-lhe o peso. Fiz bastante barulho com a concha para acordá-lo. Ele se sentou e não mostrou nenhuma surpresa ao ver-me vestido de preto do pescoço para baixo.

O CÓDIGO DO ALQUIMISTA

— Lamento, Alfeo! O *vizio* intimidou Luigi para entrar e insistiu em que os Dez o tinham mandado. Eu o fiz prometer que não ia incomodar...

Parei para respirar.

— Agiu certo. — Outra longa, longa, bebida... — Não podia recusá-lo. Não causou dano nenhum.

A não ser, claro, pelo fato de Vasco ser um homem armado e entrar sem ser convidado, portanto rompera a *Aegia Salomonis*. Talvez não tenha causado dano direto; no entanto, que mais ele deixara entrar com sua energia? Ao pressentir nossa barreira, teria Algol usado o *vizio* para abrir caminho e talvez conseguir perverter e falsificar minha piromancia? Maldição!

— Mas antes disso...

— Deixe para lá! — insisti. — Conte-nos de manhã. Vá deitar-se.

Assim, Giorgio esgueirou-se para o sótão, furioso por ter falhado no dever. Eu, após tomar água suficiente para encher o Grande Canal, voltei em silêncio ao *salone*. Ouvi o Mestre e Vasco discutindo, e os deixei, entrei no quarto e tranquei a porta atrás de mim.

Ali, o ar tornara-se ainda mais fresco, pois todas as três janelas ficaram escancaradas e o calor se desfizera, afinal. Quando me apressei a fechar os batentes, ouvi a chuva e distantes roncos de trovão. Tomara tanta água que devia exalar vapor, mas ardia como se continuasse infestado com os cinco elementos. O efeito deles sobre mim faziam que eu precisasse — desesperadamente — de Violetta. Por sorte, ela raras vezes dorme antes do amanhecer. Minhas roupas continuavam no ateliê, e eu não podia perder tempo para trocá-las. Embora quase nunca tente saltar para o *altana* do Número 96 quando venta, naquela noite dispunha-me a ousar qualquer coisa.

Após amarrar as chaves no pescoço com uma fita, abri mais uma vez o batente central, retirei as três barras soltas e as coloquei no chão com as partes de cima apoiadas no parapeito. Então transpus a janela e fiquei com os calcanhares no beiral extremamente estreito logo abaixo, agarrando-me à quarta barra como apoio, e já todo ensopado. Ouvi o dobre do sino *marangona* na *Piazza* anunciar meia-noite ao repor as outras barras e deixei o pesado batente entreaberto. Depois me virei, saltei no escuro, atingi o piso de cerâmica, segurei-me no beiral da *altana*, e já chegava ao outro lado.

Os quartos mais altos no Número 96 continuavam cheios de júbilo, com risos, música e algumas vozes enfurecidas, mas o corredor e as escadas estavam escuros e vazios, e assim, de qualquer modo, ninguém viu a bizarra aparição descer correndo do telhado. Talvez ninguém tivesse dado importância, a não ser para perguntar que serviço especial eu obtinha e quanto custava. O último andar aloja o bordel dos cavalheiros, e o térreo fornece serviços rápidos a quem não tem recursos para os melhores, e entre eles fica o andar onde as quatro proprietárias mantêm os apartamentos pessoais; recebem-se visitantes ali apenas com hora marcada, e esses são poucos, pois duas delas já se aposentaram. Entrei na suíte de Violetta e fui direto ao quarto. Ela sempre mantém uma luz acesa, e nessa noite tinha duas, pois Aspásia lia um livro.

Mas no mesmo instante surgiu Helena em seu lugar, atirou o livro ao lado, livrou-se do lençol e estendeu-me de boas-vindas os braços mais encantadores do mundo.

O CÓDIGO DO ALQUIMISTA

— Querido! Eu tinha quase perdido a esperança! Que roupa é essa que você usa... usava... meu Deus? Oh, está todo...

Molhado, talvez, mas ela não teve tempo de chegar à última palavra antes que eu a cobrisse inteira e a beijasse num frenesi.

— Que os santos me preservem — murmurou meu amor, quando lhe dei uma chance. — Nunca o conheci assim tão... *ardente*!

— Em chamas.

Beijei-lhe os lábios mais uma vez como sinal disso.

— Em combustão?

— Conflagração.

— Trapaça! Essa palavra, não.

— Mas é. Ebuliente, também.

— Fervente.

Pensei: "Em brasas", mas não tive oportunidade, e àquela altura não tinha importância. Não chegamos a "Quente" ou "Incandescente". Não recomendo piromancia a ninguém, mas de fato esse meio de adivinhação tem interessantes efeitos colaterais. Quase amanhecia quando apaguei por inteiro.

Uma hora antes do amanhecer, os sinos das igrejas da cidade anunciam as matinas, mas eu nunca as ouço. Galos cocoricam estridentes e respondo com roncos. Só quando o sol se levanta, alguns minutos antes do dobre do *marangona*, abro uma pestana — mas nessa manhã sofri uma aguda pontada nas costelas.

— Você precisa ir embora.

Grunhi uma negativa e tentei aconchegar-me mais para perto.

— Ouça! — ela disse. — Terá de sair pela porta da frente.

O desagradável barulho nos fundos era um matraqueado das batidas e marteladas da chuva no vidro, o que significava uma ventania muito forte. Em tamanha tempestade o caminho por cima seria quase um suicídio, por isso eu teria de arriscar o portão voltado para a água. São raros os grandes temporais no inverno. Veneza governa os mares, mas o tempo faz o que tem vontade.

Insisti.

— Luigi não abre a porta antes de o sol nascer.

— Vai nascer em poucos minutos. Portanto, pare com isso e vá embora!

Roubei um último beijo, soltei-me e saí da cama.

Tiritei ao enfiar as meias e o avental do Disfarce da Noite, ainda molhados, mas iam ficar muito mais antes que eu chegasse em casa. Deixei o apartamento de Violetta, tranquei-o e desci às pressas a escada até o nível do mar. O cálculo de tempo feito por ela fora perfeito, pois ouvi o *marangona* — alto e claro, o som transportado pelo vento — quando saí pela porta da frente. Agora os trabalhadores iam começar a surgir de todos os lados da cidade, um fluxo crescente de homens apressados em direção a oficinas, fundições, feiras e assim por diante, saudariam uns aos outros e parariam em igrejas e santuários para uma rápida prece. Até então, minha sorte se mantinha, pois não se viam barcos no rio San Remo, nem pedestres na *fondamenta* ao longo do outro lado.

Entrar na Casa Barbolano sem ser visto ia ser o problema. O velho Luigi desaferrolha a porta da frente ao raiar do dia, e em geral dá uma olhada ao lado de fora, só por hábito. Depois disso, os Marciana costumam pôr um menino para

O CÓDIGO DO ALQUIMISTA

vigiá-la, a não ser quando os homens trabalham no *androne*, o que ocorre quase o tempo todo. Mas o velho vigia noturno muitas vezes interpreta o amanhecer um pouco mais cedo que o sol, e os adolescentes têm instintos contrários, assim pode haver um breve intervalo entre homem e menino. Se eu conseguisse esgueirar-me para dentro, talvez pudesse correr escada acima sem ser visto. Claro que deixaria um rastro de pegadas molhadas, mas água limpa não se destaca em mármore branco de Ístria.

Assim, passei à estreita *calle* e continuei pela orla da Barbolano e segui pela saliência, as costas bem coladas na parede, os dedos dos pés sobre a borda, a chuva picando-me o rosto e uma uivante ventania tentando derrubar-me. Ninguém me viu, ou pelo menos ninguém começou um clamor sobre arrombadores, e com um suspiro de alívio espreitei depois da esquina, vi que a grande porta se encontrava fechada e esgueirei-me para dentro da arcada. Danese jazia esparramado num canto, com a lâmina de um florete projetada do meio do peito; o punho sob as costas explicava a posição estranha, arqueada. Tinha o colete e a frente da calça até os joelhos marrons de sangue seco, a mandíbula pendia aberta, os olhos azuis fitavam estupefatos o teto, e, óbvio, estava morto.

Isso constituía uma inesperada complicação.

16

O vento trouxera chuva suficiente para encharcar o piso da arcada, assim não era provável que deixasse pegadas. Aproximei-me do morto e disse uma apressada prece por sua alma. Devia ser o assassinato que eu tinha visto no fogo, mas juro que tal prova imediata de meu talento para piromancia não me deu prazer nenhum. Embora não gostasse de Danese, jamais pensei que ele merecesse um fim tão sórdido e prematuro como esse. Com aquele olhar de peixe e aquela boca aberta idiota, deixara de ser bonito.

Não consegui fechar-lhe os olhos, mas o *rigor mortis* começa no rosto e ainda havia algum movimento nos dedos, portanto o Mestre poderia calcular a hora da morte. O cadáver tinha os joelhos, assim como as mãos e as faces, arranhados e sujos, o que confirmava que lutara no chão, como eu vira no fogo. Também havia sangue na canela e na panturrilha direitas. A cabeça jazia no canto mais afastado dos arcos; embora tivesse pernas e torso molhados, os cabelos e ombros estavam secos. Concluí que as manchas de sangue haviam secado antes que o vento enchesse de chuva a arca-

O CÓDIGO DO ALQUIMISTA

da, logo ele poderia já se encontrar estendido ali enquanto eu falava com Vasco em cima. Iriam os juízes do *Quarantia* aceitar esse argumento? O caso jamais seria apresentado perante eles. O Conselho dos Dez assumiria o encargo do assassinato de um nobre na casa de outro nobre como uma questão de segurança de Estado, mesmo sem uma possível ligação com a investigação de Algol.

O que eu menos precisava naquele momento era que Luigi saísse e me encontrasse naquela bizarra fantasia de arrombador. Ainda havia uma chance de ele já ter destrancado a porta e omitido a olhada normal para fora, assim fui verificar se a porta continuava aferrolhada, e continuava. Em hipótese alguma ia conseguir esgueirar-me sem ser visto por aquela entrada nessa manhã. E agora constatava que, embora o piso da arcada fosse limpo com frequência, a *calle* e a saliência na orla jamais eram, e minhas meias de algodão haviam deixado um rastro de manchas lamacentas.

Pense!

Os cadáveres em cantos ou de bruços em canais não constituem raridades, pois Veneza tem sua parcela de assassinos de aluguel e criminosos. Não ousei perder tempo em revistar Danese à procura da bolsa, mas o assassino deixara-lhe na mão um anel de ouro e um valioso florete nas costas. Varara-o quase na horizontal por detrás, sem acertar o coração, pois um ferimento neste não teria sangrado com tanta profusão. Por que deixá-lo ali para ser encontrado e não jogá-lo de maneira limpa no canal? Aliás, por que ele retornara à Casa Barbolano, quando devia estar desfrutando do leito nupcial na Casa Sanudo?

Nem precisava pensar no horóscopo de Grazia, que mostrou uma drástica mudança de sorte dela para melhor tão pouco antes.

Então, o primeiro ferrolho retiniu e dei o fora. O vento agarrou-me quando contornei a esquina e por pouco não me atirou na água, mas segui rabiscando ao longo da saliência e quase chegava à rua quando Luigi gritou. Iria entrar correndo em busca de ajuda, eu sabia, mas minha sorte ainda persistia, pois não havia tráfego na água nem na *fondamenta* do outro lado. Sem ser visto, cheguei à porta do Número 96 e tornei a entrar.

Enquanto eu corria escada acima, minha mente voava ainda mais rápido. Mesmo que Luigi, tomado de aflição, se esquecesse de que o *vizio* devia continuar no andar de cima, alguém pensaria em chamar o médico residente. Precisava voltar logo ao meu quarto, e, se conseguisse fazê-lo sem ser visto, o próprio Vasco me daria um perfeito álibi. Se não, teria muita explicação a dar. Denunciariam minha via de acesso pelos fundos, e aí nem Violetta poderia me proporcionar um álibi, pois se dá pouco crédito à palavra de uma cortesã. De qualquer modo, eu poderia ter assassinado Danese a caminho de visitá-la. Não me faria bem nenhum voltar lá então, e talvez lhe fizesse muito mal. Continuei a subir pela *altana*.

O vento no telhado apavorava, movia-se como um redemoinho errático que vinha do alto da Casa Barbolano. Se eu tivesse esperado para planejar o salto, teria me congelado de terror, por isso apenas transpus o beiral, inspirei fundo uma última vez, dei um longo passo pelas telhas abaixo e saltei na ventania. É óbvio que não caí do alto de quinze me-

O código do alquimista

tros e quebrei o pescoço, mas cheguei desagradavelmente perto. Agarrei uma barra com a mão direita; bati com tanta força a esquerda em outra que torci o pulso e não consegui um ponto de apoio. Encontrei o peitoril com o calcanhar esquerdo e perdi-o com o direito. Quando meus dedos escorregaram pelo metal molhado, caí, fraturei a tíbia direita com força o bastante para me trazer ainda mais lágrimas aos olhos que o vento e a chuva já haviam causado. Forcei a mão e pulso esquerdos a cumprirem o dever deles, dei um jeito de conseguir um segundo ponto de apoio e levantar-me, pondo primeiro um joelho e depois os dois pés no parapeito. Agarrei-me como uma aranha por alguns instantes enquanto o coração se acalmava um pouco, e empurrei o batente, mas estava trancado.

Outra complicação inesperada.

Embora essa *calle* seja muito pouco usada, pois há uma muito melhor no outro lado do Número 96, podiam ver-me de demasiadas janelas. Tornar a saltar ou segurar-me por muito mais tempo naquela tempestade era do mesmo modo impossível. Retirei uma das barras soltas e usei-a como aríete contra a vidraça mais próxima do trinco da janela. Na segunda tentativa, consegui quebrá-la, o grosso vidro de garrafa no centro caiu como uma unidade, e as bordas mais finas se despedaçaram. Com certa dificuldade, liberei uma das mãos, para enfiá-la e abrir o batente.

Quem disse que a melhor coisa da viagem é voltar para casa?

Cortei um dedo do pé numa lasca de vidro.

A Casa Barbolano devia estar em turbilhão a essa altura, mas não vazavam quaisquer ruídos pela minha porta, que confirmei encontrar-se então destrancada, embora eu tivesse certeza de que a trancara para impedir a intromissão de Vasco. Despi-me e avaliei os machucados. A mão ia ficar roxa em um ou dois dias, mas na perna a coisa era bem mais séria — sangrava e carecia de atadura antes que eu pudesse calçar as meias. Todos os materiais médicos ficavam no ateliê, bem como minhas roupas de palácio. Teria o *vizio* descido correndo ao térreo para ver o cadáver, ou continuava a observar à espreita diante do *salone*?

Discrição parecia aconselhável. Rasguei uma camisa velha para envolver a canela, vesti-me rápido —a barba teria de esperar — e varri os fragmentos de vidro para a parede, junto com os trapos do Disfarce da Noite, molhados, sujos e, em alguns lugares, manchados de sangue. O que fazer com eles era outro problema. Jogá-los fora pela janela teria sido a solução se o quarto desse para o canal, o que não é o caso, assim no fim apenas os atirei na parte de baixo do armário. Vasco me vira usando-o; com quase toda certeza fora ele o intruso que fechou o batente. Inspirei fundo algumas vezes e em silêncio abri a porta. Bloqueava a saída uma massa anônima que logo identifiquei como Nino Marciana, amável jovem com mais músculos que um modelo de Michelangelo.

— O Senhor esteja convosco, Nino.

Ele girou o corpanzil ao contrário.

— E convosco, *messer* Alfeo.

— Que faz aqui?

O garoto ponderou, pareceu perturbado.

— O *vizio* me mandou ficar aqui e não deixar ninguém entrar.

— Ele mandou não me deixar não sair?

O CÓDIGO DO ALQUIMISTA

— Hum... Acho que não.

Esperei, depois disse:

— Posso passar, então, por favor?

Nino afastou-se, e nesse momento uma procissão chegou em massa pela porta da frente. Encabeçada por Bruno, com meu senhor nas costas, e lágrimas escorriam-lhe pelo rosto do homenzarrão, pois qualquer forma de morte ou violência transtornava horrivelmente nosso delicado gigante. Conhecera Danese, o que tornava a coisa pior, e jamais entenderia o que acontecera, pois a linguagem de sinais não pode explicar questões tão complicadas.

Logo depois vieram mais quatro corpulentos da família Marciana, com os restos mortais do falecido num cobertor — deixar o cadáver de um bom cristão estendido seria desrespeito aos mortos. Em seguida, entrou o padre Farsetti, e entrevi Filiberto Vasco atrás, mas a essa altura os carregadores de caixão se encaminhavam para o ateliê. Como o Mestre se ocupava de descer das costas de Bruno, corri até lá para ver se haviam posto direito o corpo no divã de exame.

O padre já fizera isso e dispensava os ajudantes com uma bênção. A rigidez cadavérica avançara bem, pois o cadáver continuava torcido no estranho arco, embora não mais apoiado pelo punho do florete, que fora retirado. Não se viam mais em lugar nenhum minhas roupas de palácio, portanto o doutor devia tê-las escondido ao fazer a arrumação.

— Quem fez isso? — perguntei.

— Ainda é preciso estabelecer, Alfeo.

O padre Farsetti cobria o cadáver com um lençol, o que sempre fica no divã de exame. Alto, magro, de fala mansa, inteligente e compreensivo, o rebanho o adora, sobretudo as mulheres, embora eu nunca ouvisse uma palavra de escândalo sobre ele.

— Atravessaram-no por detrás — disse o *vizio* em minhas costas. — Um vil assassinato cometido por algum bandido covarde demais até para olhar a vítima no olho.

Ao me virar para dar uma resposta adequada, fechei a boca com um estalo quando reconheci o florete que Vasco segurava, com manchas de sangue na lâmina. Ele ergueu-o como para admirar o punho.

— *Omnia vincit amor et nos cedamos amori* — disse, lendo em voz alta a inscrição no guarda-mão. — meu latim não é tão bom quanto devia, padre. "O amor tudo conquista", por certo...

— "O amor tudo conquista e cedemos ao amor" — continuou Farsetti. — É uma citação de Virgílio, muito apropriada a uma arma. Deve ser possível remontá-la ao dono original, embora eu espere que tenha sido roubada.

— Não necessariamente — contestou o vice de *Missier Grande*, e olhou-me com um tão largo sorriso de escárnio que quase babou. — O outro lado diz: *De VV para LAZ,* e uma data. Lembre-me quem é *VV*, Luca.

Haviam assassinado Danese com meu florete. O dia apenas ia de mal a pior.

17

Quando Luigi viu o corpo, correu escada acima o mais rápido que podia cambalear e bateu com estrondo na porta do apartamento de Angelo Marciana no mezanino. Mais que apenas um contador sagaz e amigável, Angelo é um homem de nervos firmes e muitos filhos. Ordenou a Nino, Renzo e Ciro que o seguissem, às mulheres que ficassem em casa com as crianças, e correu ao andar de baixo para ver. Ao mesmo tempo, mandou Nino buscar o Doutor Nostradamus, Renzo informar o padre Farsetti e Ciro vigiar o corpo para protegê-lo e não deixar ninguém saqueá-lo. Renzo na certa saiu correndo abaixo de mim no momento em que eu me agarrava como musgo na escalada pela lateral do prédio. Nesse meio-tempo, Luigi também informara os Jacopo Marciana, e por isso chegaram vários deles. Quando o *vizio* apareceu e viu que tinha sério trabalho a fazer, a arcada devia estar tão cheia de gente quanto a *Piazza* no Carnaval. Ele ordenou a alguém que fosse o melhor barqueiro buscar *Missier Grande* — nada de asneira de informar aos *sbirri* locais quando o caso já envolvera o Conselho dos Dez, embora eu tenha certeza de que ele não disse isso. Também deu ordens para que todos voltassem para cima, mas àquela altura quaisquer marcas deixadas por mim no piso se haviam apagado sob o arrastar de pés.

Naquela hora de um sábado, encontrariam o padre Farsetti na igreja de San Remo. Jovem e não demasiado inchado de dignidade eclesiástica para correr numa emergência, ele encontrou Danese muito além da necessidade dos últimos ritos. Giorgio chegou, acompanhado pelos gêmeos — estes não convidados, mas com uma irresistível avidez para ver um verdadeiro cadáver —, seguido de perto pelo Mestre nas costas de Bruno. Nostradamus logo despachou os três Angeli para o Ghetto Nuovo em busca de Isaia Modestus, a quem espontaneamente reconhecia como o segundo melhor médico da República.

Não se podia deixar o corpo onde estava, e o Mestre queria inspecioná-lo, então o padre Farsetti concordou que se devia transferi-lo para cima e providenciou-se isso. O *vizio* extraiu o florete e encarregou-se dele. Mal posso imaginar a intensidade de sua alegria quando leu a inscrição e viu a quem pertencia. Sem dúvida teve fantasias com suculentas visões em que assistia à minha decapitação entre as colunas da *Piazetta*.

Os pessimistas, por outro lado, raras vezes se decepcionam.

Alguns minutos depois, quando Vasco me mostrou o florete no ateliê, o padre Farsetti disparou-me um olhar horrorizado. Conhece bem o meu nome completo. Como meu confessor, com certeza também sabe de Violetta Vitale.

Minha cabeça rodopiava, mas creio que ocultei muito bem a perplexidade.

O CÓDIGO DO ALQUIMISTA

— Preciso ter uma conversa com você em breve, padre — pedi com um sorriso —, mas o problema não é mais urgente que de hábito.

Ele assentiu com a cabeça e pareceu aliviado.

Vasco sorriu satisfeito.

— Reconhece que este é seu florete, *messer*?

— Era até ser roubado — respondi —, e sei quem fez isso. — O *vizio* deu um risinho de escárnio. — Se não foi você — continuei —, quem então? Ficou de vigia no *salone* a noite toda, não?

— Que é isto? — gritou o Mestre no vão da porta. — Carnaval? O Festival da Giudecca? O *marangona* tocou, não? Fora daqui, todos vocês!

Ele detesta estranhos no ateliê. Cerca de uma dúzia de envergonhados Marciana retirou-se e deixou nós quatro com o cadáver.

Vasco continuava a pressionar-me contra a parede, segundo pensava.

— Você estava na cama e dormia desde a hora em que nos encontramos ontem à noite até soar o alarme esta manhã, correto? — perguntou.

O espaço por mim ocupado ali parecia mais fino que uma lâmina, depois que todos tiramos os chapéus em respeito ao morto, e eu continuava com os cabelos molhados.

— Não tenho de responder às suas perguntas, cidadão.

O sorriso espalhou-se pelo rosto dele como um câncer.

— Mas responderá aos inquisidores quando fizerem as mesmas perguntas, *clarissimo*.

— Trata-se de uma conversa imprópria na presença do morto — observou o padre Farsetti em tom decidido. —

DAVE DUNCAN

Filippo, acredita mesmo que pode descobrir alguma coisa que talvez ajude as autoridades a pegarem o assassino?

Meu amo adiantou-se e bateu o cajado.

— Se retirar esses dois filhotes de cachorro que ganam um para o outro, padre... Obrigado. — Tomou o espaço desocupado por Vasco e entregou-me o cajado. — Traga meus instrumentos.

Apalpava e examinava enquanto eu ia buscar a valise médica. A melhor maneira de determinar a hora da morte é calcular a temperatura interna, mas Farsetti talvez não permitisse essa indignidade a um morto, e com certeza proibiria qualquer tipo de dissecação. O Mestre enfiou dois dedos na boca do cadáver, mas não sugeriu qualquer intrusão pior. Dei-lhe um dos bisturis que mantenho afiados, e ele cortou o colete ensanguentado para examinar o ferimento de saída. O agonizante perdera tanto sangue que as roupas ficaram endurecidas, mas ainda pegajosas junto à pele.

O doutor pediu que virássemos o cadáver ao contrário, e Vasco e eu obedecemos. De bruços, mostrava um arco ainda mais pronunciado, e segurei um dos tornozelos para que não caísse do divã. Nostradamus examinou a ferida de entrada, cercada por um círculo de hemorragia subcutânea onde o punho causara impacto ou pressão contra a carne, mas o falecido sangrara muito menos desse lado. O sangue na perna viera de uma punhalada na panturrilha, o que confirmava minha visão no fogo. Via-se um trecho ensanguentado separado na parte de trás do rufo na gola, muito amassada, recente demais para datar de meu golpe uma semana antes.

— Bem, aprendiz? — perguntou Nostradamus. — Que conclui você?

O código do alquimista

— Apunhalado por trás, mestre.

Vasco crocitou como se eu houvesse acabado de rubricar minha própria sentença de morte.

— Como sabe, se não foi lá embaixo ver?

Fácil esta.

— Você me disse um instante atrás, mas a condição do cadáver prova. — Retornei a atenção ao mestre. — O golpe errou o coração, e é provável que tenha penetrado na aorta, o que explica a enorme hemorragia na área dorsal. Um ferimento no coração não teria sangrado tanto. Ele morreu de extensa perda de sangue e asfixia. Quer dizer, sangrou até a morte, mas talvez tenha sufocado primeiro, pois a cavidade torácica encheu-se de sangue. As perfurações são tão minúsculas que não seria possível retirar a espada e inseri-la pela direção oposta sem deixar indícios. Calculo que ele tenha morrido por volta das nove horas ontem à noite, mas o senhor sem a menor dúvida pode julgar com mais precisão que eu, mestre.

Achei que me saíra muito bem até então. Ainda se podia extrair outra conclusão, muito óbvia, só que eu não devia saber da significativa ausência de manchas de sangue na arcada. Como ninguém ainda falara nisso, cedi à tentação e balancei uma isca para ver quem a morderia.

— Danese devia conhecer o atacante — disse — e confiar nele o bastante para dar-lhe as costas, pois ninguém fica imóvel para ser apunhalado quando pode saltar num canal. Dolfin jamais foi bom nadador na infância, mas o rio San Remo mal chega a ser fundo o bastante para alguém se afogar, mesmo em maré alta. — Não houve comentários e continuei. — Portanto, ele estava em pé na arcada, olhando para fora... talvez à espera da passagem de uma gôndola, embora devesse ser tarde. O companheiro encontrava-se bem atrás, talvez a pretexto de buscar melhor abrigo da chuva. Ou talvez tenha vindo da porta.

Os olhos de Vasco brilharam, e percebi que desta vez eu me entregara mesmo.

— Ou então — continuei —, Danese esperava Luigi abrir a porta, e o assassino veio da escada à margem d'água, talvez após desembarcar do mesmo barco. Quando foi golpeado, caiu de costas no punho da espada, enfiando a lâmina até onde podia chegar, e que teria partido se ele caísse de frente sobre ela. Para que lado se voltava?

Por um momento, ninguém falou, embora meu senhor exibisse os lábios franzidos com força suficiente para doer.

Então o padre Farsetti declarou:

— A cabeça estava quase no canto da parede da casa, o que significa que ele olhava para fora.

O sacerdote é o mais excelente jogador de xadrez mental simultâneo que já conheci — vi-o jogar seis partidas ao mesmo tempo —, portanto, ou a visualização de um crime violento não se incluía entre seus talentos, ou jogava comigo, como fazia o Mestre.

Um barulho de pés anunciou a chegada de Corrado e Christoforo, ao transporem aos empurrões a porta, numa competição para ser o primeiro com a notícia e gritando um para o outro:

— O Doutor Modesto diz...

— O judeu diz que...

O CÓDIGO DO ALQUIMISTA

— ... ele lamenta, mas...

— ... visita uma pessoa doente...

— ... não pode vir ver um cadáver...

— ... mas não vem...

— ... no Sabbath...

— ... ver uma pessoa morta.

— *Damn tio!* — vociferou o Mestre. — Muito bem, então! Fora os dois! É deplorável — confidenciou ao padre. — Eu valorizaria a opinião dele sobre a hora da morte, pois Suas Excelências certamente vão querer saber.

Ficou mais irritado consigo mesmo por haver esquecido que era sábado.

Os rapazes se esgueiraram, furiosos por não terem sido pagos.

— Cheguei aqui por volta das dez horas — anunciou Vasco, confiante. — Tive de bater muito na porta até encontrar aquele porteiro parvo, e alguns minutos para discutir a entrada. Com certeza nenhuma carcaça atravancava a arcada então.

— Tem certeza da hora? — perguntou o doutor, interrompendo o protesto do padre sobre o desrespeito do *vizio* ao morto.

— Razoável. Cerca de uma hora após soar o toque de recolher. O porteiro disse que trancou quando o sino anunciou o horário. Pelo que vale o testemunho daquele idiota, esta manhã ele concorda que ouviu minhas batidas.

— Luigi nem sempre interpreta o horário de recolher como o sol — expliquei. — É possível que o *sier* Danese tenha sido morto depois das dez horas, mestre?

Ele armou uma carranca, mas não me olhou.

— Calculo a hora da morte como no horário de recolher, antes ou depois.

DAVE DUNCAN

Minha espada matara Danese, portanto só uma total besta quadrada não veria que eu me encontrava em muito grave apuro. Mas o próprio Vasco agora testemunhava que eu ficara na Casa Barbolano até depois das dez, e assim, quanto mais cedo Danese tivesse morrido, menor o meu perigo. Por ironia, o *vizio* ainda não percebera isso.

— Garanto — ele afirmou — que não ignorei um cadáver aos meus pés enquanto esperava aquela ruína que é o porteiro.

— Eu não disse que ignorou, *vizio*. Tornem a virá-lo de costas, por favor. — Meu amo abriu com um talho o colete e camisa de Danese e desprendeu o tecido manchado de sangue. — Água e um pano, por favor, Alfeo.

Imaginei que ele queria procurar equimose pós-morte, prova do modo como o sangue se depositara depois do óbito.

Quando me virei em direção à porta, percebi que o vão tinha sido ocupado. O homenzarrão de manto vermelho e azul era Gasparo Quazza, *Missier Grande*. Atrás, um nobre de vestes pretas e, em seguida, o sargento Torre, chefe dos *sbirri* locais. No *salone* encontravam-se mais vários policiais e Giorgio, muito preocupado. Sem uma palavra, *Missier Grande* acenou com a cabeça em cumprimento ao padre e Nostradamus, fez o sinal da cruz em respeito ao cadáver e dirigiu-se ao *vizio*.

— O falecido — informou Vasco — é o *nobile homo* Danese Dolfin, recém-casado com Grazia Sanudo, filha do conselheiro ducal Zuanbattista Sanudo. O vigia noturno, quando abriu o portão defronte ao canal ao raiar do sol, encontrou o corpo na arcada esta manhã. Não o vi lá quando cheguei, como me instruíram, por volta das dez horas ontem à noi-

O CÓDIGO DO ALQUIMISTA

te, embora o Doutor Nostradamus tenha situado a hora da morte entre oito e dez. Suponho que o assassinato tenha sido cometido logo após minha chegada, mas ainda não perguntei ao porteiro se vieram outros visitantes. A arma foi este florete, identificado por Alfeo Zeno como dele.

Missier Grande olhou-me em busca de confirmação. Até então não movera um único músculo no rosto.

— É meu florete — eu disse. — Usei-o para ir ao palácio ontem à noite, e o *fante* que se encarregou da arma confirmará que o devolveu. Quando chegamos em casa, por volta das sete horas, guardei-o no alto do guarda-roupa, fora do alcance das crianças. Não toquei nele depois disso. Foi roubado.

— Por quem?

— Filiberto Vasco.

O *vizio* riu. Ninguém mais o fez.

Quazza examinou-me em silêncio por alguns instantes. Retribuí o exame. Logo depois que me tornei aprendiz do Mestre, raptaram a filha de Quazza, literalmente arrancada dos braços da babá. Meu senhor previu e a resgatei de forma muito semelhante a como fiz com Grazia Sanudo, só que naquela escapada anterior, no excesso de precipitação juvenil, cheguei bem perto de receber a recompensa eterna. *Missier Grande* tem uma dívida comigo, portanto, mas isso jamais o desviará de cumprir o dever.

— Por que diz isso? — perguntou o chefe de polícia.

— Porque ele foi a única outra pessoa que sei que entrou no meu quarto durante a noite.

O olhar letal retornou ao *vizio*.

Vasco mantinha o confiante sorriso de escárnio, uma pena.

DAVE DUNCAN

— Eu montava guarda para impedir a entrada de intrusos no *salone*, como me instruíram. Quando desabou a tempestade, a janela no quarto de Zeno começou a bater. Após sérias pancadas, concluí que ele tinha morrido ou se ausentara. Para evitar dano ao prédio, entrei e...

— Arrombou a fechadura — interrompi-o.

— ... consegui entrar e fechei o trinco do batente. A cama não tinha sido usada. Não olhei embaixo, nem no guarda-roupa. Tampouco em cima deste. Saí e fechei a porta. Não vi a espada dele e não a peguei.

Minha canela machucada e esfolada doía. Embora a outra estivesse intata, de fato não tinha uma única perna na qual me apoiar. Se negasse ter saído da Casa Barbolano durante a noite, me revelaria facilmente um mentiroso pela prova do vidro quebrado, as barras da janela removíveis e a roupa molhada. Chamar Violetta como testemunha apenas pioraria tudo, pois nada mais fácil que a distinção entre uma cortesã "honesta" e uma meretriz comum. O tribunal ia supor que eu era o valente protetor dela, que Danese a machucara ou não lhe pagara, e eu o apunhalara. E lá se iria a minha cabeça.

— Você nega essa história? — indagou *Missier Grande*.

— Não posso responder às suas perguntas, *lustrissimo*.

Eu não tinha de responder, pois ele não é um inquisidor; cumpre as ordens dos Dez.

— Mas responderá às minhas.

O nobre adiantou-se. Andrea Zancani cumpria mandato como um dos Senhores da Vigia Noturna, os *Signori di Notte*, e por isso era o atual chefe do sargento Torre. Trata-se de um cargo inicial para a nobreza, e eu o poria em torno da

O CÓDIGO DO ALQUIMISTA

tenra idade dos trinta. Mora em San Remo, portanto o vejo com frequência na igreja.

Curvei-me para ele.

— Lamento, *clarissimo*, eu ia explicar que se trata de um assunto de Estado, no qual só posso responder ao Conselho dos Dez.

Vasco não emitiu um som, mas era óbvio que se deleitava imensamente.

Zancani fez cara de amuo e virou-se para *Missier Grande*,

— Vai prender esse homem, *lustrissimo*?

— Não tenho instruções relativas ao *sier* Alfeo — respondeu Quazza. — Preciso salientar, porém, que ele na verdade descende de nobres, *sier* Alfeo Zeno. Em consequência, só pode ser julgado pelo próprio Conselho dos Dez.

Zancani fez uma careta.

— Não parece. Mas vamos ter certeza de saber onde ele se encontra quando Suas Excelências o quiserem. Sargento, prenda o *sier* Alfeo.

— Bah! Isso é absurdo! — interveio o Mestre. — *Missier Grande*, sabe em que tipo de trabalho eu me acho envolvido, ou pelo menos para quem trabalho no momento. Sabe por que enviaram o *vizio* aqui ontem à noite... para proteger Alfeo. Agora deixará que o arrastem para dividir uma prisão com bêbados e criminosos? Quem o defende lá?

Missier Grande olhou pensativo para Vasco, que se acovardou. Sim, verdade, sua felicidade de antes diminuiu muito. Se o enviassem para o calabouço local comigo a fim de continuar a me proteger, ele ficaria em considerável perigo perto dos outros habitantes.

— Eu acolheria bem a companhia dele — prontifiquei-me —, mas o sargento Torre talvez se ressinta do dano à reputação de seu estabelecimento.

— Manterei Zeno sob prisão domiciliar — disse *Missier Grande* — e deixarei...

— Absurdo! — repetiu furioso meu amo. — Chega dessas tolices. — Tomou-me o cajado e afastou-me com uma cotovelada. — Venha sentar-se, *clarissimo*, e você também, padre. Alfeo, traga uma cadeira para *Missier Grande*, e você, sargento, tenha a bondade de mandar um de seus homens buscar Giorgio, meu gondoleiro.

O convite a sentar-se excluía Vasco e Torre, óbvio, por isso eu trouxe mais uma cadeira para perto da lareira, e depois me sentei atrás do doutor. Zancani, Quazza e o padre sentaram-se defronte a nós, com a expressão cautelosa, inescrutável e um pouco divertida, respectivamente.

— Agora, Alfeo — disse o Mestre, sem tentar olhar-me atrás. — Por que dizia tantos disparates momentos atrás?

— Disparates, mestre?

Eu vinha tentando, sobretudo, turvar as águas e forçar Vasco a revelar a verdade para impedi-lo de mudar as provas de acordo com a acusação que desejava fazer.

— Sabe a que me refiro! Que ficou sabendo, de fato, com o exame do corpo?

— Talvez eu tenha sido meio afoito ao tirar conclusões precipitadas — admiti. — Agora percebo que não vejo nenhuma pegada de sangue no piso aqui, portanto na arcada defronte à água nenhuma mistura de chuva e sangue encharca o lugar, como ocorreria se Danese sangrasse até morrer ali. Logo, não pode ter sido assassinado lá embaixo. Morreu em outro lugar e trouxeram-no para cá depois. De fato, com quase toda certeza já morrera antes da suposta chegada do *vizio* à Casa Barbolano.

— Com seu florete enterrado nele? — perguntou Vasco.

— Detalhe curioso, não? — Na verdade, esse detalhe quase me levava à loucura. Por sorte, conheço alguma coisa sobre demônios, por isso podia culpar Algol, mesmo sem ter esperança alguma de convencer um tribunal. — Dolfin morreu de bruços, mas pode não ter sido varado por detrás e caído para a frente, como se esperaria de um homem apunhalado na parte superior das costas. A ponta dessa espada mostra dano, Filiberto?

Ele olhou e disse, sem muita graça:

— Está embotada

— Uma boa estocada com florete atravessaria direto um crânio — continuei. — Um pulmão não ofereceria quase resistência alguma, nem uma costela, e no entanto a espada não se partiu, logo Danese não caiu com ela projetada do peito. Mas deve ter-se projetado do peito, pois foi ali que a aorta sangrou mais. O ferimento na perna esquerda também veio por trás, e precisamos explicar as manchas de sangue separadas na nuca, onde o rufo ficou esmagado. Não há lama no lado dorsal, como há no ventral.

— E sua conclusão? — perguntou o Mestre, impaciente.

Minha conclusão resumiu-se ao que eu vira no fogo e descrevera a ele então.

— Danese envolveu-se numa luta, mestre. O assassino arrancou-lhe a espada da mão e espetou-o com ela.

DAVE DUNCAN

— Baseia essa suposição no fato de ele ter quebrado o polegar direito?

Eu não vira isso.

— Por certo, e o pulso também mostra ferimento. Essas coisas podem ter acontecido quando ele caiu, porém o mais provável é que tenha sido quando o assassino lhe arrancou a espada do punho. A da perna com quase toda a certeza aconteceu em seguida, quando Danese tentava fugir e teria caído. Após incapacitá-lo, o atacante o feriu nas costas quando ele tentava levantar-se. Na certa Dolfin ainda quis levantar-se, e o assassino pôs-lhe um pé sanguinário na nuca para prendê-lo até morrer de hemorragia.

Mesmo o *Missier Grande* retraiu-se diante dessa imagem. O padre Farsetti cobriu o rosto com as mãos. Minha solidariedade era bastante genuína. Fora uma morte muito rápida, mas não agradável, se é que pode existir tal coisa.

— Depois de ele já morto — continuei — o florete foi empurrado todo, talvez apenas para torná-lo mais fácil de mover. O assassino trouxe-o aqui. Graças à aguda observação do *vizio*, sabemos agora que a ponta atingiu alguma coisa sólida, portanto precisamos procurar um lugar com piso duro... tijolo ou pedra... e extensas manchas de sangue.

— Obrigado — disse meu senhor. — Agora o que diz faz sentido. — Olhou ao redor até o lugar onde Giorgio esperava. — Ah, Giorgio. Ontem à noite, que horas eram quando Alfeo o mandou não deixarem incomodar-nos?

Giorgio parecia sinistro pelo fato de um *sbirro* ter ido buscá-lo — uma coisa dessas jamais acontecia a cidadãos respeitáveis —, mas levou um instante para pensar.

O CÓDIGO DO ALQUIMISTA

— Deve ter sido pouco depois das oito, doutor, pois já púnhamos as crianças na cama.

— E o que aconteceu então?

— *Sier* Danese Dolfin chegou e pediu para ver *sier* Alfeo.

Por um momento, ficamos todos em silêncio, enquanto digeríamos a informação. Vasco fechou a cara.

Nostradamus balançou a cabeça, como se esperasse algo assim.

— Quando?

— Às oito e meia, mais ou menos.

— Continue.

— Expliquei que o senhor e ele não deviam ser incomodados. *Sier* Danese disse que o problema era urgente e ia esperar.

— Que aparência tinha?

— Parecia aflito, doutor, agitado. — O próprio Giorgio começava a parecer do mesmo jeito, e também pesaroso.

— Não disse o que o preocupava, nem o que desejava. Mas estava muito nervoso. Tinha ficado aqui antes como...

— Como hóspede, sim. Então o deixou esperar no *salone* desacompanhado?

O criado assentiu com a cabeça, a expressão taciturna.

— Eu estava ajudando Mama... Ouvi a porta da frente se fechar. Ele tinha ido embora. Corri até a escada e o vi descer. De fato, o vi deixar o prédio.

— Você deu uma boa olhada? — insistiu meu amo.

Ele fez que não com a cabeça.

— Quase apenas a sombra, *lustrissimo*.

Em algumas ocasiões temos de jogar as cartas e esperar que a rodada seguinte saia melhor.

DAVE DUNCAN

— Perdoe-me, *vizio*. Não foi o único que poderia ter me roubado a espada ontem à noite.

O Mestre adiantou-se a mim, claro.

— Onde está ela? — perguntou.

Danese viera recuperar a própria espada, que eu esquecera de devolver com a mala. Ou bisbilhotara a Casa Barbolano em algum momento durante a estada aqui ou — o mais provável — correra o risco de revistar meu quarto enquanto Giorgio punha os rebentos para dormir. A parte de cima de um armário não é um lugar improvável para guardar armas quando há crianças por perto. Ele encontrara a minha e levara-a. Teria também levado a adaga complementar? Na certa não, porque fora desarmado numa escaramuça corpo a corpo; com uma adaga poderia ter apunhalado o adversário quando os dois ficaram próximos. Homens que portam espadas devem saber usá-las, e ele não sabia. Numa luta real, ao contrário de um duelo formal, um florete precisa de um parceiro para aparar golpes, uma adaga ou outro florete.

Um *sbirro* afastou-se para deixar-me passar. Contornei a audiência e fui até o armário de material médico, sem me apressar, enquanto elaborava a forma menos incriminatória de explicar por que tínhamos em nossa posse o que eu ia apresentar. Confessar que cruzei espadas com Danese na Riva del Vin menos de uma semana atrás não me isentaria de suspeita — longe disso.

O florete dele não tinha qualquer inscrição sofisticada no guarda-mão, apenas as iniciais. Entreguei-a ao *Signore di Notte* Zancani.

O CÓDIGO DO ALQUIMISTA

— Ontem o Mestre instruiu-me a arrumar na mala as roupas que Dolfin tinha deixado aqui e entregá-las a ele na Casa Sanudo. Ao fazê-lo, esqueci de incluir a espada.

Pura verdade, mas, como explicação coxa, quase paraplégica. De que modo a espada acima mencionada fora parar no armário de medicamentos? O *NH* Zancani estreitou os olhos como fendas numa masmorra. Chegou a dizer apenas...

— É exatamente como esta... — quando nos interromperam e tiraram o caso da sua jurisdição.

18

Sier Ottone Gritti, homem baixo e corpulento, viu muitos invernos. Os anos suavizaram-lhe as feições, curtiram-lhe o rosto até deixá-lo no tom da terra marrom-avermelhada de Siena, desbotaram os olhos para um azul leitoso e encaneceram a barba bem aparada; fiapos prateados aparecem sob a borda da boina nivelada. Curvado e de pés chatos, ele parece um arquétipo de avô. Embora raras vezes o vejam sem um sorriso sonolento e benévolo, tem o nariz em forma de bico ossudo que um corvo talvez admirasse. Isso é um aviso. Usava, por certo, os mantos negros do patriciado, assinalado nesse caso pelas mangas soltas de um membro do Conselho dos Dez. Dois *fanti* seguiram-no ao entrar.

A visão de um inquisidor na porta seria classificada no alto na lista dos Dez Piores Pesadelos da maioria das pessoas, sobretudo se o inquisidor em questão por acaso fosse Ottone Gritti.

Os três inquisidores do Estado não são os três chefes dos Dez, mas um subcomitê permanente do Conselho; sempre dois dos membros eleitos e um conselheiro ducal, dois man-

O CÓDIGO DO ALQUIMISTA

tos pretos e um vermelho. Os dois cargos têm *contumacia*, isto é, o homem precisa abster-se de participar de todo um mandato antes de ser reeleito, porém uma maneira fácil de contornar essa restrição é alternar os dois postos. Lembro poucas vezes em que Gritti não foi um dos Três. Tão logo expira o mandato num cargo, ele se elege para o outro. Mesmo que esse ziguezague o deixe fora do Conselho dos Dez durante quatro meses em cada vinte e quatro, recordo que pelo menos uma vez o Grande Conselho aumentou os Dez com uma *zonta* de quinze e incluiu-o. É como se a nobreza não conseguisse dormir bem se Gritti não mantiver os olhos em tudo para ela, na certa porque tem fama de ser o mais qualificado e implacável interrogador da República. O Conselho dos Dez jamais revela segredos sobre seus métodos ou membros, claro, mas persistem os rumores de que Gritti se sente muito feliz por ocupar o pódio na câmara de tortura e orientar o tormento, tarefa que a maioria dos homens sadios evita. Dizem que ele pode dobrar uma testemunha resistente mais rápido que qualquer outro — o que me parece uma espécie de misericórdia.

Até aí, tudo bem. Gritti é um firme defensor da República contra os inimigos, e nós o apoiamos nisso.

Mas possui um lado mais sombrio. Enquanto o doge Piero Moro se mostra um profundo cético em relação ao sobrenatural, ele revela-se um crente fervoroso, o que é muito pior. Se eu tirasse um ducado de prata da orelha de uma criança, o doge não acreditaria e talvez me fizesse uma acusação de fraude. Gritti acreditaria no que fiz. Qualificaria isso como magia negra e me chamaria de feiticeiro. Tem

DAVE DUNCAN

fama de ser mais assíduo no arrancar confissões de supostos feiticeiros sob tortura que até mesmo o rei da Escócia. Às vezes os colegas dão um jeito de contê-lo, mas outras não, e no caso atual tivemos sinais do envolvimento de forças demoníacas na questão da segurança nacional. Ninguém tentaria detê-lo nisso. O Mestre me avisou repetidas vezes de que ele é o homem mais perigoso de Veneza.

A sala caíra em silêncio.

— Ora, ora! — murmurou o recém-chegado, com um olhar radiante em volta. — Eu soube que temos um problema. — Reconheceu os presentes com um aceno de cabeça. — *Clarissimo* — a Zanconi. — Padre? Doutor? *Missier Grande? Vizio?* Sargento Torre, espero que sua esposa tenha se restabelecido. E Alfeo Zeno, claro! Meteu-se em encrenca de novo, Alfeo?

Fiz uma profunda mesura.

— Assim pareceu por alguns instantes, Excelência, mas creio que a crise passou.

O rosto de Vasco dizia que ela mal começara. O homem morreria feliz se pudesse me ver arrastado às galés, mas queimado na estaca seria muito melhor.

Sem se aproximar, Gritti franziu o cenho para o cadáver no canto.

— Nostradamus, essa desgraça tem alguma ligação com o assunto que lhe pediram para investigar duas noites atrás?

O Mestre respondeu:

— Tenho certeza que sim, *messer.*

Foi o que bastou. Um inquisidor do Estado está acima de quase todos. Em segundos, o padre Farsetti desapare-

O CÓDIGO DO ALQUIMISTA

cera, Zanconi se fora, levando o sargento Torre e os *sbir-ri*, e Giorgio fora dispensado para cuidar de seus deveres. Despediram *Missier Grande* com um sucinto:

— Sei que têm necessidade urgente do senhor em outra parte, *lustrissimo*.

Os dois *fanti* foram os últimos a sair, pois os mandaram guardar as portas.

Gritti instalou-se numa das poltronas verdes, enquanto Vasco e eu nos posicionávamos atrás de nossos respectivos superiores para dar sorrisos de escárnio um ao outro nas costas deles. Os contorcidos e estranhos restos de Danese Dolfin continuavam sob um lençol no canto.

O inquisidor cruzou as mãos sobre a pança redonda e disse:

— Prossiga, doutor.

Em seguida, ele quase pareceu cochilar, olhos semicerrados, a ouvir a história. De vez em quando balançava a cabeça pensativamente, ou até sorria. Desconfio que, no fim, teria podido recitar todo o relatório, palavra por palavra.

Meu amo contou os fatos da última semana. Deixou de fora o volume de seus honorários para encontrar Grazia e não falou de piromancia nem da *Aegia Salomonis*, mas admitiu ter usado clarividência. O famoso tio dele, Michel de Nostredame, tornara-a tão respeitável quanto a astrologia. Mesmo Gritti teria dificuldade para declarar aquilo magia negra.

Escutei com meio ouvido enquanto ordenava a maré de acontecimentos no Palácio dos Doges depois que partíramos. A bomba *VIRTÙ* do Mestre teria causado uma frenética hora de decifração. No fim, os chefes deviam saber muito mais coisas sobre as atividades de Algol que antes, menos

DAVE DUNCAN

a identidade. Se o houvessem feito, Gritti jamais se daria o trabalho de ir à Casa Barbolano; um simples assassinato não mereceria a sua atenção. Ao contrário, se os despachos de Algol se houvessem revelado puro mexerico e fraude, o caso teria sido logo encerrado. Portanto, por eliminação, os chefes concluiriam que ele tinha altas fontes informadas no governo, talvez até no próprio Conselho dos Dez. Em vez de revelar esse novo fato ao espião, haviam entregado o caso aos Três. Passando por cima da decisão dos chefes de retirar Vasco, os Três haviam enviado o *vizio* de volta à Casa Barbolano. O fato de ele ter chegado pouco depois das dez horas mostrava que *La Serenissima* pode mover-se mais depressa quando quer.

— Fascinante — murmurou Gritti no fim.

Permaneceu calado por algum tempo.

Percebi que eu parara de respirar, e recomeçara.

— O doutor deixou de relatar — disse Vasco — que esse aprendiz saiu do prédio clandestinamente durante a noite.

— Transpôs a janela e saltou para o outro lado da *calle* — explicou Gritti. — Vive fazendo isso. A lascívia de quem se excita com o perigo, Zeno? A sua ou a da prostituta?

— A dela, Excelência — respondi. — Para mim, basta pensar nela.

Ele deu uma risadinha.

— Não o culpo. Sou ciumento.

Claro que os Dez mantinham um dossiê sobre mim, e Gritti sabia o nome de minha amante. A excursão que eu fizera à meia-noite não mais tinha importância, desde que ele aceitasse que Danese me roubara a espada.

O CÓDIGO DO ALQUIMISTA

— Fascinante — repetiu o inquisidor. — Conheço o caso de Sanudo, sem dúvida. A história tem sido motivo de conversa no *broglio* há dias... a noiva prometida de Contarini que fugiu com o traste *barnabotto*.

Vasco balançou a cabeça com ar de pena dos outros lixos *barnabotto*. Ignorei-o.

— A carreira política de Zuanbattista talvez jamais se recupere — disse o inquisidor num tom divertido. — Ele deve presidir o Grande Conselho amanhã e até o momento não recuou. Agora vocês dizem que, "sem dúvida", a morte de Dolfin tem ligação com o caso de espionagem de Algol. Não vejo isso como evidente em si. Justifique sua alegação, doutor.

O Mestre assumiu uma expressão de perplexa senilidade.

— Sei que isso é correto, Excelência, mas ainda não estou em posição de apoiá-lo com provas.

Gritti deu um sorriso carinhoso, como uma criança teimosa.

— Entendo a diferença entre uma prova e uma hipótese em andamento.

— No entanto, devo recusar-me a revelar conjecturas que ainda não posso consubstanciar.

Vasco ergueu as sobrancelhas; ninguém desafia os Três e sai impune.

O inquisidor recostou-se na poltrona e deixou a máscara da comédia em favor do trágico.

— Seu trabalho ao decodificar a cifra de Algol foi brilhante, doutor, e a República o recompensará generosamente, mas agora insinua que um dos homens de mais alta posição no governo é um traidor e eu exijo saber os motivos. Não correrei a prender pessoas por meras suspeitas. Vamos ouvi-lo, Nostradamus.

Um grunhido do Mestre fez meu coração afundar. A obstinação dele beira a insanidade suicida.

— Não posso aceitar essas condições — ele respondeu.

— Lamento recusar-me a trabalhar mais neste caso.

— Acha que pode reter provas vitais à segurança do Estado?

— Já especifiquei que era mera opinião, não prova.

Eu não via o rosto do amo, mas a voz parecia de uma calma espantosa. Gritti, defronte, começava a mostrar sinais de irritação. Tinha o rosto já avermelhado mais rubro que nunca.

— Alfeo, quer responder à minha pergunta?

Espero que meu começo de susto tenha ocultado o calafrio simultâneo.

— Não posso, Excelência! Não faço ideia do motivo de meu mestre julgar que os dois crimes têm ligação. Diante disso, seria uma coincidência muito estranha.

— Não, não seria — contestou o inquisidor, impaciente. — Danese é... era, quer dizer... um notório devasso. Os Dez abriram um dossiê sobre o sujeito quando ele tinha quinze anos. Ontem, segundo diz você, ele voltou aos prazeres do leito da nova noiva, após uma semana de celibato forçado. No entanto, deixou a Casa Sanudo e correu de volta à Casa Barbolano para consultar o Mestre em estado de "agitação". Ele sabia do caso Algol?

— Não creio... — respondi. — Não, Dolfin não poderia. Os Angeli jamais mexericam sobre os assuntos do Mestre, e mesmo eles sabem apenas que o amo foi duas vezes ao palácio. Os Marciano embaixo fuxicam como estorninhos, mas nada sabiam de importante. Danese... viu o *vizio* aqui

O CÓDIGO DO ALQUIMISTA

naquela manhã e teria adivinhado que ele viera por assuntos de Estado. Era inteligente.

— Sonso, você quer dizer — corrigiu o inquisidor com ar de desgosto. — Então Dolfin foi procurar a espada dele e em vez disso encontrou a sua? Isso foi que bastou, ao que parece. Era o que tinha vindo buscar. Qualquer espada servia. Por isso fugiu. Não faz sentido que ele tenha topado com provas de traição na Casa Sanudo e por isso queria a espada? Você jura que essa ideia nem chegou a lhe ocorrer, Zeno?

Fiquei com a boca muito seca, a bexiga insuportavelmente cheia.

— Ocorreu, sim, mas afastei a ideia, Excelência.

— Por quê?

— Porque Danese não era herói. Era um espadachim inepto e sem treinamento, um mulherengo rico e ocioso de intensa vida social, que usava a espada para pavonear-se. Se houvesse descoberto a prova que o senhor sugere, teria corrido direto ao palácio e informado aos chefes, na esperança de ganhar uma recompensa. Traiu o *sier* Zuanbattista, depois traiu a amante para seduzir a filha dela, tudo em busca do dinheiro. Lembro-me de que quando ele era criança... Se olhar as primeiras entradas nesse dossiê de que falou, Excelência, acho que vai encontrar relatórios de que a ganância superava os escrúpulos do homem mesmo então. Teria cometido traição com a esposa do pai ou irmão por ouro, mas nunca os enfrentaria.

— Continua a ser uma hipótese válida. Não, doutor?

— Para mim, não — respondeu meu amo. — Concordo com Alfeo. Se Danese conseguisse incriminar os Sanudo, pai e filho, a filha haveria herdado tudo e ele poderia ter limpado a mesa. Ficaria com tudo para si.

Gritti disse:

— Então quem o matou?

— Eu suspeito, mas não posso provar.

Havíamos voltado ao início.

— Está apostando que eu não ousaria usar a força contra o senhor por causa da idade, Nostradamus?

O Mestre riu com vontade.

— Absurdo! Amarre-me no *strappado* e me farão em pedaços na primeira esticada. O coração pararia.

— Seu aprendiz é um rapaz forte.

Vasco ergueu os olhos para o céu e expressou com os lábios em silêncio algumas preces de agradecimento.

— Alfeo não sabe o que eu penso — disse o Mestre, menos confiante. — Não tem no cérebro o melhor órgão.

— Você pode deter o interrogatório dele a qualquer hora.

— Bah! A República afundou a ponto de torturar os inocentes?

O inquisidor riu.

— Ainda não! Você sempre foi um velho patife obstinado, doutor, e a cada ano piora. Mantenha suas teorias, então, mas vou cancelar a recompensa pela decifração do código.

Isso era diferente. Meu amo bateu com o minúsculo punho no braço da poltrona.

— É de uma obviedade gritante! Eu avisei aos chefes ontem à noite que esperava ataques contra nós, e pela manhã havia um cadáver em nossa porta. Por que aqui, na Casa Barbolano? Será que Algol deu um jeito de atrair minha investigação para um caso de assassinato sem importância?

O CÓDIGO DO ALQUIMISTA

Gritti curvou-se para a frente, entusiasmado.

— Você credita poderes mágicos ao espião?

— Quem o chamou de Algol?

— Isso não quer dizer nada. Ele podia com a mesma facilidade chamar-se Hércules ou Salomão. Quero que *você* lhe dê um nome. *Já!* Se tudo que tem são apenas suspeitas, continuo a querer ouvi-las. Se recusar, me verei obrigado a prendê-lo e ao seu aprendiz. *E* cancelar a recompensa.

Eu tornara a prender a respiração. O inquisidor tinha poderes para fazer a ameaça que quisesse e depois executá-la.

Nostradamus sabia disso. Teimosia é teimosia, mas aquilo era ridículo. Ele projetou os lábios para fora com uma expressão de raiva.

— Aguarde até amanhã. Então eu lhe entregarei Algol, se não em pessoa, pelo menos o nome, endereço e a prova para enforcá-lo.

Gritti recostou-se para pensar na oferta.

— Quando?

— Mais ou menos a esta hora. Mas aqui na Casa Barbolano, por favor. Já fiz demasiadas viagens nos últimos dias, e tenho as juntas como se houvesse passado todo o dia de ontem no seu *strappado*. Meu cajado, por obséquio, Alfeo. Venha fazer a *prima colazione* conosco amanhã, e eu lhe servirei Algol de sobremesa.

— Hum? E nesse meio-tempo, faz o quê?

— Recolherei a prova de que preciso para confirmar minha hipótese.

O inquisidor deu um sorriso angelical.

— Sou um homem paciente. Como queira. Mas será a sua última chance. — Apoiou as mãos nos braços da poltrona para levantar-se. — Agora preciso ir à Casa Sanudo e ver o que revela esse final da história. Procurarei, como você sugeriu, uma poça de sangue. *Vizio*, ontem à noite meus colegas e eu lhe ordenamos que defendesse Zeno, por isso acho melhor continuar a fazê-lo.

Deu um sorriso emoldurado em prata e de dentes tortos.

O velho patife ia mandar Vasco seguir minhas pegadas em qualquer missão que o Mestre tivesse em mente para mim. Se eu descobrisse Algol, o *vizio* poderia prendê-lo na hora e ficar com o crédito. Ele ainda não se dera conta disso, porém. Via apenas que ia ser minha babá por mais um dia, e parecia desgostoso com a perspectiva.

— Certamente, Excelência. Devo protegê-lo contra os perigos de viagem externa?

— Com toda a meticulosidade.

Melhor assim — o *vizio* ia ser meu carcereiro.

— E que devo fazer com a espada de Zeno?

A resposta a qual de fato ele gostaria era óbvia.

Gritti levantou-se.

— Limpe o sangue e devolva-lhe. Espero que não tenha acreditado a sério, *vizio*, que Alfeo Zeno assassinaria um homem e esqueceria de tirar do cadáver o florete com o próprio monograma.

19

Adiantei-me primeiro para chegar à porta, mas um dos *fanti* abriu-a antes que eu a alcançasse. Atrás vinha o *sier* Zuanbattista. Muito poucas pessoas teriam permissão de interromper Ottone Gritti, mas os conselheiros ducais não são qualquer um. A semana desde que eu vira Sanudo pela última vez cobrara-lhe um preço. Ele parecia mais grisalho e não exatamente tão ereto quanto antes, porém seria difícil um homem daquela eminência suportar pelas costas a zombaria dos iguais. Tinha de saber disso, e nada podia fazer, não havia como retaliar ou negar alegações que não eram proferidas na sua cara. Gritti e Zuanbattista cumprimentaram-se com as usuais mesuras profundas, mas omitiram o abraço. Ambos ignoraram os outros presentes.

— Estávamos a caminho do palácio — explicou Sanudo. — Já nos atrasamos, por certo. — Referia-se ao atraso para a reunião diária do *Collegio* pleno, a que o doge e os conselheiros compareciam, e portanto devia incluí-lo e a Girolamo. — Passei aqui para perguntar ao bom doutor se viu algum sinal de Danese Dolfin, que desapareceu de nossa casa ontem à noite.

Parou então e esperou, mas era óbvio que soubera a notícia — talvez pelo *fante* ou mesmo pelos Marciana no andar de baixo — e continuou a piscar os olhos para a forma drapejada do divã médico.

— O Senhor lá em cima o chamou, *clarissimo*.

Gritti conduziu-o ao canto e descobriu o rosto de Danese. A reação do recém-chegado pareceu convincente, nem de mais, nem de menos. Mas nunca se sabe. Um homem que matou outro em quase escuridão talvez desmaie à primeira visão do cadáver na luz do dia, embora eu tenha visto assassinos seriais exibirem completa indiferença.

— Encontraram-no hoje de manhã, no térreo — explicou o inquisidor. — Foi atravessado por um florete. Minha esposa se juntará a mim para estender nossa mais profunda solidariedade ao senhor e sua família. Sua pobre filha ficará desesperada.

Zuanbattista lampejou-lhe um olhar penetrante, como se suspeitasse de uma zombaria ou se sentisse tentado a dizer que a estúpida filha fora a causa de toda aquela encrenca.

— No térreo? Aqui?

— Na *loggia*. Mas não o mataram aqui, por certo.

— E o senhor não tem ideia de quem fez isso, ou por quê?

— Ainda não. Ele pode ter sido um circunstante inocente colhido no caso que o Doutor Nostradamus investigava para nós. É o que acredita o culto doutor, de qualquer modo... que Dolfin teve a grande infelicidade de estar por perto quando a pessoa que procuramos quis confundir as investigações deixando o cadáver em sua porta. Quando ele saiu da Casa Sanudo?

O código do alquimista

Só então Zuanbattista voltou-se, como para inspecionar a audiência — Vasco, o Mestre e eu. Todos nos curvamos. Ele não reagiu, por isso talvez nem nos tenha visto.

— Segundo minha filha, os dois passaram uma noite tranquila, apenas conversando. Haviam tido pouco tempo a sós para chegar a se conhecer um ao outro — Demasiado pouco tempo, era o que queria dizer. — Por volta das oito horas, o rapaz a informou de que precisava fazer uma visita. Ela ficou aborrecida, claro, mas ele explicou que tinha prometido visitar a mãe em San Barnabà e não demoraria muito. Garantiu a Grazia que tinha dinheiro suficiente para alugar gôndolas. Cerca de uma hora depois ela se retirou e daí a pouco foi dormir. Óbvio, o marido não tinha retornado pela manhã.

— Seu gondoleiro diz...?

— Nada. Fabricio já tinha saído para buscar minha esposa e a mim num concerto. Giro também não se encontrava em casa.

Gritti voltou os olhos azuis leitosos para mim.

— Quanto tempo você precisaria para ir daqui à Casa Sanudo, meu jovem?

O problema, sem dúvida, é que Santa Maria Madalena fica em Cannaregio, ao norte do Grande Canal, e San Remo ao sul dali, logo um pedestre teria de contornar pela ponte de Rialto.

— À noite? Não mais que dez minutos se conseguisse pegar uma gôndola, Excelência. A pé, de quinze a vinte. Se Danese não estivesse armado, talvez levasse mais tempo, para evitar as áreas mal-afamadas.

Em outras palavras, não sabíamos dizer com exatidão, mas fazíamos um cálculo de tempo razoável. Ele chega-

DAVE DUNCAN

ra ali depois das oito horas, segundo Giorgio, e partira antes de soar o toque de recolher às nove, quando Luigi devia trancar as portas. E morrera, de acordo com a estimativa do Mestre, antes das dez. Numa hora desconhecida, antes do início da chuva forte, haviam entregado o cadáver como produto de mercearia na Casa Barbolano. Importava muito mais saber agora *onde* ele morrera do que *quando* morrera. Danese tivera tempo de ir a qualquer parte na cidade.

— Quer me dizer — perguntou Sanudo — que a morte de meu genro foi apenas um desses assassinatos aleatórios que ferem nossa cidade de forma tão dolorosa?

Silêncio.

Ele era alto e sem dúvida ainda muito forte, mas velho. Apesar da idade, se *messer* Zuanbattista fosse um esgrimista exercitado, eu o imaginava vencendo Danese com uma espada. Mas não numa luta corpo a corpo. Se a visão no fogo me dera um verdadeiro testemunho dos fatos, não fora ele mesmo quem assassinara o genro, mas tinha um poderoso motivo e decerto dinheiro suficiente para mandar assassiná-lo. Aqueles ratos de beco costumavam trabalhar em bandos, embora a piromancia mostrasse apenas um assaltante. Até onde eu devia aceitar essas visões literalmente?

— É uma hipótese — admitiu por fim Gritti.

— Mas você não acredita.

Apesar da robustez aristocrática normal, o rosto esburacado de Zuanbattista corou, quase tão vermelho quanto o manto de conselheiro. Os crimes de rua cabem aos *Signori di Notte*, não aos Três. O inquisidor investigava traição.

O CÓDIGO DO ALQUIMISTA

Os dois se encararam com um olhar duro, ambos velhos, um de manto vermelho outro preto, um alto e anguloso, o outro baixo e com aparência de avô — no mínimo deviam ter trabalhado juntos durante décadas, ora sim, ora não, em conselhos, diretorias e comitês. Pelo que eu sabia, tinham sido amigos desde a infância, e agora um devia pensar na possibilidade de prender o outro por traição. Sanudo não dissera: *Et tu, Brutus?* em voz alta, mas esperava isso.

Gritti deu um suspiro.

— Não foi o que eu quis dizer. Poderíamos acreditar que a escolha da vítima tivesse se dado por casualidade se o encontrassem flutuando no canal, mas por algum motivo sem dúvida escolheram o local onde deixaram o corpo. Quase me sinto, com toda a honestidade, obrigado a desconfiar da coincidência, como Nostradamus, de um assassinato que complica a sensível obra dele para os Dez.

O outro não pareceu nem um pouco impressionado.

— Vai me perdoar se sugiro que a escolha da vítima poderia do mesmo modo destinar-se a ser uma distração, para jogar a suspeita sobre minha casa e longe do verdadeiro inquérito.

— Trata-se de outra hipótese válida, *clarissimo* — concordou Gritti. — Mas por que você veio aqui? Não perguntou primeiro se ele chegou à casa da mãe?

A pausa tornou-se silêncio antes de Sanudo responder:

— Grazia parece ter cometido um erro ao anotar o endereço da *madonna* Agnese Correr. Fica em algum lugar em San Barnabà, mas, quando Giro e eu perguntamos no lugar que ela nos indicou, não conheciam a senhora lá.

DAVE DUNCAN

Outros moradores da paróquia saberiam onde a senhora morava, mas não revelariam de boa vontade essa informação a estranhos, sobretudo a dois altos membros do governo,

O inquisidor olhou-me.

— Se não me falha a memória...

Dei um suspiro.

— A senhora chama-se Agnese Corner, não Correr.

— Um deslize de caligrafia — disse Gritti, em tom apaziguador. — Não foi a primeira vez que se confundiram esses dois nomes patrícios. Não conheceu a senhora?

Zuanbattista não se deixou enganar pela delicadeza.

— Não. No dia em que soubemos do casamento, mandamos Danese levar um convite para encontrar-nos, mas ela recusou, alegando enfermidade. Dolfin nos contou que na verdade a mãe sentiu vergonha da pobreza e pediu-nos para ter paciência enquanto ele encontrava algumas roupas para a senhora dignas da futura posição que ele ia ocupar. E agora precisamos comunicar-lhe a morte do filho, e perguntar seus desejos em relação ao funeral.

— O padre saberá onde encontrá-la — disse o inquisidor, de novo delicado. — Os informantes dos Dez também o farão. Vou mandar um recado para que ele possa ir confortá-la. Será melhor se eu for fazer algumas perguntas à sua família agora mesmo, *lustrissimo*, e liquidar o assunto. Você voltará para casa agora, imagino, para dar a trágica notícia à sua filha?

E a notícia bem-vinda à sua esposa? Queria ele dizer isso também? Insinuava que podia levar todo o estabelecimento Sanudo ao palácio para interrogatório? Assim se tratavam as pessoas inferiores.

O código do alquimista

Zuanbattista deu de ombros.

— É, somos obrigados. Pode me ceder um homem para levar uma mensagem ao Sereníssimo, explicando nossa ausência?

— Certamente. Alfeo, um papel, por favor.

Apressei-me a apresentar pena, tinta, areia, cera e papel, e os coloquei no meu lado da mesa, pois sabia que Sanudo era destro e ia preferir ter a luz da janela à esquerda. Quando ele se instalou em minha cadeira e acendi uma vela para permitir-lhe escrever e selar a carta, a porta tornara a abrir-se e Gritti gritava para Girolamo, envolto no manto roxo, que devia ter estado à espera no *salone.*

Suspeito número dois.

O recém-chegado retribuiu pró-forma a mesura do inquisidor, pois já cravara os olhos na sinistra figura no canto. Sem uma palavra, foi até lá e ergueu o lençol do rosto. Quedou-se em muda contemplação por um instante, depois caiu de joelhos e rezou. Olhei pensativo para o Mestre, mas ele examinava Gritti, que por sua vez me vigiava, e parecia achar alguma coisa engraçada. Quem saberia o que divertiria tal homem?

Suspeito número dois: Girolamo sem dúvida teria melhor sorte numa briga com Danese do que tivera o pai, mas eu ainda apostaria contra ele, sobretudo se Dolfin estivesse armado com uma espada contra apenas o punhal do cunhado, como sugeria minha piromancia. Como o pai, Giro podia dar-se o luxo de mandar um auxiliar contratado em seu lugar. Mais uma vez, era demasiado fácil encontrar um motivo. Não parecia uma política provável, concluí, nem mesmo o dinheiro. Zaccaria Contarini haveria imposto um imenso dote para casar Grazia, mas

DAVE DUNCAN

Danese Dolfin por certo se veria obrigado a contentar-se com muito menos. Mas paixão? Teria ele na verdade sido amante de Giro? Ciúme e traição desencadearam muitas mortes violentas.

Girolamo terminou a prece e levantou-se. Ao virar-se, tinha a expressão tão impassível como sempre, e no entanto um brilho nos olhos sugeria que chorara, ou chegara muito perto. O homem de gelo derretia-se.

— Quem fez isso, e por quê?

Gritti tornou a explicar.

O Mestre continuava sentado na poltrona vermelha, o cajado agarrado como se fosse uma pequena árvore duende, má e envelhecida. Eu imaginava o que ele vira ou criara para sentir-se tão seguro da identidade de Algol. Parecia que precisava de mais provas, e recolhê-las cabia a mim, mas como devia fazê-lo com Vasco na minha cola o dia todo? Senti o estômago murmurar alguma coisa sobre desjejum. Eu não tivera nem chance de me barbear.

Zuanbattista selou a nota com cera e o anel de sinete, e levantou-se para entregá-la a Gritti. Depois se voltou para Nostradamus.

— Pelo que sei, ele não tinha parentes homens, portanto cumpre-nos organizar o funeral. Vou mandar buscar o corpo. — Olhou-me. — Zeno, sabe onde mora *madonna* Corner Dolfin?

— Sei onde ela morava anos atrás, *clarissimo*.

Fazia mais tempo ainda desde que eu falara com a senhora, e a perspectiva de levar-lhe tão terrível notícia em nada me atraía. Podia, por certo, apenas procurar o padre Equiano ou outro sacerdote e jogar o pavoroso fardo nos

O CÓDIGO DO ALQUIMISTA

ombros dele. Por outro lado, queria de fato saber se Danese fora lá após roubar minha espada.

— Grazia disse que você era o melhor amigo de Danese. Seria um favor a ela e a todos nós se desse a notícia à família — continuou Sanudo.

Rejeitei a tentação de dizer-lhe que o falecido genro fora um egrégio mentiroso, mas tomei uma nota mental para esclarecer isso com o inquisidor.

— Alfeo pode fazer-lhe um favor muito maior, Excelência — disse o amo, com um risinho do qual havia muito eu aprendera a desconfiar. — Quer dizer, sem nenhuma ofensa pessoal quando falo isso. Por favor, acredite que penso apenas no seu bem-estar. Convenci-me agora de que há uma maldição sobre sua casa, e esta é a causa de todos seus problemas.

Ottone Gritti ficou tenso como um perdigueiro que fareja caça. Todos os demais apenas pareceram desorientados e tenho certeza de que isso me incluía.

— Que tipo de maldição? — perguntou o inquisidor. — Fala de bruxaria?

Tive uma sensação muito inquietante de que Nostradamus falava bobagem para livrar as próprias costas da provocação de Gritti. Se assim era, fazia um jogo bastante perigoso e talvez eu fosse o primeiro a sofrer por isso.

— Não — ele respondeu, solene. — Ou melhor, sim, mas não bruxaria feita por qualquer feiticeira viva, nenhuma ao seu alcance. Não sei de onde veio. Desconfio de que seja antiga, remonta há vários séculos. Já ouviram falar no pica-pau *Jynx*, Excelências?

— Há um pássaro com esse nome — respondeu Zuanbattista. — Vi um engaiolado em Constantinopla.

— Interessante — murmurou meu amo, de olho fixo nele. — Mas provavelmente não tem importância. É tarde demais. Esses infortúnios antedatam sua visita lá. O *Jynx*, ou torcicolo, é um tipo de pica-pau, do gênero *Jynx torquilla*, encontrado nos Bálcãs, entre outros lugares. Quando perturbado, vira a cabeça num grau extremo e sibila para o intruso. Há muito o usam em bruxaria, pois tem fama de deitar azar sobre as pessoas. Na verdade recebeu esse nome por tais maldições, por isso, se digo que seus problemas atuais derivam de um torcicolo, *clarissimo*, não quero sugerir que traz um pássaro morto pendurado no pescoço.

— Sugere exatamente o quê, então? — perguntou, irado, o homenzarrão.

— Que algum artigo amaldiçoado em sua casa tem espalhado o mal como o miasma de um fétido pântano espalha a febre. Trata-se de um talismã virado de cabeça para baixo, uma fonte de infelicidade, em vez do bem. Seja o que for, deve ser caçado e destruído. Alfeo pode pelo menos identificar a origem do mal para o senhor.

A barba de Zuanbattista contorceu-se de descrença.

— E como ele faz isso?

Ergui o queixo, para parecer competente e destemido, e não apenas perplexo.

— Ele sabe o que procurar — respondeu o Mestre. — O homem de Vicenza o guiará.

Eu continuava sem entender, mas adivinhava que ele queria liberdade de ação sem Filiberto Vasco nos calcanha-

O CÓDIGO DO ALQUIMISTA

res, e a única forma de livrar-se do sujeito era livrando-se de mim. Só me restava esperar que a separação não fosse demasiado permanente.

Sanudo fuzilou-me com os olhos, e deixou cair a nobre inescrutabilidade.

— Quando consagraram Zeno bispo ou inquisidor eleito do Estado? Já não tive problemas suficientes para ter de aguentá-lo de novo?

— Não há mal nenhum em deixar o rapaz tentar — respondeu Ottone Gritti, com um sorriso benévolo. — Vou me interessar muito em ver como ele leva isso a cabo.

Zuanbattista suspirou.

— Muito bem. Se eu tenho de carregar o camelo, não vou contar as pulgas.

20

Já embaixo, no portão diante da água, Ottone Gritti continuava absolutamente no comando. Despediu-se dos Sanudo e prometeu segui-los em breve. Se a houvesse escrito em fogo, não poderia tornar a mensagem mais clara: *Se assassinaram Dolfin, fujam para salvar a vida.* Uma família menos elevada não teria recebido tal oportunidade, mas se oferecia a alguns patrícios em altas posições, culpados de grandes crimes, a opção de ir para o exílio voluntário e voltar quando se houvesse arrefecido a confusão, após se negociar uma enorme multa. Havia circunstâncias muito atenuantes quando a vítima fora um gigolô e legalmente um estuprador. E continha um segundo recado, também. Traição era muito pior que assassinato, e o inquisidor não estenderia tal misericórdia a suspeitos desse crime. Devia ter muita certeza de que os Sanudo não se haviam envolvido em espionagem. O que ele sabia que eu não sabia?

Após ter-nos despedido com mesuras dos Sanudo no canal, ele dirigiu-se a mim.

O CÓDIGO DO ALQUIMISTA

— *Sier* Alfeo, eu devia ter perguntado isso ao bom doutor, mas é óbvio que ele o treinou bem, por isso me dê uma opinião de especialista. Você falou em hemorragia interna. Calcularia em quanto a dimensão do sangramento?

Um homem de tal posição elogiar um jovem como eu desse jeito era tão inusitado que quase chegava a ser uma farsa e me assustou em enorme extensão.

— Não sou especialista, Excelência! Com certeza não sou doutor. Sua própria opinião em tais assuntos valeria muito mais que a minha. Mas, como me honra com a pergunta, observo que as roupas do cadáver estavam encharcadas de sangue, por isso qualquer superfície onde ele se estendia deveria ter no mínimo algumas manchas. A lama no resto das roupas indica que ele morreu ao ar livre, logo a essa altura a tempestade deve ter lavado os indícios.

Ele balançou a cabeça com gravidade, como se minhas palavras fossem uma promulgação da Universidade de Pádua.

— Trata-se de um risco, sem dúvida, mas a questão é importante.

Dirigiu-se a um dos *fanti*, o mesmo Marco Martini que intimara o Mestre dois dias antes. O outro, um homem mais alto, com cerca da mesma meia-idade, eu mais tarde soube chamar-se Amedeo Bolognetti.

— Marco — disse Gritti —, quero que você vasculhe a paróquia. Reviste as *calli* e *campi* em busca de manchas de sangue. A vítima sangrou até a morte poucas horas antes de começar a chuva. Amedeo, entregue esta carta à *Signoria* e depois descubra com os chefes se alguém na cidade comunicou manchas de sangue. Apresente-se a mim na Casa Donato Maddalena.

DAVE DUNCAN

Embarcaram na gôndola do governo e partiram, deixando Marco saltar no fim da *calle*. Ficamos o inquisidor, Vasco, Giorgio, com um ar surpreso, e eu.

O velho sorriu carinhosamente.

— Não se incomodarão se eu acompanhá-los quando visitarem *madonna* Corner?

Claro que aquiesci com uma mesura.

— Seu apoio é bem-vindo e uma honra, Excelência. Campo San Barnabà, por favor.

Gritti embarcou e instalou-se na *felze*. Quando tentei juntar-me, ele me afastou com um aceno de mão.

— Sente-se ali. O *vizio* é demasiado conspícuo.

Isso me deixou no chuvisco do lado de fora, claro, olhando-o e ao presumido Vasco sob a *felze*, mas na verdade a chuva constituía um alívio após os longos meses de calor. Em breve deslizávamos, e o remo de Giorgio batia as águas salpicadas de chuva. Em cada margem, os séculos passavam fluindo — um prédio do XIV, outro do XV, outro do XII, um moderno do XVI. Logo devíamos iniciar o XVII, o que pareceria estranho. Algumas gôndolas nos ultrapassavam e outras nos seguiam. Mesmo num dia tão sombrio, os gondoleiros cantavam sobre as águas e os canários nas altas janelas.

— Devo explicar, *clarissimo* — eu disse —, que jamais incluí Danese Dolfin entre meus amigos. Com toda a certeza, ele nunca se comportou como tal comigo. Não imagino por que diria outra coisa à esposa. Deve ter mentido também sobre o nome e endereço da mãe.

— Alguns mentirosos não precisam de motivo, lamentavelmente — respondeu o inquisidor. — Parecem sentir que

O CÓDIGO DO ALQUIMISTA

falharam se têm de falar a verdade. — Na certa, ninguém sabia mais do assunto que ele, mas ainda fazia o papel de avô jocoso. — Diga-me como se faz para identificar um feitiço. Não devia ter trazido algum tipo de equipamento? Uma Bíblia? Um gato treinado?

Não havia escriba nenhum a postos para anotar minhas palavras. Se eu lhe perguntasse, ele me diria que não seriam usadas contra mim, mas isso não o impediria de repetir as mesmas perguntas em circunstâncias mais estressantes — como, por exemplo, quando eu tivesse os pulsos amarrados às costas e eles me pesassem pendurado no *strappado*.

Por sorte, eu já elaborara a essa altura o que meu amo insinuara. Deu-me vontade de estrangulá-lo por não me dizer antes, pois ele sabia alguma coisa que eu não, mas talvez não tivesse tanta certeza quanto fingira.

— Se meu amo pretendia dizer o que acho que disse, Excelência, só posso dar um indício, e o senhor entenderá. Se estiver enganado, não poderei identificar coisa nenhuma. Nostradamus muitas vezes se mostra enigmático, como sabe.

Ele deu uma risadinha.

— Acho que você está pegando o hábito. Fale-me dos elementos do fogo.

Soaram sinos de alarme.

— Segundo a teoria, Excelência, deve-se identificar a fonte do mal pela invocação desses elementos, que são...

— Moralmente neutros. Li o depoimento de seu mestre. Não sei se a Santa Madre Igreja concorda com essa interpretação, mas prossiga. Envolve o quê?

DAVE DUNCAN

— Muito abracadabra, mas em essência significava sentar-se diante do fogo e devanear.

— E que viu você?

Parecia genuinamente interessado. Sei que estava, pois se podia tomar quase tudo que eu dizia como admissão de bruxaria. Lembrei-me que lidava com um fanático.

— Vi muitas coisas, Excelência. Sapatos e oliveiras, galeões e campanários. Mulheres. Apenas devaneios. Nada de demônios, nada de Algol.

A confissão de que eu vira o assassinato antes que acontecesse seria fatal: Êxodo 22,28, Deuteronômio 18,10.

— Quem assassinou Dolfin?

— Não tenho a menor ideia, *clarissimo*.

— Mas tem suspeitas. Diga-me.

Fiquei lisonjeado por ele julgar minha opinião digna de ser ouvida, mas uma conversa amistosa com Ottone Gritti era brincar com um leopardo adulto.

— Qualquer um pode levar uma punhalada nas costas. Mas a espada que matou Danese era dele — legalmente minha, decerto —, quer dizer, ele a usava. Só um adversário ágil e forte poderia desarmá-lo numa luta corpo a corpo. Quando ele roubou meu florete, devia ter levado a adaga também! — Bati nela, pendurada do meu lado direito. Pusera a espada de volta embainhada no lugar à minha esquerda, e confortava-me — A espada foi abandonada, portanto o motivo não se deveu a roubo, e um assassino aleatório não teria por que jogar o cadáver na Casa Barbolano.

Gritti ouvia com lisonjeira atenção.

— Logo?

O CÓDIGO DO ALQUIMISTA

— Parece mais provável um assassino contratado, *clarissimo*, e podem-se encontrar muitos desses rufiões. Assim, a questão torna-se saber quem o contratou. Quase qualquer pessoa na família Sanudo tinha motivo. Fizeram do *sier* Zuanbattista e da esposa alvos de ridículo, em termos políticos e sociais. *Sier* Girolamo em menor medida, mas correm rumores de que seu interesse por Dolfin era menos que honroso. Qualquer um deles pode ter desejado salvar Grazia de um desastroso casamento em potencial. E talvez ela tenha entendido seu engano, embora eu não veja meio prático de uma dama daquela idade e posição sair e alugar um assassino. Como o senhor mesmo disse, Excelência, Dolfin era um devasso, portanto até mesmo os criados podiam ter motivos.

— Esperei algum comentário, e, como não veio, continuei:

— Eu gostaria de saber onde estava Girolamo na hora do assassinato.

— Pergunte a ele.

Intrigado, respondi:

— Excelência?

— Pergunte a ele. Falo sério. — O inquisidor sorriu com uma secreta diversão. — Ele lhe dirá a verdade. Sua lista de motivos deixa de fora o que mais me interessa. Se Zuanbattista ou o filho é Algol, Dolfin deve ter dado por acaso com o segredo e sido assassinado para impedi-lo de revelar.

Ele fazia joguinhos comigo, além de ter muita certeza de que nenhum dos Sanudo era o espião, e a essa altura eu já compreendera por quê. Fazia sentido e complicava tudo. Se os Sanudo não eram traidores, seria muito mais difícil vê-los como assassinos.

— Teria de ter sido feito com muita rapidez — respondi —, porque Danese não era herói, como já lhe disse. O *sier* Zuanbattista o agarrou, o *sier* Girolamo o desarmou e apunhalou? Devia haver vestígios de sangue em algum lugar na casa Sanudo. Por que ele veio buscar a espada? Teria sido a agitação comunicada por Giorgio apenas impaciência por manter uma gôndola à espera?

Insisti, pois assassinato era um assunto mais seguro que a piromancia.

— Só li uma página dos documentos de Algol, e esta tratava de questões navais. Sei que outra começava por citar o Conselho dos Dez, mas não o que vinha depois. Talvez continuasse sem nada revelar de mais arrasador que o édito no mês passado sobre vestuário masculino. Mas devo presumir pelo seu interesse nesses fatos, Excelência, que os despachos continham importantes vazamentos de informações secretas de segurança do Estado.

A máscara de avô caiu um pouco.

— Presuma o que quiser, mas tenha cuidado em relação a quem vai contar isso.

— Eu não faço uma alegação tão terrível assim contra nobres honrados como esses — protestei. — Na verdade, é óbvio que não têm culpa. Ninguém sonharia em suspeitar deles, não fosse o fato do *sier* Zuanbattista ser conselheiro ducal e o *sier* Girolamo ministro da Marinha. Não creio que ocorra essa combinação em qualquer outra família da República no momento.

Gritti suspirou, mas continuou a me observar com toda a atenção.

— Não ocorre. Por que diz que eles são obviamente não culpados?

— Porque é claro que o senhor não acredita que sejam, senão teria usado o assassinato como pretexto para prendê-los e vascu-

O CÓDIGO DO ALQUIMISTA

lhar a casa deles. Imagino se talvez as informações nos despachos de Algol, embora no fundo corretas e danosas, também continham alguns erros que nenhum dos dois Sanudo cometeria.

Não se podia encurralar tão fácil o velho vilão.

— O inquisidor é quem faz as perguntas, Alfeo.

Contorci-me.

— Sim, *clarissimo*.

— *Vizio*, tem toda a certeza de que Nostradamus não decifrou mais de uma página e as palavras de abertura de outras duas?

— Absoluta, Excelência.

O enganoso olhar benévolo retornou a mim.

— Por algum acaso é você um daqueles prestidigitadores de palco que memorizam páginas de texto com uma só olhada, Alfeo? E Nostradamus também?

— Ele é muito melhor nisso que eu — respondi. — Mas memorizar uma página de texto é fácil em comparação a fazer o mesmo com uma página de letras aleatórias. Nenhum de nós poderia ter feito isso. Eu sei, porque já tentei.

Nosso barco fez uma curva, entrou no Rio di San Barnabà e a velha igreja assomou à esquerda, com o *campo* além. A chuva tornava-o menos movimentado, e diminuía o grupo de mexericos em torno do muro ao redor do poço.

Indiquei:

— A escada do ancoradouro diante do *campo*, por favor, Giorgio. *Madonna* Corner morava ali, Excelência... a casa marrom, último andar.

O velho já puxara a cortina.

— Tinha de ser no último andar, claro. O *vizio* e eu somos muito conspícuos. Vamos ficar ocultos enquanto você descobre por onde anda ela agora.

21

Precisasse eu visitar o grupo reunido em torno do bocal do poço, talvez ficasse detido ali o dia todo, mas tive a sorte de cruzar o caminho da velha viúva Calbo, que se lembrava muito bem de mim. A idosa senhora jamais tolerou conversa fiada, e continuava a não tolerar, por isso logo voltei à gôndola para informar que *madonna* Agnese Corner ainda morava onde sempre havia morado quando eu deixara San Barnabà, e passara a receber hóspedes. Ofereci a mão a Gritti para ajudá-lo a desembarcar.

— Vá buscar um padre — ele ordenou a Vasco. — Mas não tenha a menor pressa. Zeno, venha comigo.

Nenhum estranho em trajes patrícios e longas mangas do Conselho dos Dez podia atravessar o *campo* sem chamar a atenção, mas não se tratava de uma visão rara o suficiente para fazer formar-se uma multidão. Ao encaminhar-se para a igreja, o *vizio* atraiu mais olhares, e distraiu a atenção de Gritti e do aprendiz que o acompanhava.

Eu conhecia aquela escada. Doze anos atrás levara recados acima e abaixo dela e outras semelhantes por toda a paróquia de San Barnabà. Conhecia cada degrau gasto e rachado, cada vidraça quebrada nas janelas, cada piso inclinado de cerâmi-

O CÓDIGO DO ALQUIMISTA

ca. Cheiros havia muito esquecidos permaneciam; a tosse no segundo andar não matara ainda o dono. Eu quase sentia as alças dos antigos baldes d'água que carregava me morderem as mãos. O inquisidor andava num ritmo mais devagar do que era meu habitual quando jovem, e parou a poucos passos do topo, embora não parecesse ofegante.

— Siga na frente, Zeno. Odeio ver lágrimas de mulher.

Mas não o barulho dos gritos masculinos? Fui sozinho. Dali, ele conseguiria ouvir o que se dissesse.

Eram quatro portas. Bati na que me lembrava ser a dela. Escutei a água pingando do teto com goteiras, o ar continuava desagradavelmente quente, apesar da chuva. Aquele sótão teria sido um forno nos últimos seis meses.

Após algum tempo, comecei a ter esperança de que a senhora não estivesse em casa e eu pudesse escapar ao terrível dever. Tornei a bater, mais alto. Uma porta rangeu ao abrir-se atrás de mim e me senti vigiado, mas isso é normal e até louvável.

— Quem é? — perguntou uma voz de que me lembrei logo, muito grossa para uma mulher.

— Alfeo Zeno, *madonna*. Lembra-se de mim?

Um ferrolho matraqueou e ela abriu a porta. Eu a lembrava como uma senhora alta e grandiosa, nas belas roupas que usava quando o marido ocupava um cargo no continente, embora em retrospecto suponha que só eram dignas de nota pelos padrões dos *barnabotti*. Parecia mais baixa que eu agora, e os finos trajes sem dúvida tinham desaparecido muito tempo atrás nas lojas de penhor do Ghetto Nuovo. Tinha a luz por trás ao me inspecionar, mas eu via demasiado bem a carne flácida e o inchaço de seu rosto.

247

— Sim, lembro de você. Aposto que não serão boas notícias que traz.

— Não, *madonna*, não são. — Minha consciência rebelou-se à perspectiva de deixar Gritti parado lá atrás, à escuta do sofrimento da mulher. — Posso entrar?

Que o inquisidor se mostrasse, se quisesse ouvir.

— Não — ela respondeu. — Tenho trabalho a fazer. Fale e vá embora. Que ele fez agora?

Abri a boca para perguntar *Quem?*, e o desprezo naquele olhar me deteve.

— Ele... se meteu numa briga, *madonna*. Danese, quer dizer.

— Quer dizer que morreu?

Fiz que sim com a cabeça.

— Que Deus dê repouso à sua alma, minha senhora.

Persignei-me. Ela não.

Na verdade, encolheu os ombros e achei que ia tentar dar-me com a porta na cara. Claro que não ia chorar, decerto não onde me permitisse vê-la, e talvez de forma alguma. Era filha de uma das grandes famílias, mas de um ramo empobrecido. A vida já esgotara todo pranto possível de Agnese Corner.

— Como?

— Não sabemos. Apunhalado com um florete — respondi. — Deve ter sido muito rápido — menti. — Ele... A senhora sabe que ele se casou?

Por fim consegui uma reação da mãe — ela sorriu.

— Uma viúva rica, três vezes mais velha que ele?

— Não, *madonna*. Rica, sim, mas jovem. Grazia Sanudo, filha do *sier* Zuanbattista e da *madonna* Eva Morosini. A senhora não sabia?

O CÓDIGO DO ALQUIMISTA

Ela balançou a cabeça em negativa, como se tentasse livrar a boca de um gosto ruim.

— Não tenho notícia de meu filho desde o dia em que descobri onde ele conseguia dinheiro e como o ganhava, e isso foi antes de crescer-lhe a barba. Não sei se alguma das irmãs manteve contato, porque as proibi de algum dia mencioná-lo em minha presença. Portanto, não espere que eu pague pelo funeral. Nem que use luto por ele, tampouco.

Ela não podia ter sabido que Gritti a escutava. Mas que os vizinhos, sim; queria que escutassem. As palavras despertavam dez anos de sofrimentos, como espectros no corredor escuro.

— A família da esposa dele cuidará dos ritos. Danese de fato contou-lhes que falou do casamento à senhora.

Ela tornou a rir.

— Ele não veio vê-la ontem à noite?

— Não bateu na minha porta e eu não a teria aberto se o fizesse.

Eu suava. Jamais tivera uma conversa pior com alguém, e saber que um inquisidor do Estado se escondia logo ali no canto não me fazia sentir melhor.

— *Madonna*, a senhora conhece alguém que pudesse ter um motivo para querer seu filho morto?

— Qualquer marido, pai ou irmão em Veneza. Qualquer mulher ou mãe. Soube de boas coisas sobre você, Alfeo. Obrigada por vir.

Retirei o pé antes de ela descobrir que o mantinha ali e fechasse a porta.

A de trás de mim também se fechou. Ferrolhos correram ao mesmo tempo.

Desci três degraus e encontrei Gritti bloqueando o caminho.

— Ela já sabia? — ele perguntou.

— Não sei — admiti. — Simplesmente não sei.

— É possível?

— É — respondi. — É possível. Por favor, vamos embora antes que chegue o padre.

Não me achava em condições de enfrentar as censuras do padre Equiano.

22

Giorgio levou-nos no barco até o fim do Rio di San Barnabà e dobrou para o norte junto às melhores de todas as magníficas ruas da Europa, o Grande Canal, um desfile de esplêndidos palácios de cada lado. O imenso curso d'água era apenas um pouco menos movimentado numa manhã de sábado que na maioria dos dias, quando ficava bastante azafamado. Rumamos para norte e leste, sob o lotado arco da ponte do Rialto, dobrando para noroeste e contornando as ruidosas feiras de legumes e peixes à esquerda e de Cannaregio à direita, até entrarmos nas vias mais estreitas do Rio di Noale.

Ao deslizarmos rumo aos degraus de acesso, notei a gôndola da casa de Sanudo ancorada ali entre outras, incluindo um barco do governo, mas não vi sinais dos *fanti*. As mulheres na *fondamenta* deixaram de tagarelar para ver Gritti desembarcar, embora a capa vermelha do *vizio* na certa as impressionasse mais, pois a visita não podia ser social.

Vasco bateu na aldrava de cobre em forma de âncora. O jovem lacaio Pignate abriu a porta no mesmo instante.

Tinha o rosto pálido como a barriga de um peixe, logo fora comunicado do assassinato, e sem dúvida também avisado de que o visitante esperado era um inquisidor.

Pela quarta vez notava a grande coleção de livros no *androne*, e a cada visita o móvel avançava ainda mais na estrada desde os caixotes de embalagem às prateleiras da biblioteca, mas eu nunca vira alguém metendo mãos à obra ali, como se os volumes se rearrumassem sozinhos à noite, quando pessoas não podiam ver. Concluí que carregadores comuns não teriam condições de organizá-los de forma ordenada, assim os amanuenses dos editores da família vinham fazendo o trabalho em horas vagas. Ninguém jamais encontraria tempo para ler coleção como essa, só invejar. Esperei com ardor que meus deveres não me exigissem percorrer obra por obra, à procura de aranhas.

Subimos a escada até o *piano nobile*, onde Giro nos aguardava. Após livrar-se das roupas oficiais, mais uma vez não passava de um cavalheiro privado com estranhas roupas simples. Não se ofereceu a dar boas-vindas nem fingiu que nossa visita era social.

— Meus pais estão com Grazia — disse ao conduzir-nos ao *salotto*. — É um momento muito doloroso para nós.

— Decerto que sim — concordou Gritti —, e sua provação será o mais breve possível. Vou falar primeiro com os criados, com sua licença.

Nesse dia, as portas da sacada haviam sido fechadas contra a chuva e o jardim parecia sombrio e úmido. O inquisidor escolheu uma poltrona que o deixava de costas para a luz, a pouca que havia, e, quanto a mim, ocupei uma

O CÓDIGO DO ALQUIMISTA

próxima, da qual podia examinar o retrato de casamento de Michelli. Andrea Michelli é também conhecido como Andrea Vicentino, o Andrea de Vicenza. Devia ser isso que quisera dizer a insinuação do Mestre, pois eu lhe falara daquele retrato incomum. Por que um morto se intrometera em minha piromancia? Eu vira a mulher dele abatida também. Desviei a mente das implicações.

Vasco preferiu uma poltrona de onde pudesse me observar, mas não teve chance de sentar-se.

— *Vizio* — disse Gritti —, dê uma olhada na vizinhança e no jardim ali embaixo. Procure vestígios de sangue.

Vasco partiu. Giro voltou e permaneceu pouco adentro da porta.

— Todos os criados foram informados da tragédia? — perguntou o inquisidor.

— Sem dúvida. Entrem, moças.

Três jovens entraram arrastando os pés, alinharam-se e olharam horrorizadas o demônio policial. Para ser mais preciso, olharam os pés dele e evitaram os olhos. Giro apresentou-as: criada das senhoras, Noelia Grappegia, cozinheira Marina Alfieri e governanta Mimi Zorzin, todas uniformizadas com aventais e panos de cabeça, como se interrompidas em tarefas de limpeza.

Eu vira Ottone Gritti em ação antes, por isso não fiquei surpreso com a facilidade com que os sorrisos benévolos e voz de arrulho dele as conquistaram. Queriam o assassino de Danese capturado, não? Gostariam de ajudar, não? As três balançaram a cabeça como galinhas ao beberem água. Ele eliminou duas muito depressa, pois nem Marina nem

DAVE DUNCAN

Mimi moravam na casa. Iam para casa ao pôr do sol, por isso não podiam dar informação sobre os movimentos de Dolfin. Noelia dormia no nível do mezanino, mas no dia anterior tivera folga porque a mãe adoecera. O pai viera buscá-la ao anoitecer e trouxera-a de volta antes do toque de recolher. Pignate recebera-a na porta e ela fora direto para a cama. Nenhuma das três tinha qualquer ideia de quem podia haver matado o coitado do *sier*. Não houvera brigas nem ameaças. Gritti não lhes perguntou se gostavam de Danese, porque um "sim" as faria parecerem "assustadas" e um "não", suspeitas.

Primeiro o mel, depois o vinagre.

— Falem-me do *sangue*!

Elas saltaram diante da incisiva ordem do inquisidor, mas nenhuma desmaiou nem explodiu em lágrimas. Não tinham conhecimento de quaisquer manchas enormes de sangue.

Os anjos foram dispensados e fugiram.

Eu não esperava grande ajuda delas, mas achei-as um trio intrigante. A cozinheira era muito mais jovem que a maioria, típicas viúvas maduras. A faxineira exibia uma beleza delicada, embora tivesse de arrastar móveis pesados como parte do trabalho. Noelia eu já sabia ser uma beldade. Não lhe faltava um dente, o que não é demasiado incomum para uma criada de senhoras — ninguém gosta de ser arrumada por um ogro —, mas as outras duas não ficavam atrás. Se as vestissem bem, atrairiam os homens como tubarões ao sangue. Ao combinar essa observação com o forte gondoleiro, Fabricio, e o querubim que era o pajem, Pignate, parecia-me

O CÓDIGO DO ALQUIMISTA

haver estabelecido um padrão, embora não visse que significado poderia ter em relação a assassinato ou espionagem. Perguntava-me se os Sanudo pagavam a mais para contratar e manter uma criadagem visivelmente decorativa, e isso era apenas um passo para imaginar o motivo. Ter-se-iam designado a eles deveres especiais?

— Os criados homens, por favor — ordenou o inquisidor.

Agora tudo devia tornar-se mais interessante. Se alguém na Casa Sanudo lutara com Danese pela posse de meu florete e o vencera, este devia ser ou o jovem Pignate ou o gondoleiro, que talvez o fizesse com uma só mão. Além disso, apenas ele poderia ter levado o cadáver ao portão de acesso à água na Casa Barbolano. Remar uma gôndola — com uma só mão, de pé num barco estreito — não é trabalho de amador. Precisa-se de uma longa prática para adquirir esse talento. Fabricio surgia como o terceiro suspeito de cúmplice pago para se livrar do corpo.

Giro conferia à porta. Detectei a voz de Pignate e ele entrou atrás do outro.

— Nosso pajem, Pignate Calabrò, *clarissimo*.

O rapaz parecia mais nervoso que antes. Pôs as mãos para trás para não vê-las tremer, mas deu um jeito de manter a cabeça erguida e enfrentar os olhos do inquisidor, embora lhe tremesse o queixo. Se a história ia envolver os torturadores, começariam pelos criados.

Gritti gargalhou.

— Não vou comê-lo, Pignate! Só quero descobrir quando o *sier Danese* saiu ontem à noite, e por quê. Há quanto tempo você trabalha aqui?

DAVE DUNCAN

Apenas dois meses, veio a resposta, desde que os Sanudo voltaram de Celeseo e instalaram-se. Ele tinha dezessete anos. Sim, sabia ler e escrever. Quando o mandaram descrever o que fizera na noite anterior, respondeu com muita clareza e sem hesitação. Engraxara sapatos, engomara rufos e separara a roupa suja. Encarregara-se da porta, enquanto Fabricio conduzia o amo e a ama para um compromisso, e mais tarde a quando o gondoleiro fora buscá-los. Depois, abrira para Danese sair e tornara a fechá-la. Não tinha havido outros visitantes, nem recados entregues para Dolfin ou mais alguém. Mostrou-se ávido por ajudar, e, quando Gritti lhe disparou perguntas inesperadas, não hesitou nem se contradisse. Apenas em um aspecto o testemunho falhou — ele não fazia a menor ideia das horas medidas pelo relógio. Tinha a vida governada pelo dormir e acordar, as refeições e os sinos da cidade, mas não sabia medir o dia em vinte quatro horas. Afinal, por que deveria?

— É uma testemunha muito boa, Pignate — disse o inquisidor. — Eu gostaria que houvesse outras assim como você. — Sem virar a cabeça, acrescentou: — Tem alguma pergunta, Alfeo?

Ser tratado como colega por um inquisidor era uma experiência assustadora. Por que iria ele me lisonjear? Será que apenas me punha à vontade, planejando pegar-me desprevenido depois?

— Só uma, se me permite, Excelência. Ontem eu trouxe a mala do morto. Você a desfez para ele?

O rapaz olhou nervoso para Gritti.

O CÓDIGO DO ALQUIMISTA

— Não, hum, *sier*. Não me mandaram... Eu não servia ao *sier* Danese antes.

Um *cavaliere servente* talvez fosse mais bem recompensado pelos serviços que um lacaio, mas ele continuava a ser apenas um criado para os outros.

— Eu apenas quis saber — expliquei. — Só isso. Obrigado. Pignate foi dispensado.

Giro fechou a porta atrás de si e virou-se para o inquisidor.

— Constrange-me comunicar, *clarissimo*, que Fabricio Muranese, nosso gondoleiro, parece...

— Ele tem algum dinheiro? — perguntou Gritti, aquele avô paciente e compreensivo.

— Provavelmente, sim — admitiu Giro, o rosto congelado de inescrutabilidade. — Ele se acha a meu serviço há seis ou sete anos.

O inquisidor assentiu com a cabeça.

— E ele lhe disse alguma coisa antes de sair?

Uma pergunta importante, mas o outro ignorou as implicações.

— Repetiu o que tinha nos contado antes, quando soubemos do sumiço de Dolfin. Trouxe meus pais para casa, guardou o remo e as almofadas da gôndola, passou o ferrolho na porta da frente, verificou a de trás e foi para a cama. Cerca de duas horas após o toque de recolher, mais ou menos, voltei para casa e ele abriu a porta para mim. Os homens dormem na frente, por isso ouvem a aldrava, e eu dou uma batida especial... sempre me atraso. — Ele me olhou e mostrou um raro traço de sorriso. — Dou uma gorjeta a quem aparece, por isso eles quase brigam pela honra.

A essa altura, Fabricio estaria na barca de travessia, ou mesmo até já no continente. Como suspeito, era óbvio demais. Se os Sanudo houvessem ou não lhe sugerido, a fuga constituía mais um sinal de prudência que de culpa; melhor o exílio que o interrogatório. Se não se encontrasse o verdadeiro culpado, Fabricio seria rotulado de assassino e o caso, encerrado.

Nesse momento, Vasco entrou, fez um significativo aceno com a cabeça ao inquisidor e sentou-se na poltrona que escolhera antes. O aceno queria dizer que encontrara sangue.

Gritti não criticou Girolamo por deixar o gondoleiro fugir.

— Antes de nos encontrarmos com as damas, o *sier* Alfeo tem uma pergunta a fazer-lhe.

Giro voltou um olhar interrogador para mim. Mas uma vez, os folículos de meus cabelos contorceram-se de susto. Cada vez mais o inquisidor me lembrava o gato e rato, comigo no papel de coadjuvante. Engoli forte em seco.

— *Clarissimo*, como o senhor disse que chegou tarde em casa, posso perguntar aonde foi ontem à noite?

O ministro da Marinha olhou-me fixo em silêncio por um longo instante, deixando-me cozinhar em minha própria impertinência, antes de declarar:

— Não é segredo nenhum. Passo a maior parte das tardes e noites ajudando na *scuola*. Ontem à noite cortei as unhas dos pés dos idosos.

Trabalho beneficente. Se fosse verdade, seria um álibi melhor que o de todos. Expulsei Girolamo Sanudo de meu desfile mental de suspeitos.

— E quem contratou os empregados daqui?

O CÓDIGO DO ALQUIMISTA

— Eu. Enquanto meu pai fechava a casa em Celeseo, eu abria esta. Aprova meu gosto?

O olhar frio de Giro dizia que ele adivinhava o que eu pensava, e nada no mundo importava menos que minha opinião.

— Então nenhum deles ficou a seu serviço mais que dois meses?

— Fabricio. E Danese, mas ele não era mais criado no momento em que morreu. — Não manifestou qualquer arrependimento hipócrita. — Contratei-o cerca de cinco anos atrás. Antes que os deveres com a República interferissem, eu dava assessoria legal aos pobres por honorários nominais, e ele me procurou com um problema. Consegui ajudá-lo nessa ocasião e ele me revelou que estava a serviço... involuntário, garantiu-me... de um homem em alta posição e também notório pervertido. Ofereci ao rapaz um emprego de amanuense, que ele aceitou com avidez, e acabou promovido ao ser companheiro de minha mãe.

Mas não reconquistara as graças da própria mãe. Teria ao menos tentado? Giro esperou para ver o que mais eu queria, mas percebi que eu fora inteiramente rebaixado e apenas lhe agradeci de uma forma educada.

— Se as damas se dispuserem a responder a algumas perguntas... — lembrou o inquisidor.

Girolamo assentiu com a cabeça e foi ver.

— *Vizio?* — interpelou-o Gritti.

Vasco inspirou fundo.

— Excelência, tenho a honra de informar que não encontrei manchas de sangue no pátio aqui, mas havia muito sangue derramado na *calle* três casas à esquerda, perto da

DAVE DUNCAN

escada de acesso à água. *Fante* Bolognetti estava lá, acalmando um trio de *sbirri*, que supervisionavam um operário ocupado em limpá-la. A chuva já lavara grande parte, mas os vestígios corriam até os degraus. — Ele parecia presunçoso por haver concluído tão difícil missão. — Comunicamos aos *sbirri* que Suas Excelências sabem quem morreu ali e anotei os nomes caso precisemos deles como testemunhas.

Então Danese deixara a Casa Sanudo, fora à Barbolano ao sul pegar a espada, voltara para morrer ao norte, e depois o tinham transportado de volta à Barbolano outra vez. Em nome dos mártires, *por quê?* Na certa jamais nem se aproximara da mãe em San Barnabà.

Gritti fez que sim com a cabeça.

— Muito bem. — E apunhalou-me com os velhos olhos astuciosos. — Por que perguntou ao pajem pela mala de Dolfin, Alfeo?

Hora de prevaricar. Eu queria localizar o ouro de Danese e descobrir de onde viera, mas se falasse do próprio ouro talvez revelasse que ele vinha transportando cequins da Casa Sanudo para a Barbolano, e aí se revelaria a taxa extorsiva cobrada pelo Mestre. Precisava encontrar outra explicação. Meu amo insiste em que não posso contar mentiras com a expressão séria, mas posso, sim. E o fiz.

— Imaginei, depois de eu trazê-la para cá, se devia ter ido até o fim e verificado se faltava parte da prataria. O senhor notou que, segundo a admissão do *sier* Girolamo, Danese se metera em algum tipo de encrenca quando...

— Seu mestre diz que o mandou arrumar a mala. Você mesmo fez ou não fez?

O CÓDIGO DO ALQUIMISTA

— Jamais tinha sido desfeita. Apenas atirei algumas peças de roupa que ele deixara caídas no chão. Os anfitriões não devem vasculhar a bagagem dos hóspedes.

Gritti lançou-me um daqueles olhares mudos destinados a fazer a testemunha continuar a tagarelar. Aproveitei a oportunidade para mudar de assunto.

— Admito que julguei mal o *sier* Girolamo. Impressiona-me ver um membro do *Collegio* cortando as unhas dos pés de gente idosa.

Ele deu de ombros e permitiu o desvio, embora o houvesse notado.

— Impressiona mais o homem que faz o trabalho do senhor ser eleito para o cargo. Isso foi acima de tudo um gesto de louvor ao pai, e tenho certeza de que o *sier* Girolamo ficará feliz em ver terminar seu mandato. O jovem Sanudo fez voto de celibato aos dezesseis anos, você entende. Zuanbattista o convenceu a não entrar num mosteiro, mas acho que essa promessa tem um prazo-limite. — O velho patife ostentava o íntimo conhecimento dos segredos da nobreza por meio dos Dez.— Há alguns anos, o pai tornou a casar-se para tentar ter um herdeiro, mas *madonna* Eva só lhe deu uma filha e um filho natimorto.

Sem dúvida o zelo religioso de Girolamo explicava suas roupas insípidas e o frígido autocontrole. Eu jamais vira Violetta errar tanto sobre um homem antes, mas ele não era um cliente em potencial e apenas acabava de chegar à atenção do público, portanto podia-se perdoar o erro de julgamento dela.

— Ele gosta de manter moças e rapazes bonitos por perto só para torturar-se? — perguntei.

— Ou para testar sua resolução. Pelo que sei, usa um cilício também.

O inquisidor reacomodou as papeiras para fazer beicinho e indicar que encerrara o assunto.

Mas para mim abrira-se uma nova porta.

— Então as esperanças de *madonna* Eva de um dia ser dogaresa não eram tão irracionais, afinal! Se Girolamo receber a ordem sacerdotal e der as costas ao mundo, e Grazia se casar com um rico Contarini, a fortuna da família não precisa ser salva para a próxima geração. Podem-se vender as propriedades no continente para financiar a continuação da carreira do *sier* Zuanbattista?

Gritti respondeu com um olhar pétreo. Ignorei-o enquanto eu recalculava os motivos. De qualquer modo, não pensara o suficiente na questão do dote, que no caso de Grazia podia representar vários milhares de ducados, o bastante para tornar o fraldiqueiro Danese um homem rico pelos padrões normais. Será que não iria o assassinato, além do escândalo do rapto, destruir o que restava da reputação de Zuanbattista? Ele a baniria para um convento, ou lhe encontraria um novo marido? Que dote a filha ofereceria da segunda vez? Aliás, quanto a família prometera a Danese? Agora minha lista pessoal de suspeitos adquirira alguns novos nomes — o rejeitado pretendente, Zaccaria Contarini, que fora tapeado e perdera uma grande fortuna do dote, e até mesmo as irmãs de Danese, todas casadas com plebeus. Se Dolfin tivesse deixado um testamento...

— Que é que se agita dentro de seu ágil cérebro jovem agora? — quis saber o inquisidor.

O CÓDIGO DO ALQUIMISTA

Dei um salto.

— Eu não tinha compreendido, Excelência, que se assinou o contrato de casamento anteontem à noite... o que poderia explicar o motivo de Danese poder mudar-se de volta como reconhecido marido de Grazia... talvez ele tenha morrido como um homem relativamente rico.

Gritti bufou.

— E talvez o jovem patife tivesse dívidas que de repente valia a pena cobrar. Já chegou até aí, Alfeo Zeno?

23

Zuanbattista conduziu as mulheres à sala, *Madonna* Eva magnífica de luto completo, coberta de renda e tafetá pretos. Tinha experiência de luto e funerais, decerto, e manteria um traje completo pronto no guarda-roupa. A cor preta realçava-lhe a coloração clara. Para Grazia, um raspão com a morte devia ser uma experiência nova, e mesmo a meus olhos desinformados o vestido parecia ter sido feito às pressas e ajustado no corpo com alfinetes. Nós, visitantes, nos levantamos, curvamo-nos e guardamos silêncio até as senhoras sentarem-se, lado a lado no divã.

Eva ergueu o véu. Após um momento de hesitação, Grazia imitou-a e revelou os olhos vermelhos e o nariz rosado do choro recente. A mãe não chorara, mas escondeu bem por trás da preocupação materna pela filha enlutada qualquer alegria que sentisse por ver-se livre de um genro indesejado. Mesmo que o romance tivesse sido um clarão no painel do amor adolescente arranjado por um sedutor experiente, o choque e a perda da moça deviam ser

O CÓDIGO DO ALQUIMISTA

autênticos. Senti verdadeira pena dela, e uma perversa felicidade por pelo menos uma mulher lamentar a perda de Danese Dolfin.

— Compreendo que tudo isso é muito doloroso para a senhora — disse Gritti — e serei o mais rápido possível. Quando seu marido anunciou que tinha de sair ontem à noite, *madonna*, aonde disse que ia?

Grazia fungou.

— Visitar a mãe em San Barnabà.

— Não falou em ninguém mais a quem poderia visitar no caminho?

Outro fungado, uma negativa com a cabeça.

— *Madonna* Corner diz que o filho não chegou, e temos motivo para acreditar que foi assassinado na volta para cá, não distante desta casa, cerca de duas horas após deixá-la. Então que fazia ele nesse meio-tempo?

Ela sussurrou:

— Não sei, Excelência.

Seguiu-se uma longa pausa, enquanto o inquisidor permanecia sentado como meio adormecido. Eu imaginava se ia saltar e fazer uma pergunta traiçoeira, pois falara com as criadas, mas o homem disse apenas:

— Alfeo, tem alguma pergunta a fazer?

— Não, Excelência.

Ele sorriu, sem me olhar.

— Então por que não nos revela a terrível maldição que seu amo julga lançada sobre esta casa?

Se eu revelasse as suspeitas bruscamente, sem confirmá-las primeiro, seria descartado como lunático.

DAVE DUNCAN

— Ainda nos falta uma senhora, Excelência. *Madonna* Fortunata Morosini não está aqui.

Gritti franziu o cenho como aborrecido pelo fato de havê-la esquecido.

Ainda de pé à porta, Giro informou:

— Ela passa por um de seus dias ruins — como dizia o pai dele. — Não poderia contribuir em nada, Excelência.

Nada haveria despertado a suspeita de um inquisidor mais depressa que aquelas recusas simultâneas. Giro eriçou as penas.

— Apesar disso, se meu precoce jovem amigo quer tentar interrogá-la, vamos satisfazê-lo.

Ele podia ter tido mais tato. Zuanbattista fuzilou-me com os olhos, como se prestes a sufocar, e Giro saiu marchando furioso da sala, uma versão pessoal de faniquito com gritos.

Permaneceu atrás o gélido silêncio.

— Aquele retrato de seu honrado irmão, *madonna* — perguntei a Eva. — Quando o pintaram?

Embora não tivesse escolha senão aguentar o inquisidor do Estado, ela não simpatizava mais que o marido com o aprendiz carreirista e enxerido. As covinhas em torno da boca aprofundaram-se em desfiladeiros.

— Quando eles se casaram, claro.

— E há quanto tempo foi isso?

— Quinze anos atrás, apenas um mês antes do nascimento de Grazia.

Na suposição de que o pintor não lisonjeara demais os modelos, a mulher devia andar pelos trinta anos àquela altura, se ainda viva. Eu ia perguntar o nome dela quando ouvimos s batidas da bengala *tap-tap-tap* do lado de fora.

O CÓDIGO DO ALQUIMISTA

Giro entrou, andando devagar e apoiando Fortunata no braço. Os homens levantaram-se enquanto ele a guiava até uma poltrona. Uma vez instalada, apresentou-a ao inquisidor, em voz alta. Ela nos examinava como se visse a sala cheia de denso nevoeiro, e talvez tivesse razão. Não me ocorria nada no mundo menos provável que a decrépita Fortunata Morosini em luta para arrancar o florete de um imprudente e imprestável jovem como Danese Dolfin. Tampouco esperava que fosse de grande ajuda ao inquisidor na investigação. Mas o Mestre tinha razão — não se podia negar sua semelhança com a noiva no retrato, agora que eu sabia onde procurá-la. Senti meu escalpo eriçar-se.

— Ottone Gritti — murmurou a dama. — Eu conheci um Marino Gritti.

O inquisidor tornou a sentar-se e esticou as pernas, como se sentisse dor no quadril esquerdo.

— Meu filho, *madonna*. Já foi informada da triste morte do *sier* Danese?

— Hein?

Mais alto:

— Já foi informada da triste morte do *sier* Danese?

— Triste, não! — Ela desnudou umas poucas presas amarelas. — Um ladrão bonitinho, é o que ele era. Já vai tarde.

— Por que o chama de ladrão, *madonna*? Que foi que Danese roubou?

Ao fundo, Giro balançava a cabeça.

— Roubou minhas pérolas — respondeu a senhora. — Meu anel.

— A senhora não sabe onde os guardou, tia — disse Girolamo em voz baixa. — Nós os encontramos.

267

Não se esperava que a velha ouvisse, e ela não deu essa impressão.

— Quando o viu pela última vez?

— Quem?

— Danese Dolfin.

Ela resmungou e formou palavras com a boca em silêncio por algum tempo, depois me apontou com a bengala.

— Quando ele veio aqui.

— Ontem ao meio-dia — sugeri.

— Fortunata sofre terríveis dores de cabeça — explicou o sobrinho. — Retirou-se para o quarto logo depois de Zeno sair e não teria visto Dolfin depois disso.

Gritti comentou:

— Então não entendo...

Olhou-me.

— Posso perguntar primeiro? — sugeri — Há quanto tempo foram as joias postas fora do lugar?

Zuanbattista olhou-me com uma expressão reprovadora, mas desta vez o cálculo misturava-se com o ressentimento.

— Cerca de uma semana, creio. Os velhos se confundem. Ela as tinha escondido num dos sapatos.

— Ou alguém mais o fez? Quer dizer, alguém roubou os originais e depois escondeu as réplicas ali para que as encontrassem?

Ele fez que sim com a cabeça.

— Entendo o que quer dizer. Vou mandar avaliá-las.

Fora essa, pensei, a origem do ouro de Danese, que eu não podia citar, mas talvez desse um jeito de descobrir depois, se tivesse oportunidade de examinar o quarto dele. Virei-me para o inquisidor e apontei o retrato.

O código do alquimista

— Excelência, algum dia encontrou o *sier* Nicolò?

— Várias vezes. Muito trágico. Por que você quer...?

A reação de Gritti foi tudo que eu poderia esperar. Perdeu a cor forte normal, esbugalhou os olhos. Depois fitou o velho colega na poltrona.

— Que idade tem a *madonna* Fortunata? — perguntei.

— Ela envelheceu bastante nos últimos tempos — respondeu Eva, na defensiva.

— Mas quantos anos? — insisti.

A família olhou-me de cara feia diante dessa insolência.

— Que possível interesse tem isso para você, aprendiz? — ladrou Zuanbattista.

Fortunata Morosini usava luto de viúva, mas a maioria das venezianas continua a usar o nome de solteira após o casamento. Ela não era irmã do pai de Eva, mas do irmão desta, Nicolò. Nem tia de Eva, e sim de Grazia. Zuanbattista o dissera no dia em que, com a esposa, foi à Casa Barbolano, mas após encontrar a velha eu cometera o erro natural, ou o *Jynx* também me enganara. Em meu pensamento, saltara uma geração. À senhora eu fizera pior, uma coisa impensável.

— Digamos que me interessa — sugeriu Gritti com um ar sombrio. — Que idade tem essa mulher?

Zuanbattista encolheu os ombros.

— Trinta e quatro? Não, trinta e três. Como disse minha esposa, a cunhada decaiu muito nos últimos anos. Admito que fiquei chocado ao voltar de Constantinopla.

— Parece ter pelo menos setenta anos!

Eu diria oitenta, mas me absorvera na observação das reações: o horror de Giro, a descrença de Vasco e a confusão geral dos Sanudo enquanto lutavam para libertar-se da rede tecida pelo maligno *Jynx*, quando usado em feitiçaria, para envolvê-los. O primeiro murmurou para si mesmo:

— Setenta?

A consternação cobriu-lhe o rosto. O de Eva também, e o de Zuanbattista... e o de Grazia. Tarde demais. Eu não percebera, mas havia alguma coisa errada na reação dela. Aprovara a moça a desgraça de seu tutor?

A própria e antiga Fortunata alcançara a conversa. Enrugou o rosto num maço de fendas e tentava fechar os nodosos punhos.

—Velha? — resmungou. — Não quero ser velha, velha, velha.

Giro persignou-se.

— Ela é mais jovem que eu — disse, de forma quase inaudível. — Decaiu muito nos últimos anos. Toda vez que eu ia a Celeseo, ficava... chocado.

—A maldição atingiu-a e cegou o resto de vocês — declarei.

— Asquerosa bruxaria! — rosnou o inquisidor. — A quem você acusa, Zeno?

Senti o escalpo eriçar-se de novo. Mesmo Veneza, onde a lei é mais justa que em qualquer outra parte, na verdade não existe defesa contra uma acusação de bruxaria. Podem torturar-nos até confessarmos e depois nos executarem. Só por expor a maldição, talvez houvesse revelado conhecimento demais das obras do Demônio. A própria Fortunata, que explodiu de repente e martelou com a bengala o assoalho, salvou-me de ter de responder ao gritar:

— *Aquele livro foi amaldiçoado! Aquele livro foi amaldiçoado!*

Após uma dezena de repetições, passou a tossir e chorar.

O CÓDIGO DO ALQUIMISTA

— A morte de Nicolò? — perguntou Gritti, a ninguém em particular. — É o que ela quer dizer? Havia um livro assim?

Eva parecia muito mais angustiada com essa discussão do que antes, pela morte de Danese.

— Meu irmão morreu de infecção em um dedo, e sempre disse que começou com um corte feito por uma folha de papel, mas não se lembrava de que livro. Lidava com uma centena deles por dia, talvez várias centenas.

— E que aconteceu com a coleção depois que ele morreu?

— A maior parte ficou no andar de baixo — informou Zuanbattista, com um ar muito mais cético —, ainda em fase de desempacotamento e classificação. Aumentamos o acervo, mas creio que jamais vamos vender alguma coisa.

— Você acusa um livro, Alfeo — perguntou Gritti, mal-humorado. — Qual? Como se distingue um livro amaldiçoado de todo o resto?

Para ele, um volume amaldiçoado seria muito menos satisfatório que uma bruxa acusada. Veneza desaprova a queima de livros. Zombariam dele se eu ardesse numa montanha de livros.

Duas de minhas três visões agora se haviam justificado — Danese fora assassinado exatamente como antevi, e a mulher no quadro fora amaldiçoada pela mesma influência maligna que se abatera sobre o marido dela. Restava Netuno montado no cavalo-marinho. Parecia-me melhor confiar na piromancia e caçá-lo, mas se dissesse isso me perguntariam o motivo.

— Satanás pode tocar um objeto, Excelência, do mesmo modo que uma pessoa. Há talismãs de sorte, como os

DAVE DUNCAN

rosários abençoados ou os medalhões de São Cristóvão, e também os maus. Nos dias antes da imprensa, quando os livros constituíam tesouros em si, muitas vezes os protegiam com uma maldição na primeira página, que ameaçava com infelicidade qualquer pessoa que roubasse um deles do legítimo dono. Podia-se frasear a maldição para fazê-la cair em quem o possuísse depois. Claro que não acuso de roubo o falecido *sier* Nicolò, que talvez, com toda a inocência, comprasse uma obra amaldiçoada pelo *Jynx*, e depois a praga se transferiu para ele e sua casa.

Se eu tinha um crente naquela sala, era Ottone Gritti.

— E como se detecta essa abominação? — ele perguntou, ávido.

— Eu me inclinaria a mandar chamar um padre, talvez o próprio cardeal-patriarca. Meu amo jamais me ensinou um procedimento específico.

Mas me dissera muitas vezes o seguinte: *A verdade às vezes deve esconder-se por trás de uma cortina de mentiras.* Cabia-me o dever de cristão localizar e destruir o pica-pau *Jynx* antes que causasse mais danos. Matara Nicolò Morosini, amaldiçoara a esposa dele, talvez houvesse transformado em traidor um dos Sanudo. Podia ter causado a morte de Danese. Eu devia fazer o possível para encontrá-lo e destruí-lo, mesmo com risco próprio. Tive uma inspiração brilhante:

— A não ser, talvez, rabdomancia — acrescentei, pensativo.

Em torno de toda a sala sobrancelhas ergueram-se como pombos na *Piazza*.

— Rabdomancia? — perguntou Giro.

Mesmo Gritti teria problema para classificar a rabdo-

O CÓDIGO DO ALQUIMISTA

mancia como bruxaria. Até nosso cético doge poderia admitir que havia algo na rabdomancia. Ninguém a pratica em Veneza, sentado no meio de uma lagoa de água salgada, mas todos sabem e acreditam nessa adivinhação por meio de varinha mágica — menos o Mestre. Basta cavar um buraco profundo o suficiente em quase toda parte e se encontrará água, segundo ele, por isso constitui uma fraude quase sem risco. Eu esperava que assim fosse para mim.

— Creio que seria melhor uma vara de macieira — refleti, com ar profundo. — A árvore do conhecimento, claro. A árvore da serpente.

— Nós temos uma macieira! — disse Grazia, muito animada. — Vou mostrar ao *sier* Alfeo.

Levantou-se.

— Bondade sua, *madonna* — observou Gritti, com um sorriso benévolo. — Por favor, deixe-o tentar a rabdomancia em busca do mal.

Acenou com a cabeça para Vasco, que também se levantou. Dar-me-iam um carcereiro e uma testemunha digna de confiança, enquanto ele tinha uma conversa em particular com os Sanudo, na ausência dos jovens.

273

24

Descemos em tropel, Grazia e eu, as sombras macabras seguindo-nos logo atrás. Ela abandonara qualquer fingimento de que gostava de mim, um *barnabotto* que ganhava a vida com o trabalho e continuava a intrometer-me em seus assuntos. Então, por que aquele seu repentino desejo de um *tête-à-tête* particular? Eu tinha uma forte desconfiança de que em breve iríamos discutir horóscopos.

— Danese — murmurou a moça — não morreu rapidamente, morreu?

Não.

— Sim — respondi. — Deve ter sido instantâneo. Ele não teria sabido de nada.

— Isso me alegra. Está com o nosso Senhor. Jamais chegou à casa da mãe?

— É o que diz a dama.

— Ela mentiu para você?

— Não sei, *madonna*.

A essa altura desfilávamos no *androne* em meio a todos os livros, e Grazia parou de repente, como para acrescentar importância à próxima pergunta.

O CÓDIGO DO ALQUIMISTA

— Ou estará você dizendo que o *sier*Danese mentiu para mim?

Voltara a usar comigo a voz de quem se dirige aos criados, mas era claro que começava a entender a indesejada verdade.

— Não sei, *madonna*.

Ela mordeu o belo lábio.

— Será que o mataram quando ia visitá-la?

Mesmo em criança eu desprezara a falsidade de Danese e achava que Grazia merecia ouvir a verdade da boca de alguém.

— Seu marido primeiro voltou à Casa Barbolano para pegar a espada. O Mestre e eu estávamos ocupados, por isso ele não conseguiu encontrá-la e tomou a minha emprestada. Não sabemos por que precisava da arma. A senhora sabe?

Na semiescuridão do *androne*, os memoráveis olhos dela pareceram ainda mais imensos que o normal.

— Não! Você não tem ideia de quem fez essa coisa terrível?

— Ainda não, mas vamos pegá-lo, tenho certeza.

— E supõe que a morte de meu marido foi a virada para melhor de minha sorte que leu em meu horóscopo?

Em algumas ocasiões, mentiras são necessárias.

— Não, não acredito nisso de jeito nenhum. Espero que a previsão de seu horóscopo tenha sido a eliminação do feitiço. Vamos seguir em frente, por favor. Lidamos com um mal muito potente.

Ora, isso era a verdade. O que eu ia tentar talvez fosse perigoso. Não pela rabdomancia — fui induzido por logro a fazer a coisa — nem pelo receio de despertar as suspeitas de bruxaria alimentadas por Gritti, mas por procurar Netuno. Duas de minhas visões de fogo se haviam revelado autênticas previsões, por isso eu podia esperar que ele me levasse a

275

Algol, e criara um profundo respeito pelos poderes demoníacos deste.

Continuamos a jornada até a porta dos fundos e saímos para o jardim e a chuva nebulosa. Minha guia apontou o belo dedo para uma macieira, não a que eu tinha em mente, e seria difícil trepar ali. Não tinha importância, sempre se podia esperar que nós, valentes jovens fogosos, nos exibíssemos diante de uma linda donzela. Dei um salto para agarrar um galho, o que resultou num dilúvio instantâneo, que me encharcou. Ignorando as vaias de Vasco, impeli-me para a árvore. Ali escolhi um galho do tamanho de meu braço e cortei-o com a adaga. Segui-o na queda e todos nos retiramos para o abrigo das sacadas no andar de cima, onde arranquei as folhas e as protuberâncias indesejadas do pau, e deixei apenas a tradicional forma de um *Y*.

— Que coisa mais excitante! — informou Grazia a Vasco. — Algum dia antes já viu alguém usar a rabdomancia para encontrar o mal, *vizio?*

— Não, *madonna.* Suponho que nunca verei.

— Deve deixar que eu lhe ensine — sugeri. — Só que temos de nos concentrar nas lições de esgrima primeiro.

Abri a porta, fiz uma mesura para Grazia ir à frente, e deixei que Vasco nos seguisse.

— Agora, *madonna...*

Examinei o longo corredor revestido de estantes com três metros de altura dos dois lados, e escadas corrediças para dar acesso às prateleiras superiores. Ainda restavam dois ou três mil volumes no chão, em pilhas e caixas. Senti a coragem me abandonar. Só uma pesquisa de tudo aqui-

O CÓDIGO DO ALQUIMISTA

lo levaria horas, e Gritti talvez decidisse partir a qualquer momento. Ou me levaria consigo ou os Sanudo me despejariam tão logo o vissem ir embora; lá se iriam minhas chances de encontrar Netuno.

Três portas defronte a duas outras e a escada do outro lado interrompiam a parede de estantes à direita do *androne* — agora à minha esquerda —, pois havíamos entrado pelos fundos da casa. A porta mais próxima à minha direita, aberta, levava à cozinha, bem embaixo do quarto de Grazia. Ali se ocupavam Marina e Pignate, no preparo do jantar. Mandei minha boca parar de produzir água

— Acho que vou deixar a coleção principal para depois de pesquisar o resto da casa, *madonna*. Isso me ajudará a manter a varinha sintonizada. E deixarei a cozinha por último, para não interromper os importantes labores dos cozinheiros. Agora, que são aqueles outros quartos? Não mais livros, espero?

Eu falara na esperança e de brincadeira, mas Grazia respondeu:

— Sim!

Passou para o lado direito e escancarou a porta mais ao fundo. Caixas de livros, pilhas de madeira e prateleiras concluídas pela metade empilhavam-se no quarto adiante. Acho que gemi.

— Trabalho cansativo, a rabdomancia, não? — murmurou Vasco atrás.

— E ainda não é tudo! — proclamou nossa guia, a caminho da frente da casa. A sala ali se achava nas mesmas condições, porém era maior. — Esta será para os livros mais valiosos.

Agora me ocorria um plano claro na mente. O lado direito tinha dois aposentos de livros, e no outro ficavam a cozinha no fundo e o quarto da frente que eu adivinhava.

— Este — observei — deve ser de Fabricio e Pignate. — Girolamo informara-me que eles dormiam perto da porta. — Vamos começar por aqui.

Aposento espaçoso. Uma cama para cada, uma arca para as roupas e duas cadeiras, só peças de qualidade. Os Sanudo eram generosos com os criados, embora os fizessem trabalhar muito, pois vi dormitórios da metade desse tamanho com uma dúzia de serviçais socados como peixe salgado. Prendendo os galhos da varinha, ergui-a com o talo apontado direto em frente.

— Por favor, não falem por alguns instantes — pedi, concentrando-me.

Fiz uma prece balbuciada perfeitamente sincera, um apelo de perdão por falsidade numa boa causa. Depois comecei a avançar devagar, fazendo oscilar com delicadeza a varinha de um lado a outro e apontando uma coisa e outra. Quando cheguei à metade do caminho, balancei a cabeça.

— Nada, receio — disse.

Segui Grazia até o lado de fora e apontei para a porta central do outro lado, entre as duas salas de livros e defronte escada. O que houvesse por trás dela não podia ter janelas.

— Que há aí dentro?

— O acesso ao mezanino.

Ela se divertia, dava um jeito de esquecer a dor. Atravessou, arrastando o vestido de luto ao outro lado, abriu a porta e revelou uma escada estreita, mal iluminada pelas duas portas abertas em cima. Subimos.

O CÓDIGO DO ALQUIMISTA

O dormitório das criadas ficava na frente. Um quarto de dormir ótimo, e no momento Noelia o tinha todo para si, só que também o usavam como guarda-móveis. Apontei a varinha ao redor e nada descobri de suspeito. Que tipo de Netuno devia procurar? Um livro sobre deuses romanos? Uma estátua? Uma pintura? Coléricas aranhas?

O outro quarto do mezanino fora de Danese, antes de despejarem-no. Tinha uma bela vista do jardim, e a grade de ferro na janela combinava com a de Grazia no outro lado. Os móveis pareciam soberbos, e os quadros nas paredes imploravam estudo e apreciação. A única crítica que me ocorria era dizer que o teto não passava da altura de dois metros e meio, o que me parecia opressivo após a Casa Barbolano. Mesmo na Sanudo, os tetos da *altana* e do *piano nobile* tinham duas vezes essa altura. Mas Danese se dera bem, e eu me perguntava de que aposentos ele desfrutara em Celeseo, pois os palácios dos ricos no continente espalhavam-se ainda maiores que os da entulhada Veneza.

— É melhor usar a rabdomancia neste quarto também, *messer* — proclamou Grazia, com uma tentativa de altivez aristocrática. — Quem sabe que joias perdidas ele pode conter?

Interpretei a virtude ferida.

— *Madonna*, foi sua tia quem acusou de roubo o seu falecido marido. Eu jamais o acusei. Lembre-se de que ninguém aqui observou como sua tia tinha sido amaldiçoada. Ela parece duas vezes mais velha do que devia, e no entanto nenhum de vocês notou. Quando bens valiosos desaparecem por um ou dois dias e tornam a aparecer, é apenas bom-senso inspecioná-los com cuidado, e ao que parece ninguém pensou em fazê-lo. Eu tinha como dever sugerir essa precaução, mas qualquer criado poderia ter feito a troca. Não fiz insinuações a Danese.

Ela me ignorou, surda como Odisseu às sereias.

Insisti.

— O incidente das joias ocorreu há pouco tempo? Depois que a senhora retornou de Celeseo?

A resposta veio com um relutante assentimento de cabeça.

— Então eu devia certamente desconfiar mais dos novos criados que de Danese, pois foi empregado por sua família anos atrás.

Não salientei que ele teria achado mais fácil roubar as joias falsas ali em Veneza que em Pádua, ou que talvez se houvesse preocupado com o emprego de *cavaliere servente*, uma vez que o marido da patroa retornava de terras estrangeiras.

Não se via nenhum Netuno óbvio, mas percorri o quarto com a varinha. Tampouco nenhum demônio. Vasco continuava a bocejar por trás da jovem.

Descemos, atravessamos o corredor e subimos pela escada principal. No nível do mezanino, Grazia passou direto pelas duas portas e continuou a subir rumo ao *piano nobile* sem um sinal de que também se devessem inspecionar os aposentos ali. Surpreendi o olhar de Vasco, e para variar trocamos sorrisos de verdadeira diversão.

Martini e Bolognetti, os dois *fanti*, sentavam-se pacientes num divã, e *Madonna* Eva acabava de surgir do *salotto*, ajudando a amaldiçoada Fortunata.

— Vamos começar pelo quarto de sua tia — sugeri. — Afinal, é o lugar mais provável para encontrar a origem do mal que a amaldiçoou.

O CÓDIGO DO ALQUIMISTA

Fortunata teria de ser instalada naquele nível, pois não conseguia subir escadas, e Grazia nos levou para o canto da frente à direita, que dava para o canal. O próprio aposento era magnífico. Só as pinturas do teto já me faziam querer jogar-me na cama e passar meia hora admirando-as. Havia belos óleos pendurados nas paredes, também, embora não pendessem de forma ordenada e harmoniosa. Os móveis tinham boa qualidade, mas eram escassos, e algumas peças obviamente velhas, talvez relíquias de família. Graciosa, a cama erguia-se sobre colunas douradas no centro do aposento. Consegui usar a varinha em toda a volta. Nada de Netuno, *Jynx* ou demônio.

Voltamos em segurança ao *salone*, antes que a ocupante chegasse naquele rastejo de tartaruga. Cruzei a porta aberta defronte e vi-me na sala de jantar. A pequena Noelia distribuía a prataria e os cristais. Fixou os olhos de polvo em mim e na varinha, enquanto eu entrava com passo solene ao redor do quarto e dela, mas nenhum dos dois falou.

Agora eu já inspecionara também o *piano nobile*: à direita, o quarto de *Madonna* Fortunata e o *salotto*; à esquerda, a sala de jantar e o que sem dúvida seria a câmara de dormir dos Sanudo no fundo. Com Eva cuidando da tia e Zuanbattista trancado com o filho e Gritti no *salotto*, davam-me a chance de espionar também ali. Grazia começou a protestar, mas eu bati na porta e entrei.

Diferente o espaço. Ali o ex-embaixador exibia as lembranças — ricos tapetes de seda no piso e nas paredes, ornadas urnas de prata, tábuas de marfim lavrado e outras curiosidades. As pinturas do teto pareciam velhas e desbotadas em comparação e, fechadas as grandes portas que davam para a sacada, o ar tinha um odor singular e estrangeiro que me desagradou. Fiz o trabalho o mais rápido possível sem sair de meu papel e voltei à porta, onde Vasco me observava com divertido desprezo e Grazia com extremo desagrado.

Ela torceu o nariz para mim.

— Pronto para começar na biblioteca agora, *sier* Alfeo?

Eu não ia deixar que uma criança intimidadora me reprimisse quando empenhado numa guerra com Ottone Gritti.

— Não exatamente, *madonna*. Ainda temos de investigar seu próprio quarto e o de seu honrado irmão.

25

O quarto de Girolamo eu podia haver previsto. Tinha um mínimo espartano de móveis: cama, cadeira, abajur e um pequeno armário para guardar as roupas, com ou sem o cilício. Como única obra de arte, um magnífico tríptico na parede. Antigo, certamente pré-Giotto, não obra veneziana. Não consegui adivinhar o nome do pintor e talvez ninguém pudesse, mas à sua maneira era a coisa mais bela que eu vira na Casa Sanudo. Encenei meu número com a varinha e não me surpreendi com a ausência de resultados.

Vasco fechou a porta atrás de mim quando atravessei o pequeno patamar até alcova da dama. De cenho franzido diante dessa invasão de intimidade, Grazia escancarou a porta, e passei direto.

— Serei o mais rápido que eu puder, *madonna* — disse, mas localizara a mala de Danese no canto oposto.

Foi por isso que não notei Netuno. Mas à vara ele não passou despercebido; o pau coleava-se em minhas mãos como uma serpente e puxava-me com violência no quarto para olhar meu objetivo e fazer-me ofegar um *Aaai!* de susto.

— Eu não sabia que você praticava dança dálmata — observou Vasco, com acentuado sarcasmo infantil. — Não me parece muito um livro.

Mas parecia de fato com a minha visão, Netuno domando um cavalo-marinho. O próprio bronze tinha quase um metro de altura, erguido num pedestal de mármore raiado de verde mais ou menos da mesma altura. Uma obra magnífica, de modo que me perguntei o motivo de o esconderem no quarto de uma jovem, onde só ela e a criada o veriam. Haveria até mesmo Danese algum dia entrado naquele aposento?

— De onde veio isso? — perguntei, sem tocá-la, e examinei-a com todo o cuidado.

Joguei fora a varinha de macieira.

— Como iria eu saber? — cortou Grazia, com rispidez. — Fica aí desde que me lembro. Eu a pedi quando voltamos para a cidade. Que importância tem isso?

— Quem a fez?

— Não sei nem quero saber.

Ela tentava voltar a ser imperiosa.

Tinha de ser oco, concluí, de outro modo pesaria como um canhão e as tábuas do assoalho desabariam. Tirei a adaga e bati com o cabo na arca de ouro. Oco, sim. As esculturas de bronze sempre são.

— Pare com isso! — gritou Grazia. — Agora termine o que veio fazer, desça e passe a varinha de rabdomancia nos livros.

Espiei de perto o topo do pedestal e julguei ver leves arranhões na frente do bronze. Vasco vigiava com cautela. Sabe que faço truques, mas também que tenho conhecimento ignorado por ele. Eu não ia me fazer de todo-poderoso idiota,

O código do alquimista

a não ser que houvesse alguma coisa importante na estátua. Que fosse! Jamais me ocorrera tentar fazer rabdomancia até então, e a varinha a buscara antes de vê-la eu mesmo. Agora eu acreditava. Embainhei a adaga e saquei o florete.

— Mas que faz você? — gritou a moça.

— Quero ver se há algo escondido dentro desta coisa — respondi. — Fique bem para trás, para eu não atingi-la por engano. *Vizio*, você consegue levantá-la?

Raras vezes me dirijo a ele com esse título.

Lançando-me um olhar ainda mais estranho, ele abraçou a figura e tentou.

— Não!

— A parte do cavalo é menor que o deus, logo deve ser mais leve desse lado. Pode empurrá-la para a frente até o animal ultrapassar a borda da base? Grite se ele começar a balançar, que eu ajudo a empurrá-lo de volta.

— Que loucura! — exclamou Grazia, após recuar até um lugar seguro perto da porta. — Você enlouqueceu! Essa estátua vale milhares de ducados.

Sua indignação foi convincente. Se houvesse algum sinal de bruxaria naquele interior, ela talvez tremesse de terror e gritasse muito mais agudo.

— Não vamos danificá-la — respondi. — Vá em frente, *vizio*.

Ele deu de ombros e decidiu satisfazer-me, poderia encrencar-me sem muito risco. Afastei-me bem e vi-o começar a empurrar, com cuidado. A princípio relutou a aplicar toda a força, como precaução para não derrubar a estátua no chão, mas logo descobriu que havia pouca possibilidade disso. Ainda nada aconteceu e ele agora ficou com o rosto rubro do esforço, mas então a figura avançou um pouco, a largura de um dedo cada vez. Os oscilantes pés do animal saíram da base e a barriga começou a deslizar sobre a base também.

— Espere! — adverti, e cheguei perto o bastante para cutucar com a ponta do florete embaixo. — É oco, vê?

— Não parece — ele resmungou.

— Continue tentando, que um dia você ficará grande e forte. Tornei a recuar.

A sobreposição avançou até fazer-me começar a preocupar-me com o equilíbrio. Como dissera Grazia, aquela obra poderia valer mais dinheiro do que eu ganharia numa vida inteira, e uma queda no terraço não ia melhorar nenhum dos dois. Eu já ia mandá-lo parar quando algo apareceu sob a base, algum cinzento empoeirado, que se soltou, caiu no chão e veio direto para cima de mim, rápido como uma flecha. Nenhum reflexo humano o teria empalado com uma espada, mas eu saltei de lado, um golpe de sorte, e caí a seis palmos de distância.

— Cuidado! — Com o sacrifício de qualquer pretensão à dignidade, subi na bela e delicada mesinha de mármore. — Não o deixe mordê-los.

A moça gritou e saltou em cima de uma poltrona. Mais rápido que o bote de uma serpente, Vasco pulou para a cama e sacou a espada.

— Que foi? — guinchou Grazia.

Tratava-se de uma pergunta muito pertinente. Quando o olhei direto, vi um livro primitivo, de oitenta ou noventa páginas em antigo e esfrangalhado papel costurado entre macias capas de pele de ovelha, emborcado como se algum

O CÓDIGO DO ALQUIMISTA

leitor acabasse de assentá-lo ali por um instante, aberto naquele lugar. Se eu o olhasse pelo canto do olho — técnica ensinada pelo Mestre —, parecia mais uma imensa aranha cinzenta que me observava, à espera de ver-me deixar o poleiro. Sem dúvida movia-se como uma aranha. Elas correm tão rápido que a vista não consegue notar como movimentam as patas, e o torcicolo *jynx* era ainda mais ligeiro. Devia mover suas páginas como pernas.

— É um dos estúpidos truques de Zeno! — disse Vasco, e percebeu como parecia indigno de pé em cima da cama.

Saltou para o piso.

O *Jynx* perseguiu-o. Por sorte ele não embainhara a espada e bateu na coisa como eu fizera, e afastou-a. Vasco, o fraldiqueiro, voltou para a cama e tentou subir numa coluna dourada quando a arma bateu no chão. Uma página solta flutuou livre.

Desta vez, o *Jynx* não se contentou em ficar à espera. Lançou-se sobre a cama e tentou subir numa das colunas para pegá-lo. Ele tornou a atacá-lo, só que agora errou, como se o bicho aprendesse a evitar estocadas de florete. Vasco afundou e cambaleou até o outro lado da macia roupa de cama e defendeu aquele canto.

— Que coisa é essa? — berrou.

— O torcicolo, *Jynx torquilla* — respondi. — Maldição de safra antiga, gerada por sua habilidade de girar a cabeça quase 180 graus. Quando transtornado no ninho, eles usam-na como serpente, coleando e silvando com grande exibição de ameaça, uma maldição que se desenvolveu e amadureceu durante séculos. Esse comportamento estranho levou-os a serem empregados na antiga bruxaria. *Madonna*, não! — berrei, bem a tempo, pois Grazia enchera os pulmões e abrira a boca para gritar. — Se chamar ajuda, ele atacará quem vier.

— Por que não o exorciza? — gritou Vasco. — Foi você quem o chamou.

Quisera eu ter um bom retrato dele com a aparência daquele momento; pendurá-lo-ia num lugar conspícuo.

— Não, acabei de descobri-lo. Por que não chama a lei? Prenda-o.

— Oh, que ridículo.

O *vizio* saltou da cama e correu até a porta como se todos os demônios do inferno o perseguissem, e não um esfrangalhado manuscrito. Ai de mim, as portas venezianas não gostam de ser provocadas, um mau e aquela escolheu que momento para emperrar. Ele voltou-se para longe, com o *Jynx* já aos pés.

Também saltei no chão. O feitiço evitou o golpe do florete, mas não deu sequência ao ataque; em vez disso, reverteu o curso e veio para cima de mim, como se me preferisse em termos de presa.

Estendi o braço esquerdo e usei a Palavra. Em geral, meus talentos pirocinéticos precisam de alguns minutos para obter resultados, mas o papel tinha séculos e o horror explodiu numa bola de fogo. Grazia gritou. E o mesmo fez o pássaro, ou pelo menos ouvi na cabeça um ruído incrivelmente agudo, como o que um morcego torturado emite nos estertores da agonia. Embainhei a espada. O piso, um terraço, não tinha tapetes nem madeira exposta para arder.

Vasco berrou:

O código do alquimista

— Cuidado!

A folha de papel que a lâmina de sua espada soltara flutuava pelo chão em minha direção, soprada por um vento que nada mais perturbava no quarto. Ateei-lhe fogo também e vi-a desaparecer num clarão de fagulhas e cinzas.

Passara a emergência. O *Jynx* desaparecera, a casa não ia arder, e restavam apenas nuvens de fumaça com um cheiro amargo. Tossindo e sufocados, Vasco e eu escancaramos as janelas. Grazia cobrira o rosto com as mãos, mas eu a via pálida como leite e ofegante em busca de fôlego. Puxei-a para baixo.

Vasco experimentou de novo a porta, que desta vez se abriu com doçura, no melhor comportamento. Ouvimos gritos que vinham do *piano nobile.*

26

Tia Fortunata dava ataques histéricos no quarto dela. A família acabara de correr para saber qual o problema quando Grazia entrou enlouquecida e jogou-se nos braços da mãe. Houve muitos gritos e susto quando o fedor da fumaça veio flutuando do piso do mezanino. Os dois *fanti* acorreram para ver. O inquisidor Gritti nos abordou no *salone*, a Vasco e a mim, que seguíamos a moça, e exigiu uma explicação.

— Bruxaria! — disse meu companheiro. — Zeno invocou uma espécie de animal de papel de uma estátua e ele nos atacou. Depois usou mais bruxaria para atear-lhe fogo.

O *vizio* sofrera um severo susto e demonstrava-o, mas também exibia um selvagem sorriso de triunfo. Desta vez realmente me pegara, segundo pensava; desta vez não me deixaria escapar.

Eu me inclinava a concordar. E também Gritti, pois jamais eu deparara com um homem tão semelhante a um gato, a ponto de sentir minha cauda de roedor sob a sua pata.

O CÓDIGO DO ALQUIMISTA

— Sua Excelência, localizei o torcicolo — informei. — Minha varinha de rabdomancia a encontrou. Escondido no quarto de *madonna* Grazia, embora ela não soubesse. O pássaro nos atacou, segundo Filiberto; refugiou-se na cama, eu saltei numa mesa e a dama numa poltrona. Por sorte, o bicho explodiu em chamas e...

— Zeno tacou-lhe fogo! — gritou Vasco. — Apontou a mão deste jeito, fez gestos, falou numa língua estranha e o pássaro ardeu na mesma hora. Depois uma página solta o atacou e o obrigou a fazer a mesma coisa de novo!

— Uma folha solta de papel o *atacou*?

Gritti lambeu os lábios.

— O *vizio* está um pouco transtornado — sugeri. — Tem uma lembrança confusa dos acontecimentos. Na verdade eu disse uma prece, e Nossa Senhora teve piedade de nós e nos salvou do demônio. Claro, um papel tão velho às vezes seca tanto que, exposto ao ar...

Então os Sanudo saíram em rebanho do quarto de Tia Fortunata, exigiram saber o que se passava, e a conversa de seis tornou-se um pouco mais que confusa.

Mais ou menos uma hora depois, já se esclarecera de algum modo a situação. Aceitou-se o pica-pau *Jynx torquilla* como uma realidade e sua destruição como uma bênção. Desse ponto de vista, saudaram-me como um herói. Vasco insistiu em que eu usara a bruxaria para localizá-lo e destruí-lo, e talvez criá-lo, para início de conversa, embora mesmo Gritti não parecesse disposto a concordar com a sugestão — e reservou o julgamento sobre o resto. Tinha muito tempo. Eu não ia a lugar nenhum.

Tia Fortunata parecia e falava como se houvesse ficado vários anos mais jovem, e de poucos em poucos minutos murmurava que se sentia muito melhor.

Grazia ficou muito calada, sem sair de perto da mãe. Agradava-me acreditar que a jovem tinha o nariz menos conspícuo que antes, mas talvez fosse apenas um pensamento caridoso. Vasco e eu havíamos testemunhado que ela se assustara tanto com o pássaro quanto nós dois, não sabia onde o bicho se escondia nem o conhecera. Recusou-se a discutir o que se passara, não confirmou nem negou que me vira usar bruxaria.

Giro desaparecera no quarto dele e trancara a porta para o mundo. *Sier* Zuanbattista retirara-se por trás da tradicional gravidade da aristocracia veneziana, observava tudo e nada dizia. Decerto só ia agradecer pelas minhas ações quando me inocentassem da acusação de bruxaria, e era demasiado cavalheiro para denunciá-las quando o beneficiavam de forma tão óbvia.

A essa altura, havíamos todos descido ao quarto de Grazia para reencenar o confronto com o torcicolo, inspecionar a marca de fogo deixada no chão e olhar a base da estátua de Netuno. Tornei a avistar a mala de Danese e decidi que talvez ela criasse uma bem-vinda diversão. Levei-a até a cama e preparei-me para despejar o conteúdo.

— Para trás, Zeno — ladrou Gritti. — Eu desconfio dessas suas mãos ágeis. Marco, Amedeo, revistem aquela mala e vejam se contém alguma coisa que não devia.

Poucos minutos depois, parados todos em volta da cama, admirávamos os cequins de ouro e um bracelete do mesmo

O CÓDIGO DO ALQUIMISTA

metal e âmbar. Na verdade, admirávamos dois braceletes — o de bronze e vidro que Grazia tirara da caixa de joias, e o genuíno, que surgira da roupa de baixo de Danese.

A recém-enviuvada tornou a chorar no colo da mãe. *Madonna* Eva exibia um rosto duro como pedra, mas ficara sem dúvida com as emoções abaladas por aquela exposição da víbora que alimentara durante tanto tempo. Até Vasco admitiu que eu não tivera oportunidade de plantar a prova, pelo menos naquele dia.

— Não há prataria da *Casa* Barbolano — reconheci. — Minhas suspeitas eram infundadas.

— Vou mandar avaliar todos os bens valiosos da casa — declarou Zuanbattista, e nem a estudada impassibilidade escondeu de todo a fúria dele. — Fico-lhe muito agradecido por trazer essa traição à nossa atenção, *sier* Alfeo.

Fiz uma mesura.

— Entristece-me haver aumentado seus sofrimentos. Enquanto isso, Excelência, peço permissão para voltar a meu mestre, que talvez precise de mim.

Pausa.

Então Gritti balançou a cabeça em assentimento.

— Irei visitá-lo amanhã, como combinamos, e depois de concluirmos esse assunto podemos prosseguir com a questão de como você localizou o torcicolo e conseguiu atear-lhe fogo. — Sorriu. — Nesse meio-tempo, o *vizio* o manterá livre de danos.

27

Sentado no barco do governo, Giorgio trocava mexericos com os barqueiros de Gritti — esperar-me constitui uma parte grande do serviço dele. Conhece-me tão bem que uma olhada ao meu rosto bastava para informar-lhe que eu não era o mesmo de sempre, alegre e espirituoso.

— Para casa? — perguntou, e aceitou o assentimento de cabeça como resposta suficiente.

Sentindo-me maligno, o que é compreensível, espalhei-me nas almofadas da *felze* e obriguei Vasco a sentar-se no banco do remador, do lado de fora. Infelizmente, a chuva passara. Como achou engraçado o meu desprezo, ele sorria e irradiava benevolência ao cenário, enquanto o gondoleiro disparava pelos Rios di Maddalena e di S. Marcuola. Quando saímos no Grande Canal, o vice de *Missier Grande* me honrou com o sorriso mais hipócrita que eu já vira.

— Alfeo, Alfeo! Você não pode dizer que não o avisaram. Eu lhe disse muitas vezes que não se metesse nos assuntos que põem em perigo sua alma imortal. Vê onde foi parar agora? Não sente arrependimento?

O CÓDIGO DO ALQUIMISTA

— Sinto-me um homicida. Isso me fez pensar que preferia ser decapitado a queimado na estaca. Sou melhor espadachim que você. Giorgio nem vai notar um rápido assassinato, vai, Giorgio?

Em geral, o gondoleiro finge não escutar o que se diz no barco, mas desta vez respondeu:

— Não se for por uma boa causa, *clarissimo*.

— Não poderia ser melhor — respondi, mas a ameaça não preocupou o *vizio*, que apenas deu um sorriso de escárnio mais largo que nunca.

Eu de fato achava que um dia iniciado com a descoberta de um cadáver na porta e continuado com uma acusação de homicídio contra mim, ameaçado por um demônio, e depois de novo acusado de bruxaria, não podia piorar mais. Na Casa Barbolano, saltei na margem e subi correndo a escada sem esperar por Vasco, que com certeza iria grudar-se em mim com mais força que as orelhas dali em diante. Ouvi o bater de botas logo atrás ao alcançar o *piano nobile*. Para minha consternação, uma das folhas das grandes portas duplas achava-se aberta e num tamborete diante sentava-se Renzo Marciana. O alívio do homem ao ver-me sugeriu que andara perto de morrer de tédio. Os Marciana também obedecem às ordens de nosso senhorio, muito mais do que a mim e ao Mestre.

— O *sier* Alvise deseja vê-lo — ele explicou.

Com um olhar nervoso ao meu guardião, levantou-se e foi anunciar minha volta.

— Sem dúvida o nobre senhorio não gosta de cadáveres atravancando o aceso ao seu portão — opinou Vasco atrás de mim. — Que coisa mais suja!

295

DAVE DUNCAN

Desconfiei que o patrício rabugento e antediluviano gostava ainda menos de intrusos vivos que dos mortos, e em poucos instantes Barbolano saiu trêmulo para confirmar minhas suspeitas. Sei, por efetuar a auditoria da contabilidade dos Marciana, que ele deve ter uma das mais ricas rendas em Veneza, porém, junto com a esposa, jamais emprega mais que um único criado; vestem roupas antiquadas, desbotadas, puídas e muitas vezes necessitadas de uma lavagem.

Ele olhou para Vasco com extremo nojo e balançou literalmente um dedo diante do meu nariz.

— Não vou aceitar, ouviu bem?

— Deus o abençoe, *messer* — respondi. — De que modo o desagradei?

— De que modo? — ladrou o velho, lançando-me perdigotos. — Com *sbirri* pela casa toda? Inquisidores, o próprio *Missier Grande*, e — apontou — *ele*? Acha que tenho uma casa de má reputação? Não vou aceitar! Deem o fora, todos! Vão. Vão e digam a Nostradamus que pegue o lixo dele e vá embora! Hoje! Já!

Talvez houvesse continuado na mesma disposição de ânimo por algum tempo, mas o detive com uma expressão de horror.

— Por que faz caretas, rapaz?

— Por causa da data, *clarissimo*! Os astros! Trata-se de um dia nada auspicioso. O Mestre diz que jamais viu um dia tão malfadado para tomar decisões.

O velho encolheu-se.

— Astros?

— E planetas. Marte está em Libra em oposição a Mercúrio, *Messer*. A lua no seu signo, Virgem, torna o se-

O CÓDIGO DO ALQUIMISTA

nhor especialmente vulnerável. Peço-lhe que espere pelo menos até terça-feira para tomar alguma medida da qual talvez se arrependa depois. Qualquer decisão que tome antes será com certeza malfadada.

Barbolano mastigou a língua por alguns instantes, indeciso.

— Bem, pelo menos se livre dele! Escreva uma ordem de despejo para Nostradamus e traga-me para eu assinar na terça-feira sem falta!

Curvei-me.

— Muito sábio, *clarissimo.*

Vi-o desaparecer numa trovoada da grande porta.

— Uma decisão desastrosa, parece-me — observou Vasco.

— Quer dizer que agora está feito? Bombástico e estulto!

— Acha que este dia não é desastroso?

Subi a escada pisando forte.

Ele veio atrás.

— Até agora, mostrou-se muitíssimo auspicioso, um dos melhores de que me lembro.

Entrei no ateliê, fechei a porta na cara dele e tranquei-a.

— Saudações, nobre mestre! — proclamei, contornando o grande espelho para assegurar-me de que haviam fechado o orifício de observação da sala de jantar. — Desmascarei Algol para o senhor. Feito um idiota, salvei Filiberto Vasco do demônio e como agradecimento ele me acusa de bruxaria. *Messer* Ottone Gritti tende muito a concordar. Também o *sier* Alvise nos deu aviso de despejo para deixar as instalações até terça-feira e qual é o problema?

O Mestre sentava-se aconchegado na poltrona vermelha favorita, agarrado a uma caneca de cerâmica nas mãos, e parecia ter mil anos. Soltou um grunhido. Fiz uma pausa junto à mesa com tampo de ardósia e a bola de cristal, cuja capa jazia embolada no chão. Ele andara fazendo previsões, e o rabisco a giz constituía apenas mais um horror a ser acrescentado ao dia. Eu ia precisar de uma hora para decifrá-lo, se conseguisse.

— Não adianta — ouvi-o resmungar.

— Que diz o texto?

— Não sei. Distante demais para ter importância.

Notei aliviado que haviam removido o falecido Danese, embora ainda restassem o equipamento médico e um lençol manchado de sangue sob o sofá. Fui lá arrumar.

— Sente-se aqui e fale.

O Mestre levou a caneca à boca e bebeu.

Obediente, instalei-me numa das poltronas verdes — uma honra incomum para mim — e falei. Contei-lhe tudo que acontecera desde que eu fora com Gritti visitar *madonna* Corner. Não falei em comida, pois não comera, mas mal consegui não dar a entender que não o dizia.

Embora jamais previsível, meu amo quase sempre fica de mau humor após uma previsão distante. Mas, quando cheguei ao fim da manhã que passara e disse-lhe como dissuadira Alvise Barbolano de despejar-nos na hora, ele na verdade praguejou, coisa que quase nunca faz. Desta vez estávamos encrencados.

— Quer dizer que aquele estorvo Vasco ainda continua debaixo dos pés?

— Como terra.

— Bah! Bem, ele não pode descobrir o que andamos fazendo. Prometi entregar Algol pessoalmente e entregarei.

O CÓDIGO DO ALQUIMISTA

Repeti essa frase para mim mesmo e concluí que a ouvira direito.

— O senhor não acha que o livro andante era o demônio?

— Bah! Decerto que não! Você confunde Algol com o torcicolo, e os dois não têm semelhança nenhuma. Oh, certamente o pássaro enfeitiçado tornou os Sanudo inclinados à tragédia. Nota que o próprio Sanudo se saiu muito bem quando morava em Constantinopla, muito longe do seu alcance, mas mergulhou em dificuldades tão logo voltou? Assim que nos tornamos envolvidos nos assuntos da família, isso me borrou a clarividência e cegou seu tarô. Mas Algol é uma pessoa, um dos efeitos malévolos do *Jynx*, sem dúvida, mas não o próprio pássaro. O fato de que os empregadores dele, sejam quem forem, o chamarem de Demônio talvez não passe de coincidência. Não me lembro de a Igreja algum dia nos ter informado sobre um santo patrono das coincidências, mas um demônio patrão seria mais adequado. Os Dez querem é o Algol humano. Eu poderia dizer a Gritti o que ele ignorou e o faria pôr todos os espiões para trabalhar e encontrar o verdadeiro homem em poucos dias, mas prometi entregá-lo eu mesmo, por isso sou obrigado a fazê-lo.

Chamar o Mestre Nostradamus de cabeçudo como um porco é um insulto aos suínos.

— Sim, eu sei. Amanhã ao desjejum. Pode pensar numa maneira de impedi-lo de queimar-me na estaca por bruxaria logo depois?

— Você foi um idiota ao usar a Palavra diante de uma testemunha, sobretudo ele.

— Não a usei diante do próprio Gritti, mas concordo que foi estupidez. Afinal, até onde a possessão demoníaca poderia tornar Vasco pior? E talvez ele tenha mordido o pica-pau maligno, e não o contrário.

— Vou me preocupar com isso depois — disse meu amo, impaciente. — Por enquanto, é mais importante preservar minha reputação denunciando Algol. Decidi que havia três maneiras de proceder, três cordas em meu arco.

— E a primeira não funcionou.

Apontei a bola de cristal com o polegar por cima do ombro. Ele fez beicinho, o que indicava concordância.

— Atirei acima do alvo por pelo menos um século. Já comeu?

Pasmo, pois a comida raras vezes lhe entra na mente, respondi:

— Esta semana acho que não, amo.

— Bem, estou à espera de...

Bateram na porta com nós de dedos.

Ergui uma sobrancelha e, ao vê-lo balançar a cabeça, todo o resto de mim também o fez. Fui abrir a porta e encontrei os gêmeos, Corrado e Christoforo, radiantes de avidez. Os dois jamais interrompem o Mestre sem ordens expressas, por isso me pus de lado e deixei-os entrar. Depois tornei a trancar a porta, embora não se visse sinal de Vasco no *salone*. Os rapazes suavam e bufavam como se houvessem corrido, mas tinham levado algum tempo a ensaiar, pois falaram em contraponto.

Corrado começou:

— Marco Piceno, sapateiro...

— Marco Gatti, advogado...

O CÓDIGO DO ALQUIMISTA

— Matteo Tentolini, músico...

— E Dario Rinaldo, marceneiro — concluiu Chris, triunfante. Os nomes nada significavam para mim, mas pela expressão demoníaca do Mestre adivinhei tratar-se de más notícias, logo a segunda das três cordas do arco se revelara tão desafinada quanto a primeira. Duas foram-se, falta uma.

— Muito bem! — ele exclamou. — Alfeo lhes dará dois *soldi* para cada um depois de jantar. Enquanto isso, tenho outra missão para vocês. Vão buscar Michelina se ela andar por perto. Vá comer, Alfeo.

Michelina tem um ano a mais que os gêmeos, uma esplêndida beldade, noiva prestes a casar-se. O único motivo possível de o Mestre querê-la era para ditar uma carta, pois a moça tem uma bela letra de secretária. Eu mesmo lhe ensinei.

— Não morrerei de fome na hora seguinte — queixei-me, ressentido, por outra pessoa sentar-se à minha escrivaninha e fazer meu trabalho.

— Não, não. — Ele acenou com a mão para afastar a ideia. — Você deve manter as forças para a provação de hoje à noite.

Quando entra nesse estado de espírito, mantém segredos até de mim, pois se convenceu de que meu rosto me denuncia quando conto uma mentira. Trata-se de uma absurda inverdade, mas nesse dia tínhamos o historicamente famoso Filiberto Vasco atrás e espiando debaixo da cama, portanto justificava-se extremo cuidado.

— Temo a perspectiva — eu disse, e saí em busca de nutrição, ignorando os olhos arregalados dos gêmeos a essa insinuação de sombrias ações à frente.

28

Havia muito passara a hora habitual da refeição, mas nada apavora Mama Angeli, e encontrei Vasco na cozinha limpando um prato do magnífico pato à moda Burano, *Masorin a la Buranella,* que ela faz. Pedi à senhora que mandasse o meu para o refeitório, onde o grupo me atraía mais, e a caminho de lá me servi de uma das poucas garrafas restantes do Villa Primavera 1583 entesourado pelo Mestre. Talvez fosse a última refeição decente que algum dia faria.

Não pude gozar da solidão por muito tempo, claro, pois Vasco veio empavoneado juntar-se a mim, trazendo o *dolce* de passas fritas, farejou a garrafa de vinho e franziu os lábios.

— Ótimo! O condenado saboreando uma substancial última refeição?

— De jeito nenhum. Comemorando a denúncia próxima da falsa testemunha.

Ele sorriu e recostou-se para admirar a arte do teto e os candelabros.

— Vocês tinham um excelente lugar aqui. É uma pena o acesso de ressentimento do senhorio.

O CÓDIGO DO ALQUIMISTA

— Ri melhor quem ri por último.

— Concordo inteiramente — respondeu Vasco, com ar solene. — E admito que isso dá uma sensação muito boa. Eu o avisei muitas vezes!

— *Nil homine terra pejus ingrato creat.*

Violetta me ensinara isso, mas não o aplicara a mim na época.

— O ingrato é por certo o pior dos homens na terra, mas que o leva a pensar que tenho razão para lhe ser agradecido? Você sempre foi uma peste, carreirista, presunçoso e intrometido.

Se eu o acusasse de ingratidão por ter-me denunciado depois de havê-lo salvo do torcicolo, ele diria que era uma confissão de prática de magia negra, por isso continuei a comer em silêncio. Confortava-me a ideia de que já me sentira acuado antes, e meu amo sempre correra ao resgate.

Corrado deu-nos uma espiada.

— O velho.... o Mestre quer saber se temos... quer dizer, se ele tem um pouco de meimendro e, hã, mandrágora.

— O meimendro está na terceira jarra da segunda prateleira de baixo para cima, com rótulo *Hyoscyamus* — respondi.

— A raiz de mandrágora na décima quarta jarra, prateleira de baixo. Tenha cuidado com elas! — berrei ao vê-lo disparar.

O Mestre sabia tão bem quanto eu, por isso o motivo da pergunta fora despistar Vasco, que devia reconhecer a fama de poderes mágicos daquelas plantas. Despistar do quê, porém? E por quê? Bem, não deixava de ser um sinal encorajador de que o velho saltimbanco tinha algo em mente. Ou na manga, talvez.

Mais tarde, quando Mama me perguntava se devia fritar um terceiro prato de bolinhos de passa para mim e eu lamentava com pesar não lhes poder fazer justiça, apareceu Christoforo.

— O Mestre disse que vai descansar, mas devemos acordá-lo quando acontecer alguma coisa. E que o senhor deve descansar também.

— Diga a ele que não vou perder as forças.

— E ele quer ver a senhora, Mama.

A mãe franziu o cenho e saiu bamboleando.

— Queimar na fogueira não é tão ruim — observou Vasco. Tomou um gole da garrafa de vinho. — Estrangulam-nos com uma corda antes que as chamas nos alcancem. Em geral, quer dizer.

Poderia minha posição ser mais desesperada se eu ateasse fogo ao chapéu dele ali mesmo?

Um grito de mortal agonia ecoou pelo *salone*, bastante alto para tirá-lo da poltrona e assustar até a mim.

— Mama tem um fraco pelo dramático — expliquei, enquanto meu companheiro corria porta afora, decidido a tudo para salvá-la.

— Nostradamus provavelmente encontrou uma aranha embaixo da cama — gritei atrás dele.

Quando acabei de limpar os últimos fiapos do *dolce*, sequei o copo e segui o *vizio*, cheguei a tempo de ver meu senhor desaparecendo no quarto e Mama Angeli enxotando quase todo o clã pela porta da frente — Giorgio, Corrado, Archangelo, Christoforo, Angelina e até Noemi. Parece que os membros mais jovens ficaram aos cuidados de Piero, que só tem onze anos. Dois acharam que haviam sido abandonados e gritavam de terror.

— Que está acontecendo? — perguntou Vasco.

O código do alquimista

— Ah, as coisas aqui muitas vezes são assim — expliquei.

— Seja útil. Exercite seus talentos de babá.

Voltei ao ateliê e deixei a porta aberta para manter um olho no espião. Tinha a grande sala só para mim, mas algumas penas muito mal aparadas provavam que Michelina andara trabalhando no meu lado da escrivaninha. Arrumei esse e o canto médico, depois comecei a trabalhar nos medonhos garranchos ao lado do globo de cristal.

Trabalhar para um clarividente é frustrante porque a gente nunca sabe se vai viver para ver metade do nosso trabalho concluído. No caso de Nostradamus, quanto pior a caligrafia dele e mais obscura a sintaxe, mais longe a profecia, por isso ele me dissera que aquela ultrapassara o alvo. Pelo menos essa era em palavras, não rabiscos, portanto a influência maligna do torcicolo não mais se evidenciava, mas passei a maior parte do resto da tarde tentando ler a quadra, antes de decidir que já fizera todo o possível. Continuava inseguro sobre algumas palavras.

A [maré] virou, as areias refluem,
Nove vezes o [maior] vidro gira e só duas para
Quando o filho de Ajaccio fecha o volume
O habitante do continente descobrirá.

Eu não sabia então o que significava, não sei agora, e é provável que jamais saiba. Não parecia completa e meu amo não a incluiu no texto do próximo livro de previsões. Quem era Ajaccio? Descobrir *o quê?* Furioso e frustrado, copiei o verso no livro de profecias e limpei a lousa. Não via sinal algum de que as jarras de meimendro e mandrágora tivessem sido mexidas. Desejaria poder saltar até o outro lado da *calle* e visitar Violetta, mas sabia que Vasco me deteria ou seguiria. Além disso, tinha de ficar em meu posto.

Ele ficara no seu, enrolado num sofá no *salone* equidistante da porta, o ateliê e o quarto do Mestre defronte, esconderijo natural de um caçador. Um a um, os Angeli voltaram, todos com trouxas, e nenhum quis me dizer aonde tinham ido ou o que traziam. Fiz o melhor que pude para ocultar a perplexidade; suponho que Vasco fazia o mesmo.

Parado diante do grande espelho, eu praticava exercícios com os dedos e um ducado de prata quando ouvi baterem com a aldrava na porta e fui atender.

Compreensivelmente, Vasco chegou antes de mim, mas eu conhecia o pajem ali parado, reconheci a libré da casa dos Trau e quase perdi a tramontana ao ver o bilhete que ele agarrava, porque tinha o sinete de Fulgentio. Não me ressinto da riqueza e sorte dele, mas não perdoo a forma como o Mestre, com a maior desfaçatez, se aproveita de nossa amizade. O velho tem centenas de pacientes e clientes influentes, do doge para baixo — por que tem de caçar meus amigos?

Além disso, se ele esperava pedir ajuda ao doge contra o inquisidor Gritti, perdia tempo. Nascido no estrangeiro, Nostradamus muitas vezes tem dificuldade para compreender como nosso chefe de Estado na verdade é impotente, cercado por seis conselheiros na *Signoria* e dez outros homens também no Conselho dos Dez. Não tem poder de voto entre os Três. Houve um grande escândalo poucos anos atrás, quando Veneza ficou sabendo que em alguns casos

O CÓDIGO DO ALQUIMISTA

o Conselho não apenas delegava alguns poderes aos Três, mas às vezes a *todos* eles. O Grande Conselho não proibiu essa detestável prática, por isso os três inquisidores ainda podem, em certos casos, chegar a um veredicto e mandar *Missier Grande* aplicá-lo antes mesmo que o resto saiba. Que bem poderia fazer Fulgentio?

— Preciso entregar isso ao Doutor Nostradamus em pessoa — disse o rapaz — ou — acrescentou — ao *sier* Alfeo Zeno. — Entregou-me. — Disseram que não haveria resposta.

— Mas haverá uma recompensa — respondi. — Só um minuto.

Tirei o ducado de prata da orelha de Vasco e dei-o ao pajem, que arquejou e declarou ter apenas atravessado o *campo* a pé. Insisti em que o guardasse e fechei a porta antes que ele tentasse me beijar os sapatos.

— Mágico barato! — disse o *vizio*.

— Covarde — rebati.

Ao lembrar-me de dar entrada do ducado no livro-caixa como despesa, bati com força na porta de meu amo e entrei sem esperar resposta. Tranquei-a.

O Mestre vestira a camisola e a touca de dormir, mas continuava acordado, recostado numa pilha de almofadas, examinando um livro. Recebeu a carta, leu-a e tornou a fechá-la sem uma palavra.

Minha atenção se dirigira para o manuscrito que ele consultava. Era velho, obviamente, escrito numa letra antiga em muitas folhas de velino encadernado. Eu julgava conhecer todos os livros dele, mesmo os escondidos em compartimentos secretos, mas não aquele. O mestre notou esse interesse e deu um sorrisinho de escárnio.

DAVE DUNCAN

— *As Deposições do Irmão Raymbaud* — declarou. — Espero que o Vaticano tenha um exemplar, mas duvido que alguém mais tenha. Que idade você lhe daria?

Entregou-me o livro para exame da caligrafia.

— Francês — respondi —, escrito em *littera psalteris*. Fins do século XIII?

— Perto. Tem data de 1308, mas na certa foi escrito por um amanuense mais velho, de modo que sua opinião se sustenta. Raymbaud não o escreveu ele mesmo. Apenas depunha.

Olhei atrás, para ter certeza de que fechara a porta.

— Era testemunha ou réu? Quer dizer, o irmão Raymbaud de Caron?

O Mestre deu outro sorrisinho.

— Claro que era Raymbaud de Caron. Preceptor das comendas dos Cavaleiros Templários no Além-mar. O último deles, naturalmente. Os franceses chamavam a Terra Santa de Além-mar.

— Eu sei — respondi, sombrio.

Aquilo se dirigia para um território tão obscuro que faria a forma como eu usei a Palavra um delito menor. Em 1307, o rei Filipe, o Belo, da França, desfez a ordem dos Templários e torturou os oficiais superiores para obrigá-los a confessar todos os terríveis crimes que os algozes podiam pensar e sugerir.

— Raymbaud foi um dos queimados na estaca?

— Aparentemente, não. — O Mestre franziu o cenho por ter de admitir ignorância. — O destino dele é um mistério. Especulou-se que comprou sua saída com a revelação de certos segredos desconhecidos até mesmo pelo Grande Mestre Jacques de Molay.

— Como a verdadeira natureza de Baphomet, talvez?

O CÓDIGO DO ALQUIMISTA

Nostradamus fez um beicinho de azedume.

— Que palpite mais astuto! Às vezes você me surpreende, Alfeo.

— Às vezes o senhor me apavora, mestre.

— Bem, existem alguns pontos obscuros — ele admitiu.

— Leve o livro e prepare o plano. Devemos nos aprontar para começar à meia-noite.

E eu que ainda achava que o dia não podia piorar.

29

Nada de sério aconteceu até depois do toque de recolher. Voltei ao ateliê com o livro e passei o resto da tarde reduzindo o cérebro a uma polpa, na tentativa de entender o francês de trezentos anos. Quando precisei de uma folga, limpei o florete e tornei a afiar a ponta, para reparar o pequeno dano de quando derrubaram Danese. Se Vasco tentasse me prender, eu ia precisar dele.

Ao pôr do sol também trouxe a Cabeça do sótão, bem escondida na sacola de couro do olhar bisbilhoteiro de Vasco. Permite-se guardar como propriedade de um médico uma caixa de ossos humanos no armário, mal e mal, porém a Cabeça não se inclui na coleção de curiosidades do meu senhor. O dono original morreu muitos anos atrás, sem dúvida um nativo de alta estirpe do Egito, digno de cuidadosa mumificação. Tem os olhos fechados, a boca aberta, e ainda ostenta fiapos de cabelo branco. Ele é muito leve, porque retiraram o cérebro durante o embalsamamento, mas não parece ligar para isso agora. O Mestre insistiu em que a Cabeça desempenharia muito bem o papel de Baphomet, por isso a coloquei sobre a mesa de ardósia no lugar do habitual globo de cristal.

O CÓDIGO DO ALQUIMISTA

Em meio a todas as acusações de heresia, blasfêmia e perversão lançadas contra os Cavaleiros Templários, incluíam-se algumas singulares, de que adoravam uma cabeça separada chamada de Baphomet. Ninguém jamais explicou direito por que o teriam feito, e em geral presume-se que o demônio não passasse de uma louca história inventada por algum infeliz para deter a dor após confessar tudo mais que pudesse pensar. Mas na certa o conto teve uma admirável duração. Diz-se que o nome é uma corruptela de Maomé.

— Longe disso — disse o Mestre nessa noite, quando nos instalamos para tentar um pouco de magia negra. — Não leu o livro?

Haviam coberto o orifício de espiar-se na porta, trancaram-na, e Vasco ficara do lado de fora. Fecharam-se as venezianas e os Angeli se absorveram no longo dever de pôr os filhos na cama. Mas eu ainda sentia a necessidade nervosa de continuar a olhar para trás.

— Tentei, mas o francês antigo me supera, e tem outra escrita ali que nunca havia visto antes.

O Mestre aconchegara-se na poltrona favorita com o manuscrito de Raymbaud no colo, mal iluminado por uma lâmpada no consolo da lareira. De manto negro, quase se tornara invisível. Divertia-se a valer. Mostrara-se evasivo quando perguntei se algum dia tentara esse procedimento antes, mas, obviamente, julgava ter uma boa desculpa para fazê-lo agora.

— Ah, bem, segundo Raymbaud, a técnica era muito antiga, e antedatava de muito o islã. A invocação é em copta tebaico, língua dos faraós, e segundo ele os embalsamadores criaram o ritual em que pediam aos mortos permissão para preparar os cadáveres. Parece improvável, mas uma técnica para interrogar os mortos recentes seria útil aos Templários se quisessem defender a Terra Santa de assaltantes vindos do deserto. Se uma patrulha acabava sendo massacrada e eles conseguissem invocar logo os espíritos desses mortos, podiam perguntar-lhes quem o fizera, ou pedir o mesmo aos bandidos falecidos que os enviaram.

Senti calafrios.

— Necromancia!

Ele piscou com infantil inocência.

— Não se você define necromancia como faziam os antigos. O douto Estrabo, por exemplo, a relaciona com os caldeus...

— Conte-me amanhã, quando aguardarmos que os torturadores terminem a folga do jantar.

Eu continuava inquieto, incapaz de me manter sentado.

— De que mais precisamos?

O velho olhava de novo o manuscrito.

— Enumeram apenas seis acessórios, mas devem ter sido sete. Falta o quê?

A lista desses objetos era quase a única coisa que eu conseguira decifrar.

— Sal.

— Ah, claro! Vá buscar um pouco.

Saí e tranquei a porta, pois se via bem a Cabeça. Vasco continuava enrolado como um capote jogado no sofá. Sabia que preparávamos alguma coisa, mas não íamos deixá-lo descobrir o quê, e podia enroscar-se e tirar uma soneca. Peguei um torrão de sal na cozinha e voltei ao ateliê. O

O código do alquimista

Mestre transferira-se para uma das poltronas verdes, que eu pusera antes a uma distância segura atrás da mesa, diante de nossa velha cúmplice, a Cabeça.

— Ponha-a entre o ferro e a madeira — ele ordenou. — Agora enumere os acessórios.

Nomeei os sete objetos que dispusera em torno da Cabeça:

— Ferro, sal, madeira, âmbar, azinhavre, cobre e couro. Todos foram avaliados como tendo virtude mágica desde os tempos mais antigos, decerto.

— Agora acenda o incenso.

Sete palitos de incenso com as pontas inseridas em bases próprias erguiam-se ao redor da Cabeça e do círculo de acessórios. Indiquei um por um e começaram a fumegar.

— Agora eu... — ele começou. — Ah, os fios de cabelo!

— Cabelos?

— Cabelos. Deve-se relacionar Baphomet com o espírito que se deseja invocar, senão virá o errado. Por sorte, neste caso, temos uma mecha de Dolfin. Eu a guardo na pequena gaveta de instrumentos, por segurança.

Um médico no exercício de sua função que rouba uma mecha do cadáver parecia-me perigosamente próximo da profanação de um corpo, mas já abandonáramos a lei moral, por isso me calei quando, obediente, fui pegá-la. Só a visão daquela trança loura ali, amarrada com uma fita, já me apavorava. Fiz em silêncio uma prece de desculpas a Danese enquanto seguia as orientações do Mestre e enrolei-a na Cabeça.

— Agora! — ele exclamou. — Passe-me o sino. Sente-se. Não tão perto. Vou ler a invocação. Quando se extinguir o sétimo incenso, você terá alguns segundos para fazer perguntas.

Dave Duncan

— Eu?

— Ele o conhecia melhor. Terá direito a três, apenas três perguntas, porém faça mais umas duas só por via das dúvidas. Descubra o nome do assassino e onde ele mora. Não bisbilhote assuntos que não lhe interessam nesta vida.

— De modo algum.

Esperava descobri-los por mim mesmo muito em breve.

— Pronto?

— Pronto, mestre.

Nostradamus pôs-se a recitar o copta, devagar, mas quase sem tropeços. Mencionou repetidas vezes Baphomet, embora do modo como o dizia o fizesse parecer mais um imperativo que um nome próprio. Após alguns versos, tocou o sino e a primeira vareta de incenso que eu acendera parou de fumegar. Tiritei. Mais alguns versos, e o sino tocou. A segunda vareta...

A primeira vez em minha vida que senti os cabelos genuinamente de pé veio após a sétima e final se extinguir. Seguiu-se uma pausa pavorosa, e então a Cabeça falou. Sim, uma voz saiu da boca escancarada, mas sem dúvida nenhuma era a voz de baixo, sonora e inesquecível, de Danese Dolfin, que me arranhou os nervos.

— *Quem me intima de volta a este mundo de pecados?*

Engoli em seco com tanta força que parecia ter a garganta crestada como sal.

— Eu, Alfeo Zeno.

— *Alfeo Zeno, por que ousa perturbar a passagem de minha alma?*

— Para vingar seu assassinato.

— *Vingar? Vingança? Quer que eu peque mesmo na morte?*

O CÓDIGO DO ALQUIMISTA

Que típico de Danese discutir do além-túmulo, mesmo ainda não tendo sido enterrado. Enxuguei minha testa úmida e fiz a primeira pergunta:

— Danese Dolfin, quem o matou?

A Cabeça gemeu, como se sentisse dor.

— *Deixe-me, deixe-me!*

— Ordeno-lhe que responda. Quem o matou?

Ele deu um suspiro e murmurou:

— *Mirphak.*

— O verdadeiro nome?

— *Francesco Guarini.*

— Ouvi o Mestre dar um suspiro de felicidade. A terceira flecha atingira o alvo.

Fiz a terceira pergunta:

— Onde mora Francesco Guarini?

Por um longo instante, achei que não receberia resposta, mas então a voz veio de novo, muito fraca, como de uma grande distância.

— *Em cima do* magazzen *em San Giorgio in Alga.*

Peguei-o! Com nome e endereço, até os *Signori di Notte* podiam agarrá-lo, quanto mais os Dez.

— E com que palavras o comandam?

Silêncio.

— Mais uma vez, ordeno-lhe que responda. Que palavras comandam Francesco Guarini?

Ouvi então um som não mais alto que a passagem de um mosquito.

— Como? — repeti várias vezes, e tentei mais algumas perguntas, porém nada mais aconteceu. Sussurrei: — *Requiescat in pace.*

Acabara a sessão.

O sino balançou estridente quando o Mestre o depôs no chão ao lado da poltrona.

— Bastante satisfatório! — disse. — Antes do amanhecer você irá a San Giorgio in Alga e prenderá Francesco Guarini. Traga-o aqui e o entregarei a Ottone Gritti para a *prima colazione* dele.

— Não tenho autoridade para prender ninguém. Especialmente com base em tal testemunho.

— Mas tem a palavra para dar ordem a ele. Não ouviu?

— Mirphak? — perguntei. — E Algol? Devo acrescentar Sirius, Polaris e Vega também.

— Cuidado com todo tipo de problema. Vai levar o *vizio* consigo. — Nostradamus deu uma risadinha ao levantar-se. — Tenha muito cuidado. Ele é perigoso.

— Qual? Ou se refere aos dois?

— Guarini. Vasco, não mais, agora.

30

Quando o céu a leste começou a iluminar-se numa gélida manhã de domingo, Giorgio me conduzia ao sul para o outro lado do largo Canal della Giudecca, principal via de navegação que separa a longa série de ilhas chamada Giudecca. O arquipélago é conhecido pelos grandes palácios e campos de diversão dos muito ricos, por isso não é tão familiar a mim quanto eu gostaria. Fria ou não, fazia uma manhã espetacular. A luz dançava nas marolas como pirilampos, e as sempre esperançosas gaivotas flutuavam acima, de olho em nós, para detectar qualquer sinal de lixo despejado. A cidade parecia erguer-se na lagoa protetora, e os primeiros raios do nascer do sol davam ao topo dos Alpes um beijo de bom dia.

Ao meu lado, na *felze*, sentava-se o *vizio*, agasalhado dentro do capote, casmurro e privado de sono. Eu não estava em melhor forma, pois tivéramos uma briga épica pelas acomodações para a noite. Ele recusara-se a me deixar dormir em meu próprio quarto, pois sabia da outra saída. Eu me recusara a deixá-lo trancar-me no quarto de hóspedes. No fim, dormimos os dois em sofás no *salone* com a lâmpada acesa. Depois eu o despertara numa hora imprópria, disse que ia fazer excursão turística em San Giorgio in Alga, e perguntei-lhe se queria ir.

Uma vez na vida alegrei-me que me acompanhasse, pois não partilhava da animada confiança do Mestre em que eu podia convencer um assassino a acompanhar-me de volta à Casa Barbolano para um aconchegante desjejum com os inquisidores do Estado. Apenas a presença de Filiberto Vasco comigo me daria muitas vezes o impacto que teria sozinho, embora não o visse oferecendo nenhuma ajuda prática, a não ser que eu lhe dissesse por que queria esse desconhecido Francesco Guarini, e isso com a máxima certeza eu não ia fazer.

São Jorge em Alga fica no extremo oeste da Giudecca e é uma das menores paróquias na cidade, por isso me surpreendera saber que tinha até um *magazzen*, uma casa de vinhos aberta a noite toda que, ao contrário de uma taverna, não vende comida, embora os clientes em geral possam mandar buscar um tiragosto numa casa de frios próxima. Nenhum de nós admitia saber onde se localizava o *magazzen* de San Giorgio, mas não parecia difícil de encontrar, e não foi. Giorgio deixou-nos no portão da represa, caminhamos por uma pequena *calle* até o *campo*, e lá estava ela, com a tabuleta acima da porta e uma luz dentro mal visível no dia a clarear. Eu não imaginava os ricos como fregueses de tal pardieiro, mas onde há ricos há criados, artesãos e comerciantes que vivem das migalhas deixadas por eles.

— Só dois andares — observou Vasco quando nos dirigimos para lá. — Isso simplifica a busca.

O CÓDIGO DO ALQUIMISTA

Precisei de um momento para firmar a voz.

— Que quer dizer?

Ele sorriu-me com uma santa inocência digna do próprio São Francisco.

— Você não espera que os moradores o ajudem, espera? Eu só quis dizer que é mais fácil revistar uma construção de dois andares do que uma mais alta.

— Bondade sua partilhar uma especialidade profissional de tão boa vontade.

Disse a mim mesmo que ele apenas bisbilhotava, tentava descobrir quanta informação eu tinha. Não podia ter visto a nossa sessão, pois eu havia fechado o visor na porta do ateliê, que é absolutamente à prova de som. Não, apenas somava dois e dois. A única explicação possível para minha corrida matutina ao outro lado do canal era pegar o espião que Nostradamus prometera entregar.

O *magazzen* de San Giorgio in Alga era tão malcheiroso e miserável quanto todos os congêneres, embora menor que a maioria. Entulhavam-se numa salinha quatro tamboretes, dois bancos, duas minúsculas mesas, três clientes de aparência repulsiva — um deles adormecido no banco — e um gato, que dormia embaixo do mesmo banco. Outro homem, por certo o dono ou parente deste, sentava-se além de uma janela aberta no fundo, pronto para vender vis produtos de safra. Uma porta no canto ligava a área dos clientes ao antro dele.

Olhos voltaram-se quando entrei. Arregalaram-se quando Vasco veio atrás, e depois todos, com exceção dos do proprietário, desviaram-nos. Um dos clientes deu um chute no adormecido para despertá-lo.

319

Dave Duncan

Continuei a andar até chegar à janela.

— Francesco Guarini?

O homem, de meia-idade, gordo, tinha uma aparência doentia; o nódulo amelanótico ao lado do olho direito diziame que só lhe restavam poucos meses de vida. Barris, caixas, baldes, almofadas de gôndola, dois remos, varas de pesca, um pouco de corda, um machado, cestas esfrangalhadas, vasos de barro quebrados e muitas outras coisas amontoavam-se no minúsculo quarto atrás. Ele encolheu-se, olhou um instante para meu companheiro e apontou o polegar para cima. Uma escada aberta subia inclinada pela parede do canil pouco adiante da porta à direita.

— Lá em cima? Para que lado no topo?

— Só tem uma porta lá em cima, rapaz.

— Tem outra saída?

— Não.

O *vizio* talvez não estivesse me ajudando ativamente, mas só sua presença bastara para produzir essa cooperação. Sozinho, teriam me mandado ao inferno em vívida linguagem e significativos gestos.

— Você vem? — perguntei a meu auxiliar.

— Não. — Vasco encostou-se na parede ao lado do postigo, onde podia manter um olho na clientela. — Prefiro assistir a seus faniquitos de uma distância segura, *clarissimo*. Você aí, sente-se! — O freguês que se levantara sentou-se, obediente. Espantoso o que fazem uma capa vermelha e um distintivo prateado. — *Padrone*, vou provar um copo do seu melhor tinto.

Ostensivamente, não enfiou a mão no bolso.

O CÓDIGO DO ALQUIMISTA

Abri a porta, deixei-a aberta, comecei a subir. Escada estreita, sem corrimão; os degraus rangiam. Virei uma quina no fundo da loja e subi outros degraus até parar diante de uma porta. Bati com o cabo da adaga. Notando que ela se abria para fora e o batente de cima mal chegava a ser maior que os outros, tornei a bater e depois recuei dois passos. Via-se uma fatia de luz do dia por baixo, e num instante uma sombra escureceu-a.

— Vinho pavoroso — queixou-se Vasco lá embaixo. — Lembrou-se de lavar os pés?

— Quem é? — rosnou uma voz de homem atrás da porta.

Firmei o florete com a mão esquerda, pronto para sacar.

— Procuro Francesco Guarini.

— Guarini não está aqui. Volte à noite.

— Deixe-me falar com Mirphak, então.

— Não conheço. Vá embora.

E ainda dizem que palavras de ordem funcionam.

— Saia, Guarini. Sei que está aí dentro. Fui mandado por Danese Dolfin.

— Quem?

Mas desta vez a porta se abriu uma fresta. Quase imediatamente, escancarou-se e uma cadeira voou sobre o meu rosto. Recuei num salto mortal para o canto, e desdobrei-me contra a parede com um baque que quase me quebrou o pescoço. O homem correu atrás e tentou chutar-me o rosto ao passar, mas a essa altura eu já me enfurecera. Peguei o pé dele com as duas mãos e torci-o. Ele desabou sobre a cadeira e foi sua vez de cair, desabando de cara no andar de baixo e, pela porta, no *magazzen*. Segui logo atrás, quase em queda livre.

Vasco, é bom que se diga, saltou à frente para bloquear Guarini, que se levantava e enfiou-lhe uma cabeçada. Choquei-me com os dois e todos caímos. O fugitivo era bem mais pesado que eu, mas eu caíra por cima e passei-lhe um braço pelo pescoço. Dominei-o no momento, porque agarrei meu pulso para sufocá-lo, e apertei até senti-lo ficar bambo.

— *Padrone!* — berrei. — Traga-me um pedaço daquela corda que você tem lá atrás.

Ergui os olhos e vi os três fregueses, todos de pé, olhando para baixo. Raras vezes me senti agradecido pela presença de Filiberto Vasco neste mundo, mas aquele foi um desses preciosos momentos. Eu era um forasteiro intruso, e se não o tivesse ali para representar *La Serenissima* me veria na camada de baixo de uma confusão de cinco homens, talvez dez àquela altura. Favorecendo mais a discrição que a coragem, a milícia de San Giorgio deu as costas e foi embora.

— Solte-me — berrou Vasco, ainda imprensado sob o prisioneiro. — Seu vagabundo nascido na sarjeta...

Ignorei o resto do que ele disse até receber o pedaço de corda do garçom e amarrar os pulsos de Guarini. Depois caí de joelhos e amarrei os tornozelos para ter certeza. Era um homem de pescoço taurino e jovem, com uma barba estilo Borgia, mais alto que eu e sem dúvida forte, mas começava a demonstrar uma boca muito suja.

— Cale-se! — gritei. — Senão o amordaço.

Ainda sentia a cabeça ressoar da pancada no lado da escada. Torcera o tornozelo e contava mais ferimentos que degraus, mas Vasco parecia pior do que eu. Levantou-se com esforço, sangrando dramaticamente.

O CÓDIGO DO ALQUIMISTA

— Obrigado pela ajuda — eu disse. — Que houve com seu rosto?

— Bati na cabeça dele com o nariz! E ele me esfaqueou.

Agarrava o punho esquerdo com a mão direita, por isso não tinha como limpar o nariz, que jorrava sangue. Assustaram-me muito mais os jatos vermelhos que esguichavam por entre os dedos.

— Sente-se! — disse, e levantei-me de um salto. — Traga toalhas — ordenei ao proprietário. — Corra! Pelo que entendo, *vizio*, este cidadão Guarini está oficialmente preso?

A resposta foi demasiado extensa para comunicar palavra por palavra, mas a ideia central foi afirmativa.

— É melhor eu cuidar desse talho, antes que você perca sangue demais — observei, ao perceber que ele podia sangrar até a morte diante de meus olhos. — Depressa! — berrei ao proprietário, que se precipitara escada acima, mas eu não podia esperar as toalhas.

Puxei a adaga, rasguei a manga de Vasco até o ombro, para fazer com ela uma bandagem.

Guarini despertara e contorcia-se, de modo que o cutuquei com o dedão do pé, não com gentileza especial.

— Fique parado, cão! Se isso o faz sentir-se melhor, irmão Filiberto, eu testemunharei que essa escumalha é o assassino de Danese Dolfin.

— Você o conhece? — perguntou Vasco por trás da máscara de sangue.

— Conheço. E conheço outra pessoa que pode identificá-lo também.

Espantoso o que uma boa e forte pancada na cabeça pode fazer para clareá-la. Eu começava a alcançar o Mestre, que vira a resposta um dia antes.

O senhorio veio correndo com alguns trapos sujos, mas a essa altura eu usava o cabo da faca de Guarini para apertar o torniquete.

— Há um cirurgião-barbeiro por perto?

— Não, *lustrissimo*. Aos domingos, não.

— Vá chamar meu gondoleiro. Diga....

— Não posso deixar o estabelecimento.

— *Vá!* — rugi. – Quer que o vice de *Missier Grande* sangre até a morte em seu antro de insetos e ratos? Diga ao meu gondoleiro que Filiberto se feriu e Alfeo precisa de ajuda. *Mexa-se!*

Mandei Vasco segurar firme o torniquete, e cortei pedaços da camisa dele para cobrir-lhe o nariz. Ele gemeu um pouco, e garanti-lhe que não o quebrara, embora já o tivesse tão inchado que não se podia ter certeza. Parecia o resultado da batalha de Lepanto.

— Precisamos levá-lo ao convento — sugeri. — As irmãs cuidarão de você.

— Não!

— San Benedetto fica muito perto.

— Não!

Vasco devia saber que perdera um sério volume de sangue, mas insistiu em voltar à Casa Barbolano comigo e meu prisioneiro.

— Perdi uma grande festa? — perguntou uma voz conhecida, e voltei-me com alívio para Giorgio Angeli.

— Breve, mas vigorosa — admiti. — Precisamos levar o *vizio* a um cirurgião.

O CÓDIGO DO ALQUIMISTA

— Conheço o melhor médico de Veneza — ele respondeu, ajudando Vasco a levantar-se.

Vasco logo desmaiou e o criado, que aprendera muitas coisas por ter sido gondoleiro de Nostradamus durante tanto tempo, içou-o com habilidade aos ombros como um bombeiro.

Tornei a cutucar Guarini e disse:

— Levante-se, porco.

31

Giorgio ganhou corridas de gôndolas quando jovem e nessa manhã não poupou esforços para acelerar nossa volta ao lar. Mas era uma longa viagem, e duas vezes soltei a pressão no braço de Vasco para deixar o talho sangrar. Sabia que, se não o fizesse, a mão morreria antes de chegarmos à Casa Barbolano. Fiquei cada vez mais preocupado com a possibilidade de ele próprio morrer. Quando chegamos ao Rio di San Remo, entrara em coma, um estudo em vermelho e branco como a neve.

Os sinos dominicais tocavam. Fazia uma semana exata que eu cruzara espadas com Danese na Riva del Vin, e um dia que descobrira o cadáver dele em nossa porta. Agora trazia o assassino para enfrentar a justiça, e a sensação era agradável. Junto aos dois barcos dos Marciana no portão da margem outros dois flutuavam, um com a insígnia do leão alado da República, portanto o inquisidor Gritti devia ser madrugador e não teria uma chance de falar com o Mestre em particular. Ainda assim, senti-me muito feliz por notar os dois barqueiros do governo, que saltaram de susto ao ver os três passageiros de Giorgio encharcados de sangue.

O código do alquimista

Guarini não dissera uma palavra desde que eu o amarrara, mas devia saber que teria ampla oportunidade e encorajamento para falar no futuro próximo. Toquei-o para a margem a ponta de espada e deixei que os barqueiros trouxessem Vasco. Giorgio desabara numa trouxa para recuperar-se dos esforços.

Haviam fechado, mas não trancado, a porta da frente. Empurrei, entramos e subimos a escada. Para meu grande alívio, também tinham fechado as dos aposentos dos Marciana e dos Barbolano, e chegamos sem ser vistos ao apartamento do amo. Um pouco adentro, no *salone*, sentavam-se os *fanti* que acompanharam Gritti no dia anterior, Marco Martini e Amedeo Bolognetti. Os dois nos olharam com compreensível surpresa, a mim e ao prisioneiro, levantaram-se e seguiram-nos até o ateliê. Retornara o herói conquistador.

O Mestre ocupava a poltrona vermelha, de costas para as janelas; Gritti embalava uma taça de vinho numa das verdes, diante da lareira, onde uma pequena fogueira crepitava. Era uma cena comovente, os dois geriátricos de mantos negros à vontade, porém com o poder de vida e morte sobre outros, incluindo o de encerrar vidas de homens que não deviam viver mais que eles.

Tomei a expressão de extremo desagrado de meu amo ao examinar-nos como um sincero louvor.

— Está certo de que pegou o homem certo, Alfeo?

— Bastante, amo, embora ele seja um matador incompetente. Tentou arrancar o coração do *vizio* e conseguiu apenas cortar um vaso sanguíneo no pulso, que exige atenção. Chegará aqui num instante — Olhei para Gritti, que

DAVE DUNCAN

usava a sorridente máscara de avô, as mechas prateadas polidas de modo especial por um prateiro. — Também se pode acusar o prisioneiro de dar cabeçada num funcionário da República.

— Um crime sério — disse o inquisidor, em voz branda.

— De quem é esse sangue em você, Zeno?

— De Vasco.

A expressão de avô endureceu-se quando ele se virou para examinar o prisioneiro.

— Nome e posição?

— Francesco Guarini, cidadão por nascimento.

Silêncio de expectativa.

— ...Excelência.

Gritti assentiu com a cabeça.

— Leve-o para o palácio, Marco. Ponha-o nos Poços. Volte imediatamente.

O soldado e o barqueiro retiraram o prisioneiro, que foi sem protesto; mesmo os notórios Poços seriam pouco piores que o cortiço em San Giorgio in Alga, a não ser, talvez, na maré alta.

Fui até o armário médico quando os dois barqueiros trouxeram Vasco. Ele parecia saber o que se passava, mas não tinha de fato plena consciência. Se morresse, os Dez caçariam as testemunhas no *magazzen* para testemunhar sobre quem o matara, mas iriam os locais pôr a culpa em Guarini ou em mim? Levei a valise do Mestre ao sofá, onde o ferido jazia no mesmo lugar ocupado por Danese no dia anterior.

— Bem — disse meu amo com a voz animada de médico.

— Veremos como vão as habilidades de primeiros socorros de Alfeo. Qualquer outro ferimento além do nariz e o braço?

O código do alquimista

— Meu orgulho — resmungou Vasco.

Logo, estava consciente, o que o médico precisava saber.

— Não posso tratar disso — disse Nostradamus. — Mas muita gente fica ferida assim quando tenta medir-se com Alfeo. — Era difícil ao extremo que aquele paciente pretendesse isso. — Alfeo, traga-o...

Mas eu já me postara ao lado dele com uma taça cheia de vinho e erguia Vasco para fazê-lo beber.

— Água e um balde, mestre? — disse. — Mel? Mais vinho?

— Muito mais vinho. Está aprendendo. *Fante*, traga o balde! — Quando o espantado Amedeo obedeceu, ele ladrou: — Sem as lenhas, seu idiota!

Queria recolher o sangue enquanto devolvia o fluxo à mão de Vasco, para ver se a cor voltava, mas acostumou-se a ter-me por perto, capaz de interpretar direito as ordens incompletas.

A essa altura, eu já saía a toda pela porta. Corri pelo *salone* à cozinha, um hospício de confusão, com oito ou nove Angeli a gritar ao mesmo tempo e a correr em círculos excêntricos. Nenhum pareceu ver-me coberto de sangue. Mesmo admitindo o amor ao grande drama que Mama incutira em todos os filhos, um simples hóspede para o desjejum não devia justificar tal torvelinho, mas eu me preocupava muito para esperar. Peguei as coisas de que precisava e bati em rápida retirada para o ateliê.

Descobri que o doutor requisitara Amedeo Bolognetti para ajudá-lo quando começou a costurar os tendões e vasos sanguíneos de Vasco.

— Não preciso de você — disse-me quando entreguei o mel e vinho e substituí a cesta ensanguentada pelo balde. — Vá fazer-se apresentável para a sociedade.

Mais que feliz por obedecer, fiz uma breve visita de retorno ao motim na cozinha para pegar um pouco de água e fui limpar-me no quarto. Enquanto me despia, percebi que ia ter algumas feridas de maravilhoso colorido para impressionar Violetta. No dia seguinte, teria mais manchas que um leopardo. Ainda me lavava quando o inquisidor Gritti entrou sem bater. Fechou a porta e pareceu ignorar-me ao andar para espreitar pela janela.

— Então aqui é o pulo do amante! A gente esquece como é maravilhosa a juventude.

— Mais um motivo para aproveitá-la bem... Excelência.

Não senti vontade de ser cortês se ele não foi, e o ato de entrar sem bater no quarto de um homem sem se anunciar, quando este está sem roupas, é desaprovado nos círculos elevados.

Virou-se para olhar-me, sem expressão no rosto avermelhado e curtido.

— Conte-me o que aconteceu hoje de manhã.

A qualquer outro, minha resposta seria que devia me comunicar primeiro com meu mestre, mas tentar isso com um inquisidor do Estado seria ridículo, por isso contei-lhe a história desde o momento que chegamos à Giudecca, palavra por palavra. Como não gostava da forma como ele me olhava, como se me avaliasse para a câmara de tortura, joguei a toalha no chão e estendi a mão para pegar a camisa, a única de seda que tenho.

— Se você mentiu sobre a queda na escada, foi a extremos consideráveis para conseguir prova de apoio.

Ele não ria, portanto eu também não.

O CÓDIGO DO ALQUIMISTA

Não me dignei a responder de forma alguma. Vesti minhas meias brancas — como a camisa —, as únicas de seda que tenho. O Mestre nutre uma ideia ridícula da verba para a roupa adequada de um aprendiz. Numa cidade onde todos que importam andam em fúnebre preto, espera-se que os rapazes sejam elegantes e se pavoneiem, e isso não é fácil com um *soldo* aqui, um *soldo* ali. Eu prendia as meias à camisa quando o atormentador recomeçou a falar.

— O *vizio* confirma que os ferimentos dele foram causados por Guarini, não por você.

Não pude deixar isso passar sem comentário.

— Angustia-me o fato de o senhor sentir até mesmo que tinha de perguntar a ele, Excelência.

Vesti a melhor calça que bate na altura dos joelhos, de volumoso brocado escarlate.

— Eu questiono tudo. O *vizio* é um rapaz muito corajoso.

Gritti dirigiu-se a uma poltrona e sentou-se.

— Interessante.

Meu melhor colete tem listas azuis e brancas, enfeitadas com botões de vidro em forma de bolota, e custou-me toda a verba de um ano para roupas. Admirava-o no espelho enquanto esperava para amarrar o rufo delicadamente engomado enrolado no pescoço.

— Ele acompanhou você e seu gondoleiro até o outro lado do Canale della Giudecca num domingo de manhã.

Desprendi o olhar do espelho e virei-me para fitar o atormentador.

— Isso exige coragem? Giorgio é um barqueiro muito competente.

DAVE DUNCAN

O velho patife escarneceu.

— Mas Angeli é dedicado ao Doutor Nostradamus e, sem dúvida, ao inestimável assistente, sem o qual o velho ficaria quase impotente. Não haveria quase nenhum outro tráfego, e você estaria tão longe da terra que nenhum espectador conseguiria ver o que se passava na gôndola.

Aquilo começava a parecer um pesadelo.

— Que poderia acontecer? Está sugerindo que Giorgio e eu poderíamos representar um *perigo* para Filiberto Vasco?

Claro que estava. Pode-se distorcer qualquer coisa que dizemos ou fazemos até torná-la uma prova de má intenção.

O velho suspirou.

— A menina Grazia é jovem e inclinada à histeria, portanto o *vizio* é a testemunha-chave de que você empregou magia negra ontem na Casa Sanudo. Silenciando-o, você podia ter derrubado o caso que lhe pesa sobre a cabeça.

Enfiei os cabelos na boina.

— Com o devido respeito, Excelência, creio que seus labores com gente ruim lhe deram uma opinião muito tendenciosa da humanidade. Longe de tentar prejudicar Vasco hoje de manhã, Giorgio e eu fizemos tudo em nosso poder para salvá-lo. Giorgio não é jovem e receei que fosse se matar pela forma como remava.

O inquisidor sorriu, mais uma vez todo o avô das barbas de neve.

— Um nobre esforço! Claro, mera força bruta é bastante comum. Os miolos são muito mais raros. Vi o senhor em ação, *sier* Alfeo. Admito que me impressionou. Em definitivo, chegou a hora de pôr seus serviços à disposição de *La Serenissima*.

O CÓDIGO DO ALQUIMISTA

Então era disso que se tratava a excursão do dia anterior! Nada me atraía menos que ser espião para o Conselho dos Dez.

— Fico enormemente lisonjeado, Excelência...

— Dezembro — continuou Gritti, como se não tivesse me ouvido — é o mais cedo que podemos fazê-lo entrar no Grande Conselho. — Levantou-se e retornou à janela. — Providenciaremos sua eleição para algum posto menor com um estipêndio... a Comissão do Sal, talvez. Só o bastante para explicar como consegue se dar o luxo de comer, mas a remuneração secreta será substancial e as perspectivas estonteantes.

— Excelência, tenho uma ligação estreita com o bom doutor. Ele está velho demais para treinar outro auxiliar. Ao passo que sua oferta...

O inquisidor grunhiu e voltou-se com uma carranca.

— Suponho que podemos tolerar o doutor por um ou dois anos. Ele terá de se aposentar cedo, e eu podia dizer a você, com uma margem de erro de cinquenta ducados, a quantidade de ouro que o velho amontoou naquela gaveta secreta do divã. Seu trabalho para ele lhe dará uma boa desculpa para...

— Excelência, eu lhe agradeço por...

— Agradeceria, mas primeiro você teria, claro, de livrar-se da suspeita de bruxaria e tentativa de assassinato.

— Tentativa do *quê?*

Ele sorriu, mas nenhum neto iria querer um avô com um sorriso daqueles.

— Pelo que sei, ainda esta manhã você sangrou Vasco várias vezes. Os barbeiros e médicos hesitam em sangrar pacientes que já perderam muito sangue, mas você, sem nenhuma qualificação médica, sentiu-se à vontade para sangrar esse nobre homem que fora ferido quando tentava salvá-lo de um atacante.

Acicatava-me, tentava assustar-me, e fazia-o muito bem.

— Eu só tentava salvar a mão dele. Pergunte a qualquer médico...

— Salvaria a mão à custa da vida dele? Claro, uma mão sozinha não pode depor perante um tribunal. Se você sentisse verdadeira preocupação pelo bem-estar e a sobrevivência do *vizio*, teria encontrado alguém para tratá-lo na Giudecca.

Os olhos do homem brilhavam com um frio brilho ofídico.

— Eu propus levá-lo ao Convento de San Benedetto, *messer*. Exortei-o a ir lá, mas ele recusou. Foi ele quem insistiu em voltar à Casa Barbolano.

— É o que você diria, por certo. Ele não se lembra dessa conversa. E, no entanto, deu um jeito de sobreviver à sua malévola violência e viver para depor contra você! Um rapaz tão resistente quanto corajoso!

— Mas dado a uma prevaricação hipócrita.

— Tenho duas testemunhas sobre sua bruxaria de ontem. Meus colegas ficaram muito aflitos ao saber desse ultraje quando lhes comuniquei ontem à noite. Tenderam a dar mais crédito à sua juventude e atribuir a maior parte da culpa ao velho nocivo que o perverteu. Tudo isso viria à tona no julgamento.

Tornou a sorrir. Na certa, a oferta de emprego viera dos dois colegas inquisidores. Ele a fizera, eu a recusara. Agora me tornara fácil caça.

Calcei os sapatos, fiquei pronto.

— Mas o senhor mesmo admite que uma das testemunhas é uma jovem histérica. Vamos ver se o Doutor Nostradamus já conseguiu silenciar a outra?

32

No *salone*, detectei odores de dar água na boca, que vinham da cozinha. Noemi pairava ali, ansiosa. É tão delicada que quase poderia pairar mesmo, e eu jamais consigo encontrar os olhos dela sem sorrir.

— Pronta?

Ela deu um vigoroso aceno de cabeça.

— Vou dizer ao Mestre — informei. — Parece que nosso banquete está pronto, Excelência.

Gritti seguiu em frente sem comentários, ignorou a estatuária e os quadros. De volta ao ateliê, encontramos Vasco sentado numa poltrona — não uma das melhores — e tomando uma taça de vinho. A perda de sangue sempre causa uma forte sede, e a cor vermelha do vinho faz dele o melhor fluido para ajudar o corpo a reparar a sangria. Amontoado sob um cobertor, que pelo menos escondia parte do braço enfaixado e das roupas estragadas pelo sangue, tinha uma palidez menos acentuada que antes, mas com um grotesco nariz inchado de onde pendiam fiapos de gaze e dois olhos que se arroxeavam rápido, parecia haver despencado de ca-

DAVE DUNCAN

beça de um campanário. Não digo que merecera tudo isso. Tampouco digo que não.

Ao lado via-se *Missier Grande*, o que foi uma surpresa, mas não muito, pois teria sido informado pelo *fante* da história do *vizio* ferido. O olhar que me lançou transmitia pouca apreciação do trabalho que eu fizera para trazer de volta o sujeito vivo.

O Mestre enxugava as mãos num pano úmido. Franziu-me as sobrancelhas num sinal aprovador.

— Se deve gastar tanto dinheiro em roupas, elas merecem ser usadas em boa companhia. Eu dizia a *Missier Grande* que mais uma vez o *vizio* lhe deve a vida, Alfeo.

— Mais uma vez? — murmurou o inquisidor. — Quer dizer, mais uma vez depois de ontem?

— Não. — O sorriso de escárnio de meu mestre disse-me que ele andara armando uma isca, embora Gritti talvez não o percebesse. — Lembrei-me da ocasião em que uma gôndola emborcou e Alfeo teve de rebocar o *vizio* até a margem.

— Nossa *prima colazione* está pronta, mestre — anunciei, esperançoso.

— Excelência — interveio *Missier Grande* —, tenho de levar o *vizio* para casa.

— Ainda não. — Gritti encaminhou-se a uma das poltronas verdes e virou-se para incluir Vasco no campo de visão. — Primeiro preciso de respostas a duas perguntas.

— Como queira — disse o Mestre, com incomum amabilidade.

Cambaleou até a poltrona vermelha, apoiando-se nos móveis, pois deixara lá o cajado. Fui para o meu lado da escrivaninha. *Missier Grande* permaneceu de pé. Do lado de

O CÓDIGO DO ALQUIMISTA

fora, no *androne*, os dois *fanti* vigiavam pela porta aberta e a fácil alcance da voz.

— Doutor Nostradamus — falou-lhe o inquisidor, encarando-o intensamente —, ontem o senhor não sabia quem era Algol. *Não* me interrompa! Se soubesse, teria dito, e não disse. Apenas declarou que me diria hoje, e esta manhã mandou seu rapaz até a Giudecca abordar um homem não mencionado antes neste caso. Pelo que me lembre, jamais se apresentou o nome de Francesco Guarini perante os Dez. Admito que a reação dele à intimação de Zeno foi suspeita, e a violência contra o *vizio* o mandará para as galés, mas onde está a prova de que ele tem alguma coisa que ver com o caso de Algol ou com a morte de Danese Dolfin? Explique.

O Mestre recostou-se, apoiou os cotovelos nos braços da poltrona e juntou as pontas dos dedos, cinco e cinco. Isso quase sempre significava que ia começar a fazer uma preleção, mas para variar não o fez.

— O reverenciado e poderoso Conselho dos Dez não revela todos os seus métodos, Excelência. Tenho meus próprios segredos profissionais e preciso deles para ganhar a vida. Garanto-lhe que o senhor tem o culpado, além de duas testemunhas. Com um pouco de encorajamento, Guarini confessará tudo.

Os inquisidores não aceitam de bom grado os desafios. Na verdade, aceitam de forma muito cruel, e o sorriso daquele me fez o sangue talhar como manteiga.

— Mas é a você que encorajo no momento. Vai me dizer como soube o nome dele. Eu saberei quem lhe contou, e quando. Disponho-me a chegar a extremos para obter a verdade.

337

DAVE DUNCAN

Ali estava o ultimato. Havíamos retornado à questão de saber quanta tortura um frágil octogenário aguentaria, e quem mais interrogar no lugar dele. Gritti falava sério. Evidentemente, ele estava preparado para aceitar como hipótese de trabalho que Guarini era Algol e resolveria ao mesmo tempo o caso de espionagem e o assassinato. Agora investigava o problema da magia negra. Ele farejava bruxaria, e um verdadeiro fanático a considera muito pior que a espionagem.

— Não estou disposto a dizer-lhe desta vez — respondeu muito calmo meu amo, e fez menção de que ia levantar-se. — Depois de comermos, eu talvez fale mais do assunto, mas não o julgo importante.

— É importante se eu digo que é!

O rubicundo rosto do inquisidor escureceu alguns tons.

— Mas eu conheço os detalhes, e você não.

Se o Mestre tentava deliberadamente mandar-se a si mesmo e a mim para a prisão, sem a menor dúvida o fazia da forma correta.

— Filippo Nostradamus, sei de sua fama internacional como médico. Sei também de sua reputação como filósofo que mexe com artes negras, e receio que desta vez tenha mexido muito mais fundo do que deve ou pode qualquer cristão sem vender a alma ao Inimigo. Sei que serviu bem a *La Serenissima* antes, mas não quero nem vou tolerar satanismo. Como soube que Algol era Francesco Guarini?

— Magia Negra — opinou Filiberto Vasco.

Cabeças voltaram-se. Agora quem era a alma da festa?

— Vamos ouvi-lo, *vizio* – disse o inquisidor.

A julgar pela expressão animada, Vasco erguia-se acima da dor.

O código do alquimista

— Quando Zeno bateu na porta de Guarini, Guarini perguntou quem era. — Tinha a voz abafada e meio ininteligível por todo o vinho que consumira, e olhava para mim, não para Gritti, que se refestelava com as histórias piores que ele ainda ia contar. — Zeno não lhe disse. Primeiro perguntou pelo nome de Guarini. Depois por "Mirphak". Por fim disse que *o morto o tinha enviado.*

— Mirphak? — olhou-me o inquisidor.

Espero ter dado um sorriso encantador, não grotesco.

— Um tiro no escuro, Excelência. Algol é a segunda estrela mais brilhante na constelação de Perseu. A primeira é Mirphak. Se uma era um nome de código, a outra deveria ser. Eu esperava que isso provocasse uma reação de culpa.

Sem se deixar enganar, o inquisidor balançou a cabeça com repugnância e tornou a olhar para Vasco, que na certa tentou sorrir, porque estremeceu com dor súbita.

— Mas, quando Zeno disse "Danese Dolfin me mandou", Guarini escancarou a porta e atacou-o.

— Essa funcionou — expliquei animado.

E funcionou para Gritti também. Teria sido um truque plausível a tentar, e produzira um convincente indício de culpa. Ele encolheu os ombros.

— É verdade — protestou Vasco. — Dolfin de fato o enviou. Foi assim que ficaram sabendo o nome. Ontem à noite, Nostradamus e Zeno invocaram o fantasma de Danese Dolfin e o fizeram dizer-lhes quem o assassinou.

— Ferimentos na cabeça — murmurou o Mestre, pesaroso. — Prognóstico difícil. Recomenda-se prolongado repouso.

DAVE DUNCAN

— Não, apenas se embebedou — expliquei. — Nunca soube beber. Após todo aquele sangue perdido, não aguentou.

— Ali? — indicou o ferido. — Tem um orifício por onde se espreita na parede ao lado do espelho. Espiei da sala de jantar. Vi tudo! Vi o fantasma falar com a voz de Dolfin!

Missier Grande aproximou-se para inspecionar.

— Correto — anunciou. — Tem um orifício de espiar com a tampa no momento aberta.

Senti como se houvesse levado uma paulada no meio da testa. Como ele fizera aquilo? Alguém podia tê-lo aberto naquela manhã, mas eu tinha certeza de que o vira fechado à noite antes de iniciarmos a sessão. Haveria o próprio Vasco usado artes ocultas para abrir a janela e nos espionar?

— Necromancia? — declamou o inquisidor. — Em todos estes anos, jamais houve mais terrível acusação. *Missier Grande*, leve Nostradamus e Zeno ao palácio e tranque-os em celas separadas. Serão acusados de praticar satanismo.

— Estou faminto — protestei. — A assistência de primeiros socorros a camaradas com ferimentos críticos dá muita fome e eu preciso do desjejum. Mama Angeli preparou uma maravilhosa *prima colazione* em sua homenagem, Excelência. Não podemos comer primeiro?

Ele levantou-se.

— Não — respondeu. — Não vou comer à mesa com um homem que julgo ser um agente do Demônio.

— Isso é ridículo! — rugiu o Mestre. — Este rapaz ficou confuso com a concussão, é bastante óbvio que se embebedou, e ainda assim o senhor aceita as loucas acusações dele

O CÓDIGO DO ALQUIMISTA

como testemunho digno de confiança? Serei eu algum idiota para realizar ritos proibidos onde ele podia me espionar, quando o sabia dentro da casa? Acha que não sabemos do orifício na parede? Se me considera tão senil que esqueceria isso, acha que Alfeo esqueceria? Excelência, o senhor está fazendo uma paródia de investigação!

Gritti ignorou a crítica e chamou com um aceno os dois *fanti*, mas alcancei meu mestre primeiro e ajudei-o a levantar-se. Entreguei-lhe o cajado e o braço para apoiar-se. Se eles iam humilhá-lo e levá-lo como bagagem ao cárcere, o mínimo que eu podia fazer era ajudá-lo a adiar a indignidade o máximo possível. Além disso, não trazia a espada comigo, por isso não podia empregar melhor o tempo mandando Vasco para o inferno como um aviso de que eu logo o acompanharia.

Eu sempre superestimara as qualidades humanas daquele cão. Arrastamos os pés até o *salone*. Os Angeli saíam da cozinha, quase todos, Bruno com eles. E este ia ser um problema. Já sentia a tensão e franzia a testa. Os *fanti* iam ter de carregar o Mestre para baixo, e tão logo lhe pusessem as mãos Bruno avançaria pelo salão como a galé de meu pai em Lepanto.

— Pode descer a escada? — perguntou *Missier Grande* a Vasco, de olho em nosso grupo.

Meu amo tinha de ser carregado, eu vigiado, ele só dispunha de dois homens capazes de ajudá-lo e devia compreender que Vasco correria perigo se ficasse desprotegido na Casa Barbolano.

— Deixe-me ajudar o *vizio* — ofereci-me. — Ajudarei com o pé.

Alguém bateu a aldrava na porta da frente.

33

A força do hábito me levou a abrir a porta, e ninguém se mexeu para deter-me. Do lado de fora, deparei com o *sier* Alvise Barbolano, radiante no traje formal de *nobile homo*, ou o tanto que as traças haviam deixado. Ao lado sorria a constrangida *madonna* Maddalena, apertada num vestido de brocado marrom-arroxeado que andara na moda e talvez do tamanho dela quando nasci. Vinha lastrada por uma exposição de joias que haveriam surpreendido um sultão.

— Não nos atrasamos demais, espero? — perguntou o *sier* Alvise.

Deixei de ficar boquiaberto e fiz uma profunda mesura para estimular o fluxo sanguíneo ao cérebro, mas logo tive de me empertigar e falar:

— Bem a tempo, eu diria, *clarissimo*. Oh, madame, que tragédia Ticiano não ter vivido para pintá-la!

— Mas pintou — respondeu Alvise, e conduziu-a além de mim. — Duas vezes. E também Jacopo di Palma il Vecchio. Ah! *Clarissimo!* — Saltou para o perplexo Ottone Gritti e abraçou-o carinhosamente. — Eu não esperava o senhor também, *messer*. Minha querida, sem dúvida se lembra de Orlando Grimani?

Apesar de seu severo massacre dos nomes, o velho aristocrata parecia ter uma extraordinária agilidade, excitado por uma coisa que de todo me escapava.

Gritti beijou a mão da senhora com uma afabilidade murmurada. Mas depois fixou um olhar de espadim em Barbolano.

— Soube que pretendia despejar os inquilinos, *clarissimo*. Informaram-me de que jogaria Nostradamus no canal na terça-feira.

Surpreendi o olhar do Mestre e trocamos leves acenos com a cabeça. Vasco estivera presente quando Barbolano me dera o ultimato, mas não tivera chance de comunicá-lo a Gritti. Também Renzo Marciana deve ter escutado, e sem dúvida teria dado a notícia ao resto da tribo. Pelo menos dois deles espionam para o Conselho do Dez.

— Como? — Alvise piscou. — Eu disse isso? Claro que não! Eles já chegaram, doutor?

— Parecem ter-se atrasado, *clarissimo* — respondeu o Mestre. — Mas, se o senhor quiser esperar aqui, eu...

— Eles já chegaram! — berrou Corrado Angeli, que subia disparado a escada.

Creio que o inquisidor Gritti adivinhou na hora quem eram *eles*, pois resmungou baixinho alguma coisa irada, mas eu continuava de alguma forma perdido nos campos de arroz de Catai. Meu amo mostrava que tinha problemas para esconder o sorrisinho de escárnio. Lançara toda aquela deliberada isca ao investigador apenas como uma tática dila-

DAVE DUNCAN

tória? Quase suicida, se fora isso. E eu ainda não via *quem* podia chegar para salvar-nos dos Três àquela hora tardia, a não ser talvez todo o exército turco.

Ainda assim, com a completa certeza de quem sabe o que faz, soltei a segunda folha da porta dupla e escancarei as duas. Que o sultão entrasse a cavalo!

Não, a vanguarda do desfile surgiu no campo visual, e os homens que o encabeçavam eram Fulgentio Trau e outro palafreneiro ducal. Chegavam-me muitas vozes. Virei-me e examinei o grupo de recepção alinhado para saudá-los — Alvise Barbolano e esposa, ardentes de excitação, saboreavam um dos grandes momentos da vida deles, talvez o maior; o Mestre apoiado com todo o peso no cajado, mas com um sorriso de escárnio ao meu aceno de agradecimento quando compreendi o majestoso golpe que ele dera; e o inquisidor do Estado Ottone Gritti, agora mais rubro que nunca e mastigando a barba furioso. E Vasco, que piscava os olhos em ébria confusão.

Os palafreneiros atingiram o topo, tomaram posição junto à porta, e Fulgentio me deu uma piscadela. Tive vontade de cair de joelhos e chorar de gratidão a seus pés. Ele devia ter sido muito convincente. Depois o próprio *Nasone, Il Serenissimo* Doge Pietro Moro, um sujeito que parecia um urso pardo na capa de arminho e mantos de brocados de ouro, com o *corno* pontudo na cabeça, parou na entrada para recuperar o fôlego. Os venezianos convivem com escadas a vida inteira, mas ele já envelheceu o suficiente para que lhe perdoem alguns ofegos após uma longa subida. Todos nos curvamos; os republicanos não se ajoelham diante do chefe de Estado.

O CÓDIGO DO ALQUIMISTA

— Sereníssimo, o senhor é mais que bem-vindo ao nosso humilde lar — baliu o velho Barbolano.

— O prazer é meu, *sier* Alvise.

O doge adiantou-se, à frente dos seis conselheiros ducais vestidos de escarlate, a maioria mais ou menos tão velha quanto ele. Esses sete não constituíam bem toda a *Signoria*, pois esta inclui os três chefes da *Quarantia*, mas são os sete que também pertencem ao Conselho do Dez. Como sete não é maioria em dezessete, fica muito difícil os outros dez passarem por cima do doge e conselheiros depois que concordaram em alguma coisa, e nesse dia via-se que haviam combinado almoçar com o Mestre Nostradamus. Podia não ser uma honra inaudita, mas seria o motivo das conversas na cidade durante semanas.

Gritti recusou-se a comer à mesa com um homem a quem julgava um agente do Demônio, mas onde também se sentariam os da *Signoria*. Portanto, estes não acreditavam que Nostradamus fosse feiticeiro. Um dos conselheiros que agora abraçava o *sier* Alvise era comembro dos Três com o inquisidor.

Eu certamente não fazia parte da fila de recepção, mas alguns alegres minutos depois me vi cara a cara com Pietro Moro. Devo ser o único aprendiz em Veneza que o doge conhece pelo nome.

— Que houve com seu rosto, Alfeo? — ele perguntou, em voz baixa.

— Caí da escada, senhor.

— E que aconteceu com o rosto do *vizio*, hum?

— Ele estava no pé da escada.

A barba ducal retorceu-se, como se tentasse encobrir um sorriso.

DAVE DUNCAN

— Que infelicidade! Vamos saber mais desse aconteci-
mento, espero.

— Sei que meu mestre o explicará se desejar que ele o faça, *sire*.
E provavelmente se ele não quisesse.

— Ouvi uns curiosos rumores sobre livros que explo-
diam em chamas. Já os avisei antes, Alfeo, que chicanas desse tipo podem metê-lo em encrenca. — Ainda não soubera
de Baphomet e eu esperava com todo o ardor que jamais
soubesse. Os olhos dele faiscaram. — Mas confesso que estou curioso por saber como você fez isso.

— Bem, *sire*... Como acha que fiz?

— Um fio de seda para fazer o livro mexer-se e uma lente
de aumento a queimar escondida na mão?

— Ontem foi um dia muito escuro, senhor. — Ao vê-lo
franzir o cenho, intimei meu mais misterioso sorriso. — O
papel era incrivelmente velho e seco, e tanto eu quanto o
vizio demos golpes de espada nele algumas vezes.

Agora os olhos dele brilhavam.

— E a ponta de aço, ao riscar o terraço, provocou uma faísca?

— É bom o fato de nem todos serem tão astutos quanto o senhor.
Piero Moro é astuto o suficiente para saber que eu podia estar com o intuito de desorientá-lo, mas também eu
sou o bastante para saber quando ele não quer saber mais.
Embora seja um cético tal em relação à magia, é também
um bom cristão e consciente dos limites que não se devem
explorar. Sacudiu a cabeça em descrença e afastou-se.

O terraço é feito de forte mármore, cimento, leite de ca-
bra e mais algumas coisas, mas aço não tira faísca de mármore. É preciso uma pedra mais dura, como sílex. Oh, bem...

O CÓDIGO DO ALQUIMISTA

Um inferior aprendiz jamais deve ter a presunção de conduzir uma conversa com os superiores, sobretudo um tão superior a mim quanto o doge, mas não pude resistir a murmurar:

— Fico muito agradecido por sua presença hoje aqui, *sire*.

Ele parou e me olhou com atenção.

— Tem mais alguma coisa?

— Não, só que, graças ao senhor, minhas chances de subir na fumaça acabaram de subir na fumaça.

A barba torceu-se de novo... desta vez acompanhada por uma furiosa olhada ducal.

— Mas as de severos açoites acabam de aumentar de forma drástica!

Então o doge deu uma risada e seguiu em frente.

Momentos depois, vi-me olhando a emaranhada barba do *sier* Zuanbattista Sanudo. Assim começara o caso, ali mesmo, apenas oito dias atrás. Ele me reconheceu com um aceno de cabeça. Talvez tivesse mais algumas rugas no rosto e sobrancelhas caídas, mas suportava surpreendentemente o fardo.

— Bem, *sier* Alfeo. Seu amo vai me denunciar como traidor da República?

— Tenho certeza de que ele não vai fazer isso, *clarissimo*. Vai o Conselho me queimar na estaca por bruxaria?

Ele bufou.

— Claro que não.

Virou-se para seguir o doge.

Ao vê-lo entrar na sala de jantar, lembrei que ele devia presidir o Grande Conselho naquela tarde e senti grande admiração por sua coragem. A filha fugira com um gigolô, e agora o gigolô fora assassinado, logo se apresentava óbvia

DAVE DUNCAN

a oportunidade de ridículo. A popularidade dele sofreria um severo teste. Eu me perguntava se tentara renunciar e o doge insistira em que ficasse e lutasse. Ou talvez a esposa o houvesse feito.

Nem todos jantam com o doge. *Missier Grande* não, nem seu *vizio*, nem *fanti* como Amedeo Bolognetti e Marco Martini. Nem, ai de mim, aprendizes de astrólogos como Luca Alfeo Zeno, mas alguns são mais rápidos que outros. À medida que os dignitários enchiam na sala de jantar, escapei para o ateliê e tranquei-me, antes que *Missier Grande* notasse o que eu pretendia fazer ou tentasse deter-me. Quazza recebera ordem de levar o Mestre e a mim para o cárcere, mas ele não podia fazer isso enquanto o velho permanecesse com o doge, e o soldado por certo não ia tomar a ordem tão ao pé da letra e prender só o aprendiz, pois tudo mudara desde que Gritti emitira tais ordens. Quazza sabia do orifício de espiar na parede, mas minha aposta era que não interromperia a reunião para avisar ao chefe que eu podia estar espreitando às escondidas.

Senti o estômago reclamar, ressentido, que eu devia ter ido à cozinha e procurado comida, mas lhe expliquei que o jejum fazia bem à alma. Em vez de comer, observei os convidados acomodarem-se em torno da mesa. O doge convidou *Madonna* Barbolano a ficar à sua direita, o lugar de honra, e ela pareceu a ponto de desmaiar. Alvise foi para a esquerda, por certo, e meu mestre defronte, ladeado por Gritti e Sanudo. Deixaram os demais conselheiros nas laterais, mas a mesa aceitaria outros quarenta. Os dois palafreneiros permaneceram no fundo, de serviço.

O CÓDIGO DO ALQUIMISTA

Giorgio e Christoforo, em trajes domingueiros, agiam como criados de mesa. Eu não via o que serviam, mas tinha um cheiro maravilhoso e maravilhei-me por Mama ter conseguido preparar um digno repasto em tão breve tempo. Ela e a ninhada haviam fugido de casa após o grito, como vocês lembram, e na tarde de domingo pouco restaria para comprar nas barracas de feira. O provável era que houvesse tomado emprestado suprimentos da enorme família, a dela e a de Giorgio, ainda maior. Quando a história da visita do doge se espalhasse, todos se refestelariam na glória refletida.

Instalei-me para morrer de fome. Só se discutiria coisa importante quando dispensassem os Barbolano, e talvez nem então, pois o objetivo da reunião era apenas demonstrar a Ottone Gritti que a *Signoria* não era a favor a combustão do médico pessoal do doge.

34

Comeu-se a refeição com prazer, bebeu-se o vinho com felizes resultados, os mexericos e conversas fiadas corriam de um lado para outro. A um determinado momento, o doge encerrou tudo ao dispensar os Barbolano.

— Temos sérios negócios a discutir com o Mestre Nostradamus — proclamou. — Seu inquilino é um estimado servidor do Estado, *clarissimo*. Às vezes eu me pergunto o que faríamos sem ele.

Isso arrancou em troca um fluxo de cumprimentos do velho *sier* Alvise. Não apenas tínhamos a casa segura agora como ele na certa já esquecera a ameaça. Fulgentio escoltou os Barbolano para fora. Eu devia pôr-me na porta da frente, para saudá-los com uma mesura ao saírem, mas fiquei onde estava. Agora a reunião ia tratar de coisas sérias.

— Então, doutor — disse Moro, curvado para a frente. — Sua mensagem dizia que você ia nos apresentar o homem que andamos procurando. Isso significa que identificou o notório Algol?

O Mestre pareceu radiante, inchou as bochechas e quase expôs os dentes.

O código do alquimista

— Identificado e entregue, Sereníssima. O Inquisidor Gritti já o tem trancado.

Os olhos se voltaram para o inquisidor, o único que parecia não haver gostado da comida.

— Detivemos um homem chamado Francesco Guarini, *sire*. Acusado de usar violência contra o *vizio*, que quase sangrou até a morte. Ele...

— ... teria sangrado até a morte se Alfeo não soubesse o que fazer — interveio meu amo.

O doge grunhiu de aborrecimento com a interrupção.

— Parece coisa de Zeno. Continue, Inquisidor.

— Ainda não temos provas — disse Gritti — de que Guarini e Algol são a mesma pessoa. Nostradamus recusa-se a justificar o que diz.

— Bastante óbvio. — Tomando o silêncio como um convite a fazer uma preleção, o Mestre apoiou os antebraços na mesa e juntou as mãos, pontas de dedos com pontas de dedos. — A espionagem, se me permitem insistir no óbvio, constitui uma forma de roubo. Tira informação que é de A e transfere-a ao comprador, a quem chamaremos de Z. Vossas Excelências não me confiaram a identidade de Z, embora devam conhecê-la, pois seus agentes roubaram de volta a informação mais uma vez, se bem que ainda criptografada e portanto não identificável com completa confiança até eu decifrá-la. Um dos relatórios que vi tinha data tão recente que Z não poderia estar muito longe, em Paris ou Constantinopla, digamos. O mais provável é que seja um embaixador aqui mesmo em Veneza, e vou presumir, para fins desta discussão, que se pode encontrá-lo na embaixada espanhola. Qual embaixada não importa, pois o que desejo

DAVE DUNCAN

dizer é que espionagem exige agentes intermediários. Seria bastante impossível um alto magistrado ir a qualquer embaixada sem que seu próprio governo o soubesse.

A audiência mexeu-se nervosa diante dessa alegação de que os Dez espionavam-se entre si, mas nenhum gastou fôlego para negá-la.

— O mesmo se aplicaria, *messere*, se ele mandasse o gondoleiro com uma carta — muito em breve os Três o convidariam para uma conversa. Aplicar-se-ia também aos ilustres cidadãos que servem à República em altos postos e compartilham seus segredos. Portanto, devemos postular B, que rouba ou compra informação de A, e o mais provável é que depois a transmita para outro intermediário, C, que por sua vez a passa para D, e assim por diante, até chegar a Z. Claro, este na certa se esconde por trás de um dos subordinados, a quem chamaremos de X. A comunicação é o ponto fraco em qualquer sistema de espionagem, como bem sabem. Ainda na quinta-feira, quando os *messere* me confiaram a tarefa de desmascarar Algol, eu soube que a pessoa que iria pegar seria um intermediário, não um traidor dentro do governo. No dia seguinte, soube que se tratava de um amador, não...

— *Como?* — ladrou Gritti.

O Mestre voltou-se para ele com uma expressão de leve surpresa.

— Pela cifra, Excelência. Ele usava um método sofisticadíssimo de codificar... mais sutil, tenho certeza, que o sistema empregado pela própria *Serenissima*... mas de uma forma muito estúpida. Uma chave com apenas cinco letras é absurda! Em vez de *VIRTÙ*, devia ter usado algo mais comprido: *LA SERENISSIMA*, ou o pai-nosso, ou um verso de Dante. Certamente devia ter empregado uma chave diferente para

O CÓDIGO DO ALQUIMISTA

cada despacho. Começar cada um deles com uma data é outra incompetência incrível, um presente ao decifrador do código, mas todas as cifras acabam traídas pela estupidez humana.

E continuou:

— Portanto, *B* tinha de ser um amador, um morador local que *X* aliciara e ensinara a criptografar. Por sorte, apesar da criptografia canhestra e incompetente de *B*, o produto saiu bom o bastante para confundir a maioria das pessoas.

— Uma boa alfinetada no *Circospetto* e capangas. — Desde que *B* continuasse a fornecer informação valiosa, *X* satisfez-se em não interromper o fluxo. Outra possibilidade era que *B* sozinho houvesse aprendido os rudimentos da codificação lendo-os num livro, e admito que achei essa teoria atraente, porque Alfeo tinha localizado uma grande biblioteca ligada a um certo ilustre magistrado, mas afastei-a como improvável tão logo identifiquei *B* como Danese Dolfin.

— *Como?* — A invernosa explosão veio de Zuanbattista Sanudo. — Ousa sugerir que eu entreguei segredos de Estado àquele escorregadio ladrãozinho? Ou que meu filho o fez?

— Não, *messer*, claro que não. — Meu mestre encolheu os ombros. — É uma história complexa, que será mais bem entendida se narrada numa sequência lógica. Posso...? — Aceitou o silêncio de Sanudo como assentimento. — O elo seguinte na cadeia de *B* a *X* era Francesco Guarini, por certo, mas não sei qual deles planejou a esquálida conspiração. Desconfio de Dolfin, mas Guarini pode esclarecê-lo, *messer*, quando o motivarem a explicar.

Senti um calafrio. Gritti mostrava as presas, não tinha pressa. O Mestre podia falar o que quisesse, mas não ia escapar da acusação de necromancia.

DAVE DUNCAN

— O assassinato de Dolfin — continuou Nostradamus — foi em certo sentido um golpe de sorte para mim como investigador, e para a própria República, embora a espionagem de Algol já houvesse acabado antes. O homicídio foi estranho. Por que trouxeram o cadáver à Casa Barbolano e o deixaram no portão diante do cais com a espada enfiada ainda no lugar? Por que não apenas jogá-lo no canal? Temos muitos assassinatos em Veneza, mas poucos são deliberadamente anunciados como foi esse. Por que o assassinaram, aliás? Um motivo óbvio, se o *sier* Zuanbattista me perdoar citá-lo para eliminá-lo, é que alguém na família se ressentia da forma como ele se dera bem com a sedução de *madonna* Grazia. Mas a última coisa que a Casa Sanudo ia querer seria publicidade, por isso o grotesco espetáculo feito com o cadáver não foi obra de qualquer membro da família.

— Fico muito aliviado em saber disso! — rosnou Zuanbattista.

— Tampouco podia essa morte ser um assassinato casual durante um assalto — continuou o Mestre, imperturbável —, pois o assassino não saberia trazê-lo aqui, à Casa Barbolano. Não podia ser uma tentativa de desviar minha investigação do caso de espionagem envolvendo-me no crime, como especulei a princípio, pois publicidade é a última coisa que um espião deseja. Pelo mesmo motivo, não creio que tenham matado Dolfin para silenciá-lo. Além disso, já acabara a espionagem. Ele não apenas *não* continuaria com a traição, mas *não poderia*, como irei demonstrar. Assim, por que o assassino fez dele um espetáculo, um escândalo público, a conversa da cidade?

— Chega disso! — cortou irritado o doge. — Você devia nos contar de que modo identificou Guarini como espião. E Dolfin, aliás. Dê-nos os fatos e pare de gabar-se de sua esperteza.

354

O CÓDIGO DO ALQUIMISTA

— *Sire*, perdoe-me! — disse o Mestre, com uma mesura, na cadeira. — Os fatos? Os fatos de destaque? O clarão que ilumina a verdade? Ontem encontraram o corpo de Danese Dolfin em nosso portão de acesso à margem. Fez uma semana ontem que o *sier* Zuanbattista e sua nobre dama vieram buscar a filha em nossa casa. Um dos documentos de Algol era datado de 11 de agosto e outro de 15 de setembro!

Silêncio.

Ele olhou em volta com a irritante simulação de perplexa inocência que às vezes adota.

— Sextas-feiras — explicou, com toda a paciência. — Na última sexta-feira à noite, mataram Dolfin. Na anterior, ele pulou o muro da Casa Sanudo, de onde o tinham expulsado alguns dias antes. Toda sexta-feira, *B* escrevia o relatório e encontrava-se com *C*, que era caixa de correspondência ou controlador, no jargão do mundo da espionagem, a depender de qual deles era o superior. Para raptar Grazia, Dolfin usou uma escada. Uma semana depois, trouxeram o cadáver dele ao portão de entrada da Casa Barbolano, que não tem de fato acesso por terra. Isso não grita a vocês que *C* deve ser gondoleiro? Em Veneza, que mais poderia ser? Só os gondoleiros experientes manobram barcos estreitos e instáveis, e qual transportaria uma escada à noite para um estranho? Ou um cadáver?

— Sem a menor dúvida, *X* teria ordenado a *B* e *C* que limitassem seus contatos a encontros semanais e evitassem qualquer outro contato. Eles quebraram essa regra uma vez e em consequência provocaram a própria queda, como revelarei. Quando Guarini chegou ao encontro perto da Casa Sanudo na sexta-feira, 15 de setembro, Dolfin explicou que a galinha

355

DAVE DUNCAN

dos ovos de ouro dera em nada, haviam-no expulsado da casa e cortado sua fonte de informação. Propôs um plano de reserva. Raptaria Grazia e a desposaria, na aposta de que os pais acabariam por curvar-se ao inevitável e aceitariam a serpente de volta ao jardim. Guarini concordou, levou-o para pegar a escada e transportou-o com a vítima a um ninho próximo, onde passaram a noite. Talvez *madonna* Grazia possa identificar o barqueiro, embora tivesse outras coisas na cabeça e tendamos a não notar os gondoleiros. No dia seguinte, os amantes procuraram um padre e explicaram que seriam levados ao pecado se ele não os unisse em santo matrimônio.

— Para agravar o erro, Guarini tinha concordado em encontrar o casal de novo na manhã de domingo e levá-los ao continente, onde os dois se esconderiam até os pais da moça não terem opção senão aceitar Dolfin como pai de um futuro neto. Alfeo interveio para resgatar Grazia. Guarini contra-atacou tentando detê-lo... tem uma clara tendência à violência. Meu carregador pegou-o pela nuca e o atirou no Grande Canal. Quando Alfeo apareceu em sua porta hoje de manhã, não foi ele quem reconheceu Guarini, embora o fizesse depois; *foi Guarini quem reconheceu Alfeo*. Ao compreender que o jogo acabara, ele reagiu uma terceira vez com excessiva violência.

O Mestre olhou radiante a plateia, e agora não mais havia nervosismo. Hipnotizara-os.

— Com sua graciosa permissão, *Serenissimo*, vou especular um pouco sobre o que aconteceu logo depois da escaramuça na Riva del Vin no último domingo. Acho que Guarini, ansioso por saber o que saíra errado e quem era ou o que representava Alfeo, seguiu-o com o casal sob seus

O CÓDIGO DO ALQUIMISTA

cuidados até aqui na Casa Barbolano. Especulando ainda mais, pode ter mantido um olho na casa a semana toda, imaginando se Dolfin o vendera ao Conselho dos Dez. Se sim, talvez tenha visto as idas e vindas livres dele, o que não teria afastado os seus medos.

— Dizem que não há honra entre ladrões, e certamente não há confiança entre espiões. Quando chegou a outra sexta-feira, dois jovens muito nervosos foram ao encontro perto da Casa Sanudo, como haviam feito nos últimos dois meses. Dolfin viera primeiro aqui à Casa Barbolano buscar a espada, por isso previu encrenca. Como não encontrou a dele, furtou a de Alfeo. Chegou armado ao encontro e assustou ainda mais Guarini, quando ele já via agentes dos Dez em cada sombra. Dolfin anunciou que a dança acabara; não entregaria mais relatórios. Agora que fazia parte da família, comia o pão pelo outro lado.

— Seguiram-se palavras, uma briga, Dolfin morreu. Guarini deve ter pensado que, como ninguém mais havia para denunciar sua espionagem, só tinha de preocupar-se com um assassinato.

Meu mestre suspirou.

— Por que ele simplesmente não roubou o cadáver, tirou a espada e foi embora, deixando-nos supor um assassinato aleatório? Admito que não sei, e me interessaria muito ouvir o que ele disser quando o senhor o interrogar. Não o encontrei, a não ser por uns breves instantes, hoje de manhã. Suponho que seja um homem estúpido e violento, dado a raivas, e ansioso por vingança contra as pessoas na Casa Barbolano que lhe arruinaram a proveitosa vocação. Ou talvez seja bastante esperto para entender o que eu disse antes, que publicidade

DAVE DUNCAN

é a última coisa desejada por um espião. A espada é a arma de um cavalheiro ou de um assassino profissional, não de um simples gondoleiro, por isso talvez achasse que a forma como tratou o corpo desviaria a atenção dele. Qualquer que tenha sido o motivo, carregou o cadáver... não mostrava sinais de ter sido arrastado... para o barco e colocou-o de cara para cima, pois assim sujaria menos a embarcação. De qualquer modo, a caminho de casa, de Cannaregio para Giudecca, tinha de passar muito perto de San Remo.

— Se não há nenhuma explicação racional para um fato, Excelências, deve haver uma irracional. Com medo e fúria assassina, Guarini desembarcou o corpo e deixou-o deitado de costas em nossa *loggia. Assim perecem todos os inimigos de Francesco Guarini.*

— Engenhoso, como sempre — admitiu o doge. — Mas você fez graves acusações contra um nobre membro da *Signoria.* Um crime grave.

Os outros rostos em torno da mesa pareciam tão sombrios quanto o dele, mas que esperavam? Sabiam desde o início que a fonte da informação de Algol devia ficar próxima do coração de *La Serenissima.* Iam matar o mensageiro?

O Mestre abriu as mãos, de modo apaziguador.

— Há seis meses, senhor, quando eu não era tão claudicante quanto me tornei depois, tratei de Nicolò Morosini em sua doença final. Jamais vi um caso igual. A mão toda apodrecia. Começara com um insignificante corte por uma folha de papel, segundo ele, mas foram talvez suas últimas palavras. O veneno que se espalhou pelo braço matou-o antes do pôr do sol.

O CÓDIGO DO ALQUIMISTA

Prendi a respiração e perguntei-me se ele agora ousaria falar do *Jynx*, causa de todas as infelicidades dos Sanudo. Os céticos não aceitariam esse argumento, que lembraria à plateia os estranhos fatos da inexplicável autocombustão do dia anterior. Ele o fez, mas de uma forma indireta.

— Parece que as tragédias ocorrem em grupo, senhor. Desde então, a má sorte continuou a perseguir a família de Nicolò. Por certo conheço a viúva, *madonna* Fortunata, cunhada do *sier* Zuanbattista, embora não a tenha encontrado desde a morte do marido. Na semana passada, indicaram-na como residente da Casa Sanudo, mas depois Alfeo falou dela como uma mulher muito velha e tia de *madonna* Eva, não de Grazia. Ele é um rapaz esperto, que raras vezes comete tais erros. Tende a perder tempo apreciando quadros, mas, quando descreveu um retrato dela com o marido, eu lembrei, e notei que ele reconhecera a semelhança do *sier* Nicolò, mas não dela, embora ela se achasse presente na sala.

O doge mostrava perigosos sinais de impaciência, e meu amo abandonou a dissertação sobre o funcionamento das maldições.

—Tem sido um verão muito quente, senhor. *Sier* Zuanbattista juntou-se de novo à família que não via em três anos, incluindo o filho, e os dois foram eleitos havia pouco para cargos muito altos. Que seria mais natural do que se sentarem naquelas tórridas noites na sacada, que dava para o jardim...

— *Gesù bambino!*

Zuanbattista cobriu o rosto com as mãos.

Após um instante, o Mestre concluiu a frase:

— ... conversando. Conversando bem acima das janelas do quarto destinado a Danese Dolfin, o *cavaliere servente* que tocava flauta, lia poesia, escovava os cabelos e tinha dedos leves?

Dave Duncan

— Basta! — Zuanbattista levantou-se da poltrona. — É verdade, *sire*! Meu filho e eu nos sentávamos e conversávamos naquela sacada à noite, depois que as damas se recolhiam. Vejo agora que fomos criminosamente descuidados por não compreender que podiam nos escutar. Nós... venezianos! Nativos de uma cidade onde sequer uma porta se encaixa na moldura. *Agora*, vai me deixar renunciar?

— Não — respondeu o doge. — Sente-se. Solidarizamo-nos com seus problemas, mas não deve haver mexericos sobre dissensão dentro da *Signoria*, nem rumores de espionagem. Continue, doutor.

O Mestre franziu o cenho e tornou a juntar as pontas dos dedos.

— Pensemos por um momento, senhor, na situação desse desgraçado, Danese Dolfin. Desde a infância, ele viveu de encanto, boa aparência e total ausência de moral. Nos últimos três anos, num palácio em Celeseo, adquiriu gosto pela boa vida... note que, ao ser expulso da Casa Sanudo, ele logo se insinuou na Casa Barbolano. Mas, agora que o marido de sua amante voltara, puseram-no numa casa muito menor, onde poderia com facilidade se tornar um subordinado incômodo... pior de tudo!... o corpo útil envelhecia. Não era mais um belo rapaz. Sabendo que tinha os dias de mel contados, ele começou a acumular uma reserva com o roubo das joias da patroa, o que é um sinal seguro de desespero.

— E aí, o milagre! Chove ouro diante da janela dele. Danese pega uma pena e toma notas. Recolhe segredos, embora na pressa e falta de erudição cometa erros. Entende errado algumas das informações, como quem escuta escondido. Então o quê? Correr à próxima embaixada e iniciar negociações?

O CÓDIGO DO ALQUIMISTA

O Mestre riu e respondeu às suas próprias perguntas.

— Ah, não! Suponho que tal curso de ação cheirava arriscado demais ao *sier* Danese. Ele continuava a ser um *nobile homo* e havia retornado à cidade; teria de novo sobre si os olhos dos Dez. Não, Dolfin recruta a ajuda de um amigo, um gondoleiro, porque os gondoleiros vão a todo lugar e fazem parte do cenário de Veneza, raras vezes são notados. E, como um peixe junta-se aos iguais, ele sabe com exatidão de que tipo de rufião precisa... Francesco Guarini. Teria sido este quem levou as notas à embaixada e se encontrou com um lacaio a quem chamei X. Mas o inferior X reconhecia uma chance quando a via, e era leal a qualquer monarca a quem servisse. Desconfiou, com toda a razão, que alguém na embaixada não era esse monarca, por isso instruiu Guarini a cifrar os relatórios antes de entregá-los. Ensinou-lhe também os rudimentos da espionagem, como manter um mínimo de encontros. Pagou-lhe e prometeu-lhe mais se a informação se revelasse digna de confiança e continuasse a chegar.

— Não sei se Guarini ensinou depois criptografia a Dolfin; desconfio que não. Dolfin tinha pouca intimidade naquela aconchegante casa de família, e os vilões se sentiriam mais seguros se ele apenas mantivesse as notas em texto claro a salvo em algum lugar e os entregasse ao contato semanal. Guarini codificava-as depois. Eu acho... mas o senhor pode verificar isso.

Meu amo fez uma careta. Jamais é agradável pensar que mandamos um homem para a condenação, por mais merecida que seja.

— Ao sábio! — O doge ergueu a taça num brinde que toda a *Signoria* copiou. Depois de beberem, ele disse: — *Lustrissimo dottore*, sua explicação é impressionante. Seu

DAVE DUNCAN

aprendiz confirma Guarini como o homem que o atacou na Riva del Vin?

O Mestre fez que sim com a cabeça.

— Confirma, e meu gondoleiro também.

— Bem, então, ficaram satisfeitos os nossos inquisidores? Têm perguntas a fazer-lhe?

Gritti agora parecia menos avô e mais avuncular — o tio perverso que roubou o trono.

— Não e sim, *sire*. Não estou satisfeito em várias questões. Concordo que o Doutor Nostradamus fez uma excelente acusação contra Francesco Guarini, e Guarini deve ser interrogado com todo o rigor. Mas, doutor, o senhor ainda não nos contou como identificou qual de nossos dez mil gondoleiros o procurou. Talvez queira elucidar seus procedimentos.

Não, não. Não faça isso!

Meu amo encheu a taça e tomou um gole de vinho.

Enxugou os lábios e recostou-se.

— Meu aprendiz havia comentado que Dolfin tinha várias irmãs. Minha primeira ideia foi que uma delas poderia ter-se casado com um gondoleiro, para que o irmão, quando descobrisse a mina de ouro no céu, levasse sua proposta a um cunhado. Mandei um rapaz, na verdade dois, perguntar ao padre Equiano em San Barnabà os nomes e ocupações dos maridos das moças. Infelizmente, nem todos os brilhantes palpites dão certo, e esse não deu.

Nesse ponto, eu podia ter deixado o ateliê e tentado escapulir pela escada abaixo, só que o velho saltimbanco serviu-se de outra taça de vinho. Eu o conhecia muito bem para saber quando ele deixa intensificar a expectativa.

O CÓDIGO DO ALQUIMISTA

— Minha ideia seguinte funcionou melhor — ele continuou. — Dez mil gondoleiros já formam, em si, uma pequena cidade, mas constituem uma fraternidade muito fechada, ou talvez duas: os de aluguel desprezam os que recebem salários. Não importa, o meu tinha assistido à briga e vira Guarini sair da água, por isso lhe perguntei ontem se conhecia o homem. Não, mas ele disse que a história tinha sido a piada da semana entre os barqueiros da cidade, pois Guarini não gozava de popularidade com os que o conheciam. Mandei Giorgio fazer algumas perguntas. Ele logo ficou sabendo que o homem a quem procurávamos fazia parte do *traghetto* da Ponte della Paglia, e então foi fácil saber o nome e endereço.

Só os tolos dizem mentiras deslavadas, prega o Mestre. *Os sábios usam a verdade de forma seletiva.* Uma gotícula de gelo escorreu-me pelas costelas. Eu esperava que ele houvesse preparado bem Giorgio no que dizer quando o interrogassem.

Os nobres da *Signoria* franziam as sobrancelhas, intrigados com a súbita tensão.

— Você jura por sua alma imortal que esta é a verdade? — perguntou Gritti, acariciando as palavras como uma corda de seda.

— Claro que sim. Não estou em...

— Não é isso o que o *vizio* relata.

O Mestre deu um suspiro.

— Que relata o *vizio* Vasco, Excelência?

— Talvez devamos ouvir dos próprios lábios dele. — O inquisidor sorriu. — Se Vossas Excelências permitem?

DAVE DUNCAN

— Não vejo que importância tem, se ele nos levou ao homem certo — declarou o doge, impaciente. — Mas acabemos com isso.

Gritti levantou-se e foi até a porta. Falou por alguns instantes com algumas pessoas do lado de fora e afastou-se para deixar entrar o *vizio*. Vasco continuava pálido e na certa se sentia muito fraco, mas um homem saudável se recupera rápido da perda de sangue, quando chega a conseguir restabelecer-se. O inquisidor levou-o à mesa e puxou uma cadeira para ele, que piscou os olhos, inseguro, sentou-se sem firmeza e olhou o grupo em volta. O excesso de vinho afetava-o mais agora que a falta de sangue.

— Filiberto Vasco — perguntou o inquisidor ao retornar à própria cadeira —, jura dizer a verdade?

— Juro, Excelência.

— Então nos conte como o Doutor Nostradamus soube o nome do homem que assassinou Danese Dolfin.

Era a minha deixa para mergulhar pela janela e fugir a nado pelo canal.

Não o fiz.

— Xereníxima... — Vasco tinha a voz pastosa, quase ininteligível pelo vinho e dificultada pela bandagem no nariz inchado, mas tentava dizer: — Sim, Sereníssima, ontem à noite eu estava presente nesta sala. Há um orifício naquela parede e pude ver o que faziam Doutor Nostradamus e Alfeo Zeno; e ouvi-los também.

— E que faziam eles? — Gritti esfregava literalmente as mãos, um gesto que se vê muitas vezes fora do teatro.

O *vizio* sorriu o melhor que pôde com o rosto daquele jeito. Teria se saído melhor se eu ali estivesse para ele sorrir de mim.

O CÓDIGO DO ALQUIMISTA

— Faziam um rito satânico, adoravam uma cabeça humana. Invocavam a alma de Danese Dolfin dos mortos para dizer-lhes o nome do homem que o assassinou.

Vários patrícios arquejaram. Outros se persignaram. O doge e mais dois reviraram os olhos.

— Conte-nos mais — pediu o inquisidor.

— Tinham a coisa numa mesa, Excelência. Queimavam incensos em volta e haviam espalhado oferendas para ela. Puseram uma mecha de cabelos de Dolfin nela... na cabeça. Nostradamus leu para o crânio um longo discurso numa língua estrangeira, depois Zeno o interrogou em *vêneto* e ele falou como aprendiz. Era Dolfin. Tinha uma voz muito memorável. Reconheci-a logo. Zeno perguntou-lhe, hã, quem o matou e ele... a coisa... a voz identificou Guarini e onde ele morava.

Vasco deu um valente sorriso. Eu seria torrado e ele poderia dançar ao redor da pira.

O inquisidor sentia a mesma felicidade. Os velhos olhos emitiam uma centelha juvenil.

— Eles deram algum nome a essa cabeça falante?

— Chamavam-na de Baphomet, Excelência.

O doge resmungou alguma coisa que fiquei contente por não ouvir, mas não interrompeu. O astuto velho aprendera meio século atrás a julgar o tom de uma reunião, e a maré agora corria forte contra Nostradamus.

— Bem, doutor? — perguntou Gritti com um ar triunfante.

O Mestre parecia haver encolhido. Balançou a cabeça, tristonho.

— Eu confesso — disse.

Mais arquejos.

DAVE DUNCAN

— Confesso que Alfeo e eu nos cansamos de ter Filiberto Vasco em nossos calcanhares o tempo todo, xeretando e espionando. Sei que ele apenas fazia o seu trabalho, mas... Bem, admito que deixei meu aprendiz me convencer a fazer uma indigníssima travessura. Sim, há um orifício de espiar naquela parede no meu ateliê, e Vasco o descobriu. Armamos uma patacoada, *messere!* Uma coisa nada profissional.

— Que tipo de patacoada? — perguntou Gritti, furioso.

Às vezes meu senhor me atira coisas sem qualquer aviso. Num desses dias, ele vai passar a perna em si mesmo por ser mais esperto que eu, mas nessa manhã eu me mostrei à altura da ocasião.

Ele voltou o rosto para mim, abriu os braços e gritou:

— Danese Dolfin! Eu o invoco!

Reduzi minha voz ao registro mais baixo que consegui e gemi de volta pelo orifício na melhor tentativa de imitar o baixo sepulcral do morto:

— *Quem sois vós que me chamais nas trevas?*

A plateia saltou ao empertigar-se. *Sier* Zuanbattista, que conhecia aquela voz, derrubou a taça de vinho com uma praga. Por um instante, o mundo pareceu parar de respirar. Então o doge recostou-se e uivou de rir, portanto todos o fizeram — até mesmo Gritti, que veio por último. Era uma admissão de derrota. *O ridículo é a arma mais mortal do mundo,* como diz meu mestre.

O pobre Vasco olhou em volta consternado, perguntando-se por que todos riam. Eu gostaria de ir confortá-lo

35

Podiam ter-me prendido por espionar a reunião deles, mas eu fizera o mesmo juramento de segredo que o Mestre. O mais importante era que ele resolvera o problema de espionagem em tempo recorde. Seria mais verdade dizer que o clima o resolvera por eles ao tocar os Sanudo para dentro de casa, ou fora Danese, ao fazer-se transferir para um quarto onde não teria tido a opção de sentar-se junto à janela e tomar notas. Não importa, meu mestre podia ficar com o crédito e esperar um belo honorário; a *Signoria* podia ir embora feliz e preparar-se para a reunião de domingo à tarde do Grande Conselho. É a este que os Dez prestam contas de suas atividades, mas o caso Algol, óbvio, não seria comunicado a ninguém.

A *performance* estelar de meu senhor cansara-o, porém. Quando me despedi com uma mesura do último convidado no canal, voltei para cima e encontrei-o já plantado na poltrona preferida. Ele me fuzilou com o olhar, o que tomei por bom sinal.

— Traga-me os papéis de Dee.

Sinal ainda melhor, pensei, pois ele vinha tendo uma selvagem discussão com o herético sábio durante anos, e nada o restauraria como um bom surto de cólera. Eu esperava encontrar várias páginas de veneno e diatribes no meu lado da escrivaninha pela manhã, à espera de serem criptografadas.

Dirigi-me à parede de livros. John Dee, claro, não é apenas um herético e talentoso praticante do ocultismo, mas também um íntimo confidente da rainha da Inglaterra, por isso deve-se guardar sua correspondência num dos compartimentos secretos. Ajoelhei-me e comecei a esvaziar uma prateleira de livros e empilhá-los no chão ao lado.

— Muito obrigado, mestre.

— Por quê?

— Por comprometer Vasco com a abertura do orifício para ele assistir à sessão. Eu gostaria que tivesse me avisado, porém.

— Se eu o avisasse de antemão, você podia ter começado a dar risadinhas no meio da encenação. E não tive chance de avisá-lo depois, com o *vizio* ouvido-de-morcego à espreita.

— Mas o senhor correu um terrível risco — observei — ao deixá-lo ver-nos praticar necromancia.

— Bah! Não corremos. Era essa toda a questão. O que eu disse foi mera mímica. Você viu como foi fácil estourar aquela bolha. Você, porém, usou a Palavra, o que é uma autêntica taumaturgia. Eles podiam ter deixado Gritti pegá-lo por isso, mas o médico do doge é valioso demais para queimarem-no.

E eu não. Ele me salvara sem risco nenhum para si mesmo, por isso eu não deveria parecer ingrato.

— Sim, mestre. Obrigado mesmo assim.

Corri o painel no fundo da prateleira e peguei os calhamaços de Dee, que ocupam três escaninhos. Após entregá-los, voltei para repor o painel no lugar e a divisória de livros.

O CÓDIGO DO ALQUIMISTA

— Se não precisa de mim neste sábado, acho que vou bater um papo com o padre Farsetti.

— *Por quê? Alguma coisa perturba você?* — perguntou Danese Dolfin às minhas costas.

Eu me agachara. Ao tentar virar-me, perdi o equilíbrio, deixei cair uma pilha de livros no colo e caí sentado com força.

— É uma imitação muito melhor que a minha — disse, furioso.

O Mestre deu uma risadinha.

— Continue a praticar! Oh, deixe disso. Vá ver o padre se quiser, mas eu diria que faria melhor indo visitar aquela sua mulher e cometer alguns pecados dignos de confessar.

Eu devia parecer estupefato, o que não era difícil.

— O senhor conseguiu mesmo o nome de Guarini com Giorgio?

— Foi o que eu disse, não foi? Acha que eu mentiria sob juramento?

— Então de onde saiu Mirphak?

— Ah, sim. Mirphak. *A-ham!* Bem, como você disse a Gritti, foi um tiro no escuro. Eu o inventei para gastar uma de suas três perguntas. Queria que perguntasse o nome e endereço de Algol. Queria que perguntasse mais alguma coisa que Dolfin saberia e eu não. Como questão de princípio, aprendiz: *Deve-se demarcar um logro de antemão, para que ele não saia de controle.*

— Obrigado por esse aforismo, mestre. E nada de Baphomet?

— Nada. O livro é uma fraude total. Não funciona. Tentei antes. Ou foi composto pela Inquisição para assustar algum dos outros Templários a confessar, ou Raymbaud escondeu parte do sortilégio. Agora dê o fora daqui! Vá!

— Sim, mestre. Fui.

Dave Duncan

Mais ou menos uma semana depois, Marco Martini tornou a aparecer, desta vez para entregar um cheque do *Banco della Piazza*, cujo tamanho me fez saltarem os olhos, e pelo qual eu lhe escrevi o mais belo recibo em letra gótica preta. Surpreendentemente, Zuanbattista Sanudo acabou por pagar o resto dos honorários que o Mestre lhe cobrara por quase fazer-me assassinar na Riva del Vin.

E Francesco Guarini? Julgaram-no em segredo e condenaram-no a cinco anos nas galés. Ele escapou da cela no palácio e fugiu para o Egito. Julgaram-no em segredo, estrangularam-no e jogaram o corpo no Canal Orfano, onde a maré podia levá-lo. Acreditem em qual versão quiserem, porque jamais se ouviu falar dele de novo, pelo menos eu. Apostaria no terceiro fim, se eu fosse rapaz de apostar.

Perto do Natal, vi passar a gôndola dos Sanudo com Fabricio no remo, portanto o exílio dele não durara muito. Pouco depois das festas, Girolamo Sanudo renunciou ao *Collegio* e tomou o hábito franciscano e o nome de irmão Pio. Zuanbattista cumpriu o mandato como conselheiro ducal e depois declinou do cargo, dizendo que, se o Conselho o elegesse, ele recusaria e pagaria qualquer multa aplicada. Não o nomearam depois disso, e soube-se que ele se concentra em seus interesses comerciais desde então.

No verão seguinte, Grazia mandou-me um educado bilhete em que me perguntava se, como melhor amigo de Danese, eu seria padrinho do filho deles. Eu jamais fora amigo dele, melhor ou pior, mas aceitei. Na velhice, talvez precise de um afilhado muito rico, o que Alfeo Dolfin certamente será. A tia-avó Fortunata foi à cerimônia, parecendo vinte anos mais jovem. Manteve boa distância de mim, porém.

Posfácio

Um livro pode ter demasiada realidade. Usei a contagem de tempo moderna porque o dia veneziano começava meia hora depois do pôr do sol, ou seja, o meio-dia variava de cerca de quinze horas a cerca de dezoito. Sim, usavam um dia de vinte quatro horas, mas os relógios jamais batiam mais de doze. Os relógios eram raros. Só inventaram o de pêndulo sessenta anos depois.

Conhecia-se o código de cifras polialfabéticas no século XVI, mas o governo continuou a usar seus desajeitados nomencladores. O motivo talvez seja o fato de ainda não existir a padronização da ortografia e do alfabeto. (O atual inglês foi introduzido por Noah Webster em 1826, mas só adotado por outros cinquenta anos depois.) Assim, é anacrônico descrever Alfeo ou Vasco escrevendo o alfabeto deles — os dois poderiam cair em socos sobre o que era o alfabeto *vêneto* correto. Sem esse acordo, as cifras de substituição teriam facilmente degenerado em absurdos. Os livros de código, em contraposição, não se baseavam na ortografia. O *vêneto*, a propósito, era uma língua por direito próprio, na qual se

DAVE DUNCAN

registravam as leis de um Estado soberano. Ainda se fala seu equivalente moderno hoje, embora em geral o considerem um dialeto do italiano.

A data tradicional da eleição do primeiro doge de Veneza foi 597 a.D. Em 1297, a aristocracia fechou o "Livro de Ouro" e restringiu o voto e o cargo público a homens ali registrados e seus filhos legítimos depois. Veneza não era uma democracia como entendemos a palavra, mas manteve a independência por cento e dez anos, a República mais duradoura da história. Os exércitos hostis não podiam atravessar a lagoa, nem as marinhas nela velejarem quando os venezianos retiravam as boias que mostravam os canais navegáveis, como faziam em tempos de guerra. Na época de Alfeo, os grandes dias de *La Serenissima* já haviam passado e ela entrara em longa decadência, mas só em 1797, dois séculos depois, um exército francês sob Napoleão Bonaparte chegaria à margem com artilharia que alcançava o outro lado da lagoa para bombardear a cidade. Em vez de ver a cidade destruída, o Grande Conselho votou sua própria dissolução e Lodovico Manun, único habitante do continente já eleito doge, tirou o *corno* como símbolo de sua abdicação. Napoleão nasceu em Ajaccio, na Córsega, o que explica a quadra do Mestre na página 305. Bonaparte entregou a cidade à Áustria, e ela só se tornou parte da Itália unificada setenta anos depois.

Glossário

altana, uma plataforma em cima do telhado

androne, salão no andar térreo usado para negócios no palácio de um mercador

ateliê, estúdio ou oficina

barnabotti, nobres empobrecidos, assim chamados em relação à paróquia de San Barnabà

Basílica de San Marco, a grande igreja ao longo do Palácio dos Doges; onde se encontra o túmulo de São Marcos e centro da cidade

broglio, a área da *Piazzeta*, extensão da *Piazza*, bem defronte ao palácio onde os nobres se reuniam e intrigavam; por extensão, a própria intriga política

calle (pl. *calli*), viela, beco

campo, espaço aberto diante de uma igreja paroquial

casa, casa nobre, que significa o palácio ou a própria família

cavaliere servente, acompanhante de mulher casada (e muitas vezes gigolô)

Circospetto, apelido popular do principal secretário do Conselho dos Dez

Dave Duncan

Clarissimo, "ilustríssimo", forma de tratar um nobre.

Collegio, o executivo, equivalente *grosso modo* de um gabinete ministerial moderno — o doge, seis conselheiros e dezesseis ministros

Constantinopla, capital do Império Otomano (turco), agora Istambul

corno, o típico chapéu usado pelo doge

Conselho dos Dez, braço de informações secretas e segurança do governo, composto pelo doge, os seis conselheiros e dez nobres eleitos

dogaressa, mulher do doge, dogaressa, dogesa, dogaresa

doge ("duque" em *vêneto*), o chefe de Estado, eleito para a vida toda

ducado, moeda de prata, no valor de oito liras ou 160 *soldi*, e mais ou menos o salário semanal de um trabalhador diarista casado e com filhos (os não casados recebiam menos)

fante (pl. *fanti*), subordinado dos Dez

felze, dossel numa gôndola (não mais se usa)

fondamenta, calçada ao longo de um canal

Grande Conselho, nobres de Veneza em assembleia, autoridade suprema no Estado

lira. (pl. *lire*), moeda no valor de 20 *soldi*

lustrissimo, "ilustríssimo", título de honra dado a cidadãos ricos ou notáveis

magazzen, taverna que não vende comida e fica aberta vinte quatro horas por dia

marangona, o grande sino no campanário de San Marco, que marcava as principais divisões do dia

messer, meu senhor ou senhor

O CÓDIGO DO ALQUIMISTA

Missier Grande, chefe de polícia, que cumpre as ordens dos Dez

Molo, cais acostável da *Piazetta*, no Grande Canal

Moresca, dança de espada popular em Veneza

Piazza, praça da cidade diante da Basílica de São Marcos

Piazetta, uma extensão da *Piazza*, ao redor do palácio

Poços, celas de prisão no andar térreo do Palácio dos Doges

Porte ou *Sublime Porte*, governo do Sultão em Constantinopla

Quarantia, Conselho dos Quarenta, muito *grosso modo* semelhante a uma suprema corte, mas também com deveres administrativos. Os três chefes da *Quarantia* também são membros da *Signoria*

salone, salão de recepção

salotto, sala de estar

sbirro (pl. *sbirri*), policial, beleguim, esbirro

scuola, (pl. *scuole*), fraternidade, irmandade (restrita aos plebeus)

sequin, cequim, moeda de ouro no valor de 440 *soldi* (22 liras)

La Serenissima, a República de Veneza

Signori di Notte, jovens aristocratas eleitos para dirigir os *sbirri* locais

Signoria, o doge, os seis conselheiros, mais os três chefes da *Quarantia*

soldo (pl. *soldi*), ver Ducado

Dez, ver Conselho dos Dez

Três, os inquisidores do Estado, um subcomitê do Conselho dos Dez

traghetto, estação de ancoragem para gôndolas de aluguel; também o nome da associação de gondoleiros proprietária

toscano, dialeto da região da Toscana (capital, Florença) que acabou por se tornar o italiano moderno

vizio, o vice do *Missier Grande*

zonta, grupo de membros extras acrescentados a um comitê

Este livro foi impresso pela Prol Editora Gráfica
para a Editora Prumo Ltda.